『경성일보』 문학 · 문화 총서 ⑫
조선인 작가와 조선문단론

〈『경성일보』 수록 문학자료 DB 구축〉 사업 수행 구성원

연구책임자

    김효순(고려대학교 글로벌일본연구원 교수)

공동연구원

    정병호(고려대학교 일어일문학과 교수)

    유재진(고려대학교 일어일문학과 교수)

    엄인경(고려대학교 글로벌일본연구원 부교수)

    윤대석(서울대학교 국어교육과 교수)

    강태웅(광운대학교 동북아문화산업학부 교수)

전임연구원

    강원주(고려대학교 글로벌일본연구원 연구교수)

    이현진(고려대학교 글로벌일본연구원 연구교수)

    임다함(고려대학교 글로벌일본연구원 연구교수)

연구보조원

    간여운 이보윤 이수미 이훈성 한채민

주관연구기관

    고려대학교 글로벌일본연구원

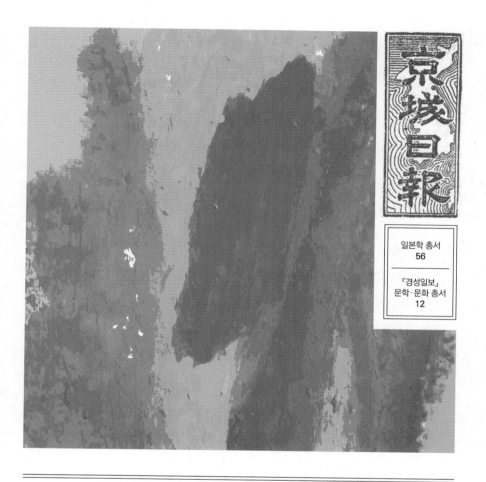

京城日報

일본학 총서
56

『경성일보』
문학·문화 총서
12

조선인 작가와 조선문단론

정병호 편역

역락

〈『경성일보』 문학·문화 총서〉 기획 간행에 즈음하며

  본 총서는 고려대학교 글로벌일본연구원에서 한국연구재단 토대
연구사업(2015.9.1~2020.8.31)의 지원을 받아 〈『경성일보』 수록 문학자
료 DB 구축〉 사업을 수행하는 과정에서 발굴한 『경성일보』 문학·문
화 기사를 선별하여 한국사회에 소개할 목적으로 기획한 것이다.

  조선총독부의 기관지로서 일제강점기 가장 핵심적인 거대 미디
어였던 『경성일보』는, 당시 정치, 경제, 문화, 사회 지식, 인적 교류,
문학, 예술, 학문, 식민지 통치, 법률, 국책선전 등 모든 식민지 학지
(學知)가 일상적으로 유통되는 최대의 공간이었다. 이와 같은 『경성
일보』에는 식민지 학지의 중요한 한 축을 구성하는 문학·문화의 실
상을 알 수 있는, 일본 주류 작가나 재조선일본인 작가, 조선인 작가
의 문학이나 공모작이 다수 게재되었다. 이들 작품의 창작 배경이나
소재, 주제 등은 일본 문단과 식민지 조선 문단의 상호작용이나 식
민 정책이 반영되기도 하고, 조선의 자연, 사람, 문화 등을 다루는 경
우도 많았다. 본 총서는 이와 같은 『경성일보』에 게재된 현상문학,

일본인 주류작가의 작품이나 조선의 사람, 자연, 문화 등을 다룬 작품, 조선인 작가의 작품, 탐정소설, 아동문학, 강담소설, 영화시나리오와 평론 등 다양한 장르에서, 식민지 일본어문학의 성격을 망라적으로 잘 드러낼 수 있도록 구성하였다. 아울러 본 총서의 마지막은 〈『경성일보』 수록 문학자료 DB 구축〉 사업을 수행하는 과정에서 발굴된 문학, 문화 기사를 대상으로 식민지 조선 중심의 동아시아 식민지 학지의 유통과정을 규명한 연구서 『식민지 문화정치와 『경성일보』: 월경적 일본문학·문화론의 가능성을 묻다』(가제)로 구성할 것이다.

　본 총서가 식민지시기 문학·문화 연구자는 물론 일반인에게도 널리 읽혀져, 식민지 조선의 실상을 바라보는 새로운 시각을 제시하고 동아시아 식민지 학지 연구의 지평을 확대시킬 수 있기를 기대한다.

2020년 5월
〈『경성일보』 수록 문학자료 DB 구축〉 사업 연구책임자 김효순

일러두기

1. 이 번역집에 실린 글들은 『경성일보』에 실린 조선인 작가의 조선문단에 관한 19편의 평론과 1939년 1월 일본의 『문학계(文学界)』에 실린 「조선문화의 장래(朝鮮文化の將來)」라는 제목의 좌담회이다.

2. 현대어 번역을 원칙으로 하나, 일부 표현에 있어 시대적 배경을 고려하여 당대의 용어와 표기를 사용하기도 했다.

3. 인명, 지명 등과 같은 고유명사는 초출시 ( ) 안에 원문을 표기하였다.

4. 고유명사의 우리말 발음은 〈대한민국 외래어 표기법〉(문교부고시 제85-11호) '일본어의 가나와 한글 대조표'를 따랐다.

5. 이 번역집에 실린 각주는 모두 역자주이다.

6. 판독이 불가능한 경우는 ■으로 표시하였다. 단 원문에 ■로 표기되어 있는 경우는 원문 그대로라고 그 사정을 밝혔으며, 그 외의 기호는 원문 그대로 표기하였다.

7. 본문에 나타난 '국어'란 일본어를 뜻하며, 원문을 그대로 표기하였다.

차 례

조선인 작가와
조선문단론

조선문단을 말한다(朝鮮文壇を語る)

평양 정순정(鄭順貞)

(1)

조선문단에서는 부르주아 작가도 프롤레타리아 작가도 경제상으로부터 보면 똑같이 풍족하지는 않다. 겨우 연명해 먹는 비참한 빈곤함을 맛보고 있는 자들뿐이다. 아직 원고료 제도가 확립되어 있지도 않으며, 아무리 진지하게 원고를 썼다고 하더라도 원고료를 받을 수 있을 리가 없다. 잡지의 창작란을 넘길 때마다 "잘도 썼군."이라고 이상하게 생각할 정도이다. 그것도 그럴 법한 게 아무리 창작이 예술창조의 일이라고 하더라도 먹지 않고 일은 할 수 없기 때문이다. 예술적인 감흥이라든가 하는 ─일시적인 창작욕으로부터 나오는 흥분을 가지고 한편의 창작 정도는 만들 수 있을지도 모른다. 그러나 창작가로서 도저히 오래 갈 수는 없을 것이다.

그것은 어쨌든 간에 조선문단의 작가들은 계급적 출신으로부터 본

〔그림-1〕 '조선문단을 말한다'
기사면(1933.2.26.)

다면 부르주아 작가라고 하는 화려한 작가적 지위가 허용되지 않았던 것일까? 마찬가지로 프롤레타리아 작가가 되어야 함이 마땅하다. 왜냐 하면 그들은 이른바 부르주아 작가라고 하지만 비참한 빈곤과 계급적인 학대만이 주어진 프롤레타리아 계급 출신인 만큼, 당연히 계급의식에 각성하였을 것이며 또한 각성하지 않을 수 없었기 때문에, 그들이 만약에 창작에 착수할 경우에 즈음해서는 이 계급적 가치가 당연히 나타날 것이다. 그러나 조선문단에도 이른바 부르주아 작가라고 할 수 있는 존재가 엄연히 현문단에서 두각을 나타내고 있음은 부정할 수 없다. 현재 조선문단의 부르주아 작가로서 제1인자라고 일컬어지는, 김동인군은 아내를 데리고 있을 정도의 생활능력이 없다든가 하는 이유로 아내는 그를 버렸을 정도이다. 그의 『무능자의 아내(無能者の妻)』라고 하는, 사소설은 자신의 빈곤한 처지를 훌륭하게 침통하게 표현한 것이었다. 그 정도로 김동인군은 빈곤을 맛보고 있었던 셈이다. 그럼에도 불구하고, 그는 아직 예술지상주의를 빈번하게 또한 열심히 주창하고 있다. 이러한 실상으로부터 보면, 아무리 부르주아 예술이라고 하더라도, 어쨌든 예술이라는 것

은 계급을 초월한 어떤 신비가 빈곤 속에서도 여전히 끌어당기는 어떤 이상한 매력을 가지고 있는 것은 아닐까라고 생각된다.

이러한 견해로부터 본다면 오늘날의 프롤레타리아 작가인 자가 예술운동에 그렇게까지 열심을 보이는 것도 역시 예술 그 자체의 신비와 매력에 매혹된 것이며, 그들의 주장처럼 이른바 계급적 투쟁의 한 분야로서 그 역할을 부과하고 있는 것이 아닐 거라고 생각한다. 왜냐하면 그들 프롤레타리아 작가에게 예술운동 이외 무언가의 일을 부여해 보라. 결코 먹지도 못하면서도 그들이 예술운동을 하는 것과 같은, 그 정도의 열심은 보이지 않을 것이다.

(1933.2.26)

(3)

그러나 조선의 문학은 발전의 속도가 매우 느리다. 이것은 무엇 때문일까? 대략적으로 두 가지의 원인이 있는 것은 아닐까? 첫 번째로 작품의 빈곤 문제—이렇게 보면 전술한 것처럼 예술의 계급 초월의 신비성, 빈곤 고답(高踏)의 매력성이라고 하는 점도 되풀이하지 않으면 안 된다. 역시 먹고 사는 일은 창작가에게 있어서도 소중하다. 오히려 창작욕에 대한 에너지라고 하는 편이 적당할지도 모른다. 이것은 조선작가의 현상을 보면 곧 알 수 있는 일이다. 조선작가의 작가적 수명은 매우 짧다. 오늘은 작가라고 생각하지만 내일은 몰락하는,

아니 추락한다―고 하는 형편이다. 박영희, 김기린, 박팔양, 류완희 등등, 이들은 일시적으로 문명(文名)이 알려진 자들이다. 그러나 오늘날은 추락해 버려서 가령 한편의 작품이라도 내려고 하지 않는다. 모두 빈곤 문제에 그 원인이 있다. 오늘날 작가인 자들은 내일에 이르러서는 마찬가지로 문단으로부터 떠나버릴 것이다. 조선의 문학이 좀처럼 발전할 수 없는 중요한 또 다른 원인 하나는 파쟁(派爭)문제이다. 조선문단에서 오늘날의 파쟁문제는 문단으로 하여금 수용할 수 없는 혼잡함까지 초래하고 있다. 이른바 파쇼라든가 순수예술파라든가 이른바 신사회파라든가 하나하나 열거할 수 없을 정도이다. 이것은 오히려 당연할지도 모른다. 사회기구가 점차 복잡해져 옴에 따라서 각각의 사회관도 달라질 것이며 따라서 각각 다른 형태의 사상을 가지게 되는 것은 어찌할 수 없는 일이다. 이러한 사상으로부터 나온 예술관이 각각의 상위(相違)로부터 분파되는 일은 또한 어찌할 수 없다. 그러나 여기가 문제이다.

그들이 정말로 정당한 인식으로부터의 사회관, 건전한 사상으로부터의 예술관인가? 아닌가? 라는 점에서 그들의 파쟁도 의미 지어질 것이다. 아마도 엉터리로부터 나온 파쟁이라고 감히 단언할 수 있다. 현재 이광수를 파쇼작가라고 한다. 그는 민족주의적 작품을 쓰고 있다. 그러나 파쇼작가로 보아야 할 소질도 요소도 그 작품의 선상에서 인정할 수 없으며 그럼에도 불구하고 그를 여전히 파쇼작가라고 하는 것은 완전히 근거가 없는 일이다. 이것은 오로지 이광수에 한하는 것은 아니다. 조선문단의 예술적 분파라고 하는 것은 전부 이렇게 근거가 없는 것뿐이다. 그렇기 때문에, 나는 조선문단에서 예술적 분파는 죄다 엉터리라고 말하였다. 만약 파쇼작가라면 파쇼 경향이 있는 작품을 한 편이라도 내야 할 것이다. 마찬가지로 순수예술이라든가 신사회파라든가 모두 그렇게 해야 할 것이다. 그러나 그들은 한편의 창작을 내기 전에 우선 이론을 가지고 노력하고 있다. 문예이론을 가지고 문단의 전부를 이루고 있다. 완전히 놀라운 조선문단이야말로 문예이론 천하임과 동시에 창작 빈곤의 광야이다. 조선문단은 이러한 기형적 현상을 노정하고 있으면서도 문학 발전 운운이 애초부터 어리석은 일이다. 이것이 조선의 문학이 발전할 수 없는, 두 번째의 중요한 원인이기 때문에 조선의 문학을 발전시키기 위해서는 첫째 작가의 생활 보증과 둘째로는 오늘과 같은 파쟁으로부터 과감하게 초월해야 한다.

(1933.3.1)

(4)

첫 번째의 문제는 출판업자 및 신문잡지 당국자의 자각에 의해서만 가능해질 것이다. 두 번째의 문제는 작가 자신의 반성에 의해서만 해결될 문제이다. 이 두 번째의 문제는 완전히 작자 자신의 반성을 통해 해결될 문제이기는 하지만 첫 번째의 문제에 이르러서는 출판업자, 신문잡지 당국자의 자각에 의해서만 해결될 거라는 점은 그다지 간단한 문제가 아니라고 생각한다. 오늘날의 출판업 및 신문잡지는 작가에게 원고료를 지불할 만큼 수지가 적합하지 않다. 원고료를 지불하지 않아도 그들은 손해를 보는 경향이다. 잡지는 팔리지 않는 광고는 없다고 하는 것이 그 원인이다. 잡지가 팔리기까지는 우선 브나로드운동이 방방곡곡 효과를 거두기까지 기다리지 않으면 안 될 것이다. 문맹 투성이의 조선에서 정말 소수의 지식계급만을 상대로 한 잡지가 팔릴 리가 없다. 광고를 얻기 위해서는 조선의 상업자본가의 상업경쟁이 격심해질 때가 아니면 안 되는 일이지만 아무리 해도 조선의 상업자본가는 여기까지 기대가 미치지 않는다. 그들은 몰락하고 있기 때문이다. 그렇기 때문에 조선의 문단, 문학은 점점 비관적이다. 문단, 문학을 성장시키기 위해서는 조선의 사회적 정세는 너무나도 불리한 상황에 빠져 있다. 그렇기 때문에 나는 여기에서 단 하나의 주의를 조선작가들에게 환기해 두고자 한다. —전장에서, 총화(銃火) 속을 돌진하는 병대와 같은 기개를 가지고, 그리고 모든 불리한 정세에 길항하면서 전진하라, 전진하라고— (2월 21일)

(1933.3.2)

【학예(學藝)】

잘못된 문단론(誤つた文壇論) = 정군의 망론(妄論)을 경계한다

유도순(劉道順)

(1)

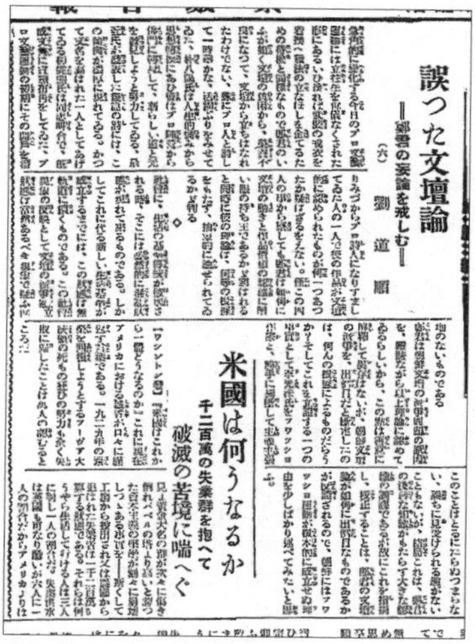
誤つた文壇論
—鄭君の妄論を戒しむ—
劉道順

米國は何うなるか
千二百萬の失業群を抱へて
破滅の苦境に喘ぐ

〔그림-2〕 '잘못된 문단론' 기사면
(1933.3.15.)

잘못된 논을 올바른 것처럼 말하는 것은 하나의 모험이며 또한 대담한 망동이기도 하다. 지난 2월 26일부터 4회에 걸쳐 본지 학예면을 번거롭게 하며 시도한 정순정군의 '조선문단을 말하다' 라는 문장은 올바른 의미에서 조선문단의 전모적 실상을 바라본 문단론도 아니며 새로운 이상을 주장하는 문학론도 아니고, 힘 있게 일어나야 할 창작가를 요구한 작가론도 아니다. 매우 추상적인 관찰에 저급한 감상을 가미하여 사실을 그릇되게 관찰하여 비판하였다는 의미에서 실로 무의미한 공백(空白)문이다. 물론 이러한 문장에 대해 그 시비를 논해야 할 것이 아니라는 점은 완전히 알고 있는 이야기이지만 조선을 알지 못하는 사람에 대해서 조선의 지식을 그릇되게 알릴 우려가 있기 때문에, 여기서 묵과할 수 없이 경고의 붓을 들어야 할 까닭이 있는 것이다.

정군은 우선 가장 먼저 조선문단의 경제상의 빈곤을 지적하고, 그 위에 활약해야 할 작가의 불운을 한탄하였다. 그리고 생활이 보장되지 않는 문단에는 자연적 추세에 따라서 발랄한 생활력을 나타내는 훌륭한 작품이 생기지 않음을 단적으로 논하고 있다. 이 점은 오늘날 조선문단의 실상을 아는 자에게는 부정할 수 없는 사실이지만 정군이 말하는 것과 같이 조선문단에는 원고료 제도도 없고 원고료를 지불할 기관도 전혀 없는, 거지와 같은 상태는 아니다. 작년 경성에서 전조선과 내지(內地)에 산재하고 있는 문인을 망라하여 문예가협회라는 단체를 조직하였다. 이 단체의 조직 목적은 작가의 생활 보장을 구실로 원고료를 제정하여 출판업자와 신문잡지에 그 취지를 통고함과 더불어 문인들의 생활운동을 일으키는 것이었다. 이 운동의 효과실적은 전반적으로 널리 퍼져서 실현되고 있지 않지만 일부 작가에 대해서는 생활을 보장할 수 있는 정도의 원고료가 지불되고 있다. 예를 들면 신문소설은 일회분에 2엔 내지 3엔, 단편물에는 2,30엔이라는 원고료를 비공식이지만 적정 가격을 정하고 있다. 이에 따라서 이광수, 이백남, 김동인, 염상섭, 최상덕 외 여러 사람들은 원고료의 수입에 의해 생활의 부조를 얻어 여유롭지는 않지만 각각의 생활을 영위하고 있는 것이다. 이러한 원고료 제도가 행해지고 있음에도 불구하고 정군은 이 사실을 전연 몰각하고 문단의 무생산, 무경제를 역설하고 문단 위축과 침체의 최대원인이라고 여기고 있다. 이는 피상적인 견해이다. 조선문단의 빈곤상은 사회문화 발달의 일부문으로서 반영되는 자연현상이다. 그렇기 때문에 왜 문단이 빈곤하지 않으면 안 되는지라는 문제를 생각하지 않으면 안 된다. 동시에 사회학적인 해부에 의해 나타난 문단의 빈곤상은 문단 스스로가 그 책임을 져야하는 것이 아니라 오히려 그 사회에 책임을 물어야 한다.

정군은 조선문단의 빈곤으로 인해 작가 모두가 모두 똑같이 빈곤한 사람뿐인 듯이 생각하고 있다. 게다가 더욱 이상한 일은 조선문단의 작가는 가난함에도 불구하고 계급의식에 눈뜨지 못하고 부르주아 작가적 태도를 지속하여 문단의 일각을 점하고 있다고 여기고 있는 점이다. 이 문제는 생활과 이데올로기라는 어려운 논쟁에 가로막혀 있지만, 이데올로기가 반드시 생활로부터 온다고는 할 수 없다. 생활이 이데올로기를 배양하는 경우도 있지만, 이데올로기가 생활을 지배하는 경우도 있다. 따라서 조선문단의 작가들이 가난하기 때문에 프롤레타리아 작가가 되지 않으면 안 된다고 하는 주장은 올바른 것 같지만 올바르지 않은 생각이다. 일종의 착각이다. 정군은 또한 문단인의 경제 중심을 원고료에만 두고 있는 것 같다. 그렇기 때문에 정군은 원고료 제도가 없는 문단의 빈곤을 지적함과 동시에 작가를 곧바로 빈곤인이라고 단정하였다. 예술은 누구에게나 허용되어 있는 창작물이다. 문필을 가지고 직업으로 하고 있는 사람에게만 전매특허를 준 것은 아니다. 예술을 창조할 수 있는 사람은 누구라도 문단인이 될 수 있다. 이에 따르면 문단은 생산기관이 아니라 창조기관이다. 따라서 문단의 빈곤은 직접적으로 문단인에게 영향을 주는 것은 아니다. 동시에 문단인의 경제력은 원고료 수입의 길 이외에 여러 길로부터 생기고 있음을 알아야 한다.

(1933.3.8)

(2)

정군은 문단 내정을 보는, 사실에 대한 눈이 어두울 뿐만 아니라 문학론에 대해서도 매우 모순된, 유치한 이론을 떠들어대고 있다.

"예술창조의 일이라고 하더라도 먹지 않고 일은 할 수 없다." 라고 정군은 외치고 있다. 이제부터 보면 그는 생활을 제일의적으로, 예술을 제이의적으로 생각하고 있는 듯하다.

"예술적인 감흥이라든가 하는 —일시적인 창작욕으로부터 나오는 흥분을 가지고서는 한편의 창작 정도는 만들 수 있을지도 모른다. 그러나 창작가로서 도저히 오래 갈 수는 없을 것이다."

이 논지를 보면 창작욕의 근본 요소인, 예술의 감격성을 멸시하는, 이지적인 태도를 취하고 있는 듯이 생각된다.

그리고 김동인군의 『무능자의 아내』라고 하는 작품을 실례로 들어 작자의 신변 내정을 아는 것 같이 넌지시 풍기고 그 위에 예술은 환경의 산물임을 역설한 이폴리트 텐(Hippolyte Taine)[01]의 예술론을 어설프게 부가하고 있다. 좋든 나쁘든 이 논조로부터 보면 정군은 실천적 문학론자이며, 예술지상주의의 배격론자처럼 보인다.

이러한 주장은 시대에 의해 다양하게 새로운 이론이 대두하여 온 점과, 실제로 나타난 예술의 기능의 변화로부터 보아 문학의 공리성에 중점을 둔 이론으로서 긍정해야 할 것인지도 모른다.

그렇지만 그는 다음에 말하고 있는 프롤레타리아 작가 노력론에 들어가 예술의 신비성을 인정하고 전술의 자설(自說)을 스스로 배신하고 부정하고 있을 뿐만 아니라, 이로 인해 그의 이론에 체계를 결

---

01 1828-1893. 프랑스의 역사가이자 철학자, 그리고 비평가이다. 문학과 역사의 심리학적 · 철학적 연구로 출발하여 예술철학으로 전개해 나갔으며 실증주의적 미학(美學)을 확립하였다. 특히 『영국문학사(Historie de la Litterature Anglaise)』(1863) 등의 저작을 통해 작가나 예술가의 재능은 지리, 토지, 기후 또는 종족, 시대, 환경이라는 요소에 의해 지배를 받는다는 이론을 제기하였다.

여하고 있음을 폭로하고 있다. 이러한 점에서 정군의 그러한 태도는 스스로 상응하지 않은 점을 상징한 "개구리가 흥분하여 뱀에 도전했다."고 하는 전설의 골계를 생각나게 하는 바가 있다.

◇

정군의 주장을 더욱 요약하면, "부르주아 예술창조는 먹지 않고는 가능하지 않다. 그러나 프롤레타리아 예술운동은 먹지 않아도 열심히 하는 것은 예술의 신비력에 매혹되고 있기 때문이다."

라고 하는 점이다. 이 문학론은 모순된 것은 아닐까. 예술은 예술로서 독자의 존재와 가치를 가지고 있다고 하는 것이 부르주아 예술이다. 먹기 위해 싸우는, 운동의 일분야로서 하나의 역할에 노력하고 있는 것이 프롤레타리아 예술이다.

"오늘날의 프롤레타리아 작가인 자가 예술운동에 그렇게까지 열심을 보이는 것도 역시 예술 그 자체의 신비와 매력에 매혹된 것이며, 그들의 주장처럼 이른바 계급적 투쟁의 한 분야로서 그 역할을 부과하고 있는 것이 아닐 거라고 생각한다. 왜냐하면 그들 프롤레타리아 작가에게 예술운동 이외 무언가의 일을 부여해 보라. 결코 먹지도 못하면서도 그들이 예술운동을 하는 것과 같은, 그 정도의 열심은 보이지 않을 것이다."

이 말은 사물의 본성을 찰지(察知)할 만큼의 예지조차 가지고 있지 못하다. 폭론(暴論)이 매우 격심하다. 정군은 프롤레타리아 예술운동의 노력을 예술의 신비력으로 간주하는 것으로 단정하고 있지만 그러면 계급운동에 가정을 버리고 정조까지 제공한 여자 공산당원이 있음을 무슨 신비력에 따른 것이라고 해석할 수 있는가? 요컨대 정군은 프롤레타리아 문학론과 계급투쟁의 이론을 상식적으로도 파악하지 못하고 있다고 생각된다.

(1933.3.10)

(3)

　무릇 주의를 위해 행하는 운동의 노력은 모두 그들이 이상으로 하는, 그 세계에 도달하기까지 요구되는 필연적 과정이다. 그들의 노력은 목적 그 자체이다. 그렇기 때문에 이 영역 내에는 다른 힘이 침입하여 가치 지어지는 것이 허용되지 않는다. 그렇기 때문에 모든 계급운동은 형식과 방편에는 다른 점이 있는데 본질적으로는 하나의 계통을 더듬어 흐르는 것이다. 프롤레타리아 예술운동에 예술의 신비력이 용인된다면 다른 운동에도 이런 종류의 힘이 움직이고 있음을 인정하지 않으면 안 된다. 이와 동시에 프롤레타리아 예술론에 무슨 특색을 가지고 존재성립의 가치를 인식해야 하는가? 커다란 철문이 가로막아 서 있는 듯한 문제를 통감하지 않을 수 없다. 부르주아 예술이 생명으로 하는 그 신비성을 부정하는 이데올로기로부터 발생해오는 문학의 공리성이야말로 프롤레타리아 예술론의 기초공사의 하나로 열거되고 있다. 일괄하면 전술한 정군의 소론은 아직 계몽되지 않은 비과학적인 몽롱 주관에 너무나 내맡겨진 이론이라는 비난을 면할 수는 없을 것이다.

◇

정군의 문단론 중에는 제3자로 하여금 불쾌감을 통감시키는 부분이 포함되어 있다. 그것은 지조도 혼도 가지지 못한 창부(娼婦)들이 아무렇게나 하는 이상론의 주장이다. 정군은 멋대로 사람을 폄하하여 쾌재를 외치려고 하는 비신사적인 정신을 보이고 있을 뿐만 아니라 뻔뻔스러운 타존자폄(他尊自貶)의 설을 우롱하는, 비열한 태도를 가지고 있다. 크게 반성해야 할 점이며 단연코 배척하지 않으면 안 되는 점이다.

정군은 조선문단을 미개지의 광야처럼 말하고 있다. 그리고 스스로를 선각자의 입장에두며 혼자서 배려하는 격려의 말을 말하고 있다.

"조선의 청년이 문단에 발을 일보 내딛는다고 하는 것은 폭풍 사납게 날치는 광야에 혼자 여행하는 외로움, 의지할 데 없는 운명을 짊어지는 것을 각오하지 않으면 안 된다. 또한 전장에서 총화 속을 돌진하는 병대의 기개를 가지지 않으면 안 된다고 하는 것이다."라고……

조선문단은 과연 정군의 소론처럼 어떤 흔적도 볼 수 없는, 황야인 것인가? 좋든 나쁘든 사회 위에 문단의 존립이 문화의 일분야로서 인정된다면 그 사회인에게 있어서는 가치의 고저야말로 수많은 공로를 장식하는 비석이 서 있음을 놓쳐서는 안 된다.

(1933.3.11)

(4)

　정군은 조선문단을 칭하여 작문시대라고 한다. 빈정거리는 별명까지 붙여졌다고, 혹평하고 있다. 그리고 오늘날의 조선문단에 속하는 작가의 작품을 내지작가에게 한 번이라도 보인다면 웃음거리가 될 것이라고 당치도 않은 말을 하고 있다. 정군의 이 논법은 사물에 대한 파장의 원리를 무시한 것이며, 아직 문학작품에 대한 인식의 눈이 어떤 기준가치를 발견하여 이에 의거하여 비판해야 할 수준에 이르지 못하고 있음을 폭로한 것이라고 할 수 있다. 이 망론에 부수하여 일어나기 쉬운 오해를 막기 위해 조선문단의 발달과정과 중요한 작가의 작품을 간단히 소개하도록 한다.

　조선문단은 오늘날의 신문학을 적극적으로 조성해야 할 유산은 선대로부터 계승하지 못하였다. 그렇지만 정군이 말하는 것처럼 조선은 과거에 일고조차 할 수 있는 문학을 가지고 있지 않은 것은 아니다. 소설로는 『춘향전』, 『심청전』—시가로는 『시조』그 외에 민요 등의 불후의 명작이 있으며, 이들의 고전문학은 조선문학의 원천을 이루고 있을뿐만 아니라 지금 여전히 생생하게 현문단에 포함되어 있다.

　　　　　　　　　　　　　◇

　　에도(江戸)문학의 자취를 접하며 탄생한 것이 내지문단의 메이지
(明治), 다이쇼(大正)문학인 것처럼, 1919년의 3.1운동이 자취를 받아
발흥한 것이 조선문단의 신문학운동이다. 이 계몽운동에 커다란 공
헌을 이룬 것은 최남선씨가 주재하는 『청춘(靑春)』― 도쿄유학생의
기관지였던 『학지광(學之光)』 등이다. 그 다음에 순문잡지로서 나타
나 문단의 기초공사를 굳힌 것이 『창조(創造)』와 『조선문단(朝鮮文壇)』
지 등이었다. 이 문학운동에 활약한 인물은 역시 도쿄유학으로부터
새로운 지식을 얻은 젊은 사람들이었다. 소설로는 이광수, 염상섭, 김
동인, 이익상, 현진건, 최상덕, 나도향 등 제씨(諸氏) ―시가로는 주요
한, 박월탄, 이은상, 김억, 김소월, 조운, 이병기, 정지용, 이상화, 이장
희, 김동환 등 제씨 ―평론으로는 김기진, 양주동, 박영희, 김영진, 양
백화 등 제씨 ―희곡으로는 김우진, 김영보, 박승희 등 제씨이다. 이
상 열거한 제씨의 작품(평론, 소설, 시가) 중에는 내지문단과 비교하더
라도 부끄럽지 않은 것이 수많이 존재한다. 염상섭씨의 『실험실의 청
개구리』― 김동인씨의 『감자』―이익상씨의 『젊은 교사』―이광수
씨의 『재생』―현진건씨의 『불』―최서해씨의 『홍염』 등 ―이들 작
품적 가치는 모두 조선문단의 신문학으로서 찬연한 존재를 유지하고
있는 것들이다. 더욱이 조선신문학의 존립을 의의 있게 만들고 있는
하나의 사실은 보통학교 신교과서에 이상 열거한 문인들의 작품 중
일부분이 발췌되어 있다는 점이다. 아직 완전한 영역까지는 도달하

지 못했다고 하더라도, 오늘날의 문단을 쌓아올린 문학운동이 어떠한 순서와 계통을 밟아 왔는지는 정군이 문화운동의 비탄사로서 논하고 있는 문단변별론과 발달론을 변명할 때에 말하기로 하고 여기서는 생략하지만 정군은 무슨 이유로 이와 같은 조선문단의 신문학을 부정하고 구태여 작가를 굴욕·유린하는 듯한 언론을 부리는 것일까? 그 의도가 어디에 있는지 알지 못한다. 이러한 불근신하기 짝이 없는 폭론 앞에서 문단에 유서가 있는 사람들은 모두 하나같이 의분에 타는 질책의 목소리를 외치지 않을 수 없을 것이다.

(1933.3.12)

(5)

정군은 조선문단의 파별 난립상태를 지적하고 이것은 전부 엉터리이고 가짜라고 멋대로 독단하며 타인을 폄하하고 있다. 이뿐만 아니라 그는 어딘가부터 이와 같은 파명(派名)을 찾아내었지만, 조선문단에서는 일찍이 한 사람의 작가에 대해서도 불러 본 적 조차 없는 "파쇼작가"라든가 "신사회파"라든가 하는 명칭을 늘어놓고 값싼 현대어를, 사전의 한 페이지라도 들추어 보이는 듯한 짓을 하고 있다. 조선문단은 결코 정군의 논조처럼 난맥을 더듬고 있지 않다.

선진국의 발달에 따라서 시험이 끝난 사물이 그대로 후진국에 수입된 것처럼 조선문단은 내지의 메이지, 다이쇼 문단의 모습을 이어

받아서 신문학운동은 곧바로 자연주의로부터 걷기 시작하였다. 이 자연주의에 병립하여 일어난 것은 민족주의(이상주의, 낭만주의를 가미한 것)였다. 이 조류는 문단의 두 흐름으로서 협동 보조를 취하며 신문학 건설에 매우 활발한 노력을 경주하였다. 그런데, 갑자기 이에 대항하여 나타난 것이 프로문학이었다. 이러한 문학경향이 문단 내에서 확실히 인식되어 문학대립이 명료해진 것은 1927년 무렵이었다. 이 조류는 오늘날 문단까지 지속되어 조선문학 발달사의 중추 요소를 이루고 있다. 주의 주장에 대한, 분류는 종래 엄밀하고 정확하게 행해지는 성질의 것은 아니다. 조선문단의 중요한 작가를 작품과 사상으로부터 조망하여 구태여 분류하기로 한다면 대체로 다음과 같이 열거할 수 있다고 생각한다.

▲ 민족주의파

　이광수, 윤백남, 최남선, 이은상, 이병기, 주요한, 김영진, 김동환 등 외 여러 명

▲ 자연주의파

　염상섭, 김동인, 이익상, 최상덕, 현진건, 등 외 여러 명

▲ 계급문학파

　김기진, 박영희, 윤기정, 백철, 임화, 유진오, 이기영, 조명희 등 외 여러 명

이 외에는 여전히 조선신문학운동을 일별해야 할 가치 있는 것은

이하윤, 김정섭, 정인섭 외 여러 명에 의해 일어났다. 해외문학파의 공적과 방정환, 이정호, 고장환, 정홍교 제씨의 손에 의해 개발되고 있는 소년문학운동이다. 이 두 문단적 사실은 모두 조선신문학 건설운동에 중요한 역할을 담당하고 있는 것으로 경시할 수 없는 사항이다.

모든 사물을 논할 경우, 그 실제적 상세(狀勢)를 그대로 받아들여 추상적으로 각각의 주관이나 인식을 주창한다면 그곳에는 어떠한 단정도 내릴 수 있으며, 그 단정을 어떻게든 이론화할 수 있다. 그러나 그곳에 나타난 이론은 비실제적이고, 구체적이지 않은 경우가 많으며, 그리고 그곳에는 오류의 흙탕물 속에 함몰되기 쉬운 재화(災禍)의 위험성을 다분히 포함하고 있는 것이다. 조선문학이 발달하지 못한 원인으로서 지적한, 정군의 작품빈곤문제와 파쟁론에는 위에서 논한 형태의 이론형태를 여실히 전개하여 점차 그의 잘못된 문단론을 뒷받침하고 있다.

정군은 앞에서 인정한 예술의 신비성과 매력성이라는 논을 후회라도 하는 듯한 어조로 "역시 먹는 일은 작가들에게 중요하며 창작욕으로 나아가는 에너지이다."라고 완화시켜 논하고 작품 빈곤문제의 사실로서 프로진영의 4명(김기진, 박영희, 박팔양, 유완희)의 은둔적 무창작의 사례를 들고 입증의 재료로 삼고 있다. 그리고 그 원인은 원고료를 지불하는 기관을 가지지 못한 문단인의 빈곤으로부터 오고 있다고 단정을 내리고 있다. 이 또한 정군의 경솔하기 짝이 없는 피상론으로 보잘 것 없지만 조선문단이 왜 침체의 영역을 탈출할 수 없는가를 설명할 의미로부터 앞에서 기술한 4명의 은둔적 작품 무생산을 논해 보자.

조선문단의 침체현상은 두 방면으로부터 오고 있다. 하나는 사회의 정치적, 경제적 추세로부터 받는 작가자신의 정신 문제와, 또 다른 하나는 객관적 정세로부터 오는 장애 문제이다. 전자는 종래의 "문학적 교양이 막다른 곳에 막혀 작가로서 강하게 서야 할 힘을 스스로 잃어버린 것이며 후자는 주로 검열문제로부터 작품이 속박되는 것이다. 이것은 오늘날의 조선문단이 발전하지 않은 이유로서 지식계급은 하나같이 인정하는 바이다. 김기진, 박영희 두 사람은 조선 프로논단에 어깨를 나란히 하는 선각자로 지금도 여전히 강한 존재이다. 두 사람은 주로 문헌적 지식으로 성장한 프로의 논자이며 생활의 투쟁을 통하여 획득된 인식을 연관하여 가지고 있는 사람들이다.

(1933.3.14)

(6)

급격하게 변화하는 오늘날의 프로문예운동은 어쩔 수 없이 꼼짝 못하는 상황에 있다. 바꿔 말하면 무장(武裝)의 군복을 바꿔 입고 전법의 재정비를 기도하기 위한 대기와 같은 상황으로 정군이 말하는 것처럼 문단의 빈곤 때문에 영양부족이 되어 문단으로부터 멀어진 것은 아니다. 특히 프롤레타리아 시인으로서 일시 화려한 활약 모습을 보이고 있었던 박팔양씨는 인생의 고뇌로부터 사상 전환을 하여, 그는 프로진영으로부터 전신하여 새로운 길과 빛을 발견하려고 노력하고 있다. 최근 그가 발표한 몇 편의 시에는 이러한 경향이 농후하게 나타나고 있다. 일찍이 문명(文名)을 구가한 한 사람으로서 들고 있는 유완희씨는 동지를 규합하여 기성문예에 선전포고를 하고 있었다. 프로문예운동의 초기에 그 문을 열고 스스로 프로 시인이 되어 살고 있었던 사람 중 한 사람으로 그의 작품이 문단적으로 인정받은 것이 무엇 하나 있었는지 의심하지 않을 수 없다. 겨우 이 4명의 사안으로부터 살펴보아도 정군은 문단의 움직임과 작품가치의 인식에 얼마나 어두운 눈의 소유자인지를 엿볼 수 있다. 이와 동시에 그의 이론은 하등의 근거를 가지지 못하고 얼마나 추상적으로 논해지고 있는지를 알 수 있다.

사회에 생활의 기초전통이 파괴될 때, 그곳에는 필연적으로 혼란상태가 나타나는 것이다. 그러나 이를 대신하는 새로운 생활기준이 성립할 때까지 이 상태는 무궤도로 지속되는 것이다. 이 사회현상의 반영으로서 문단의 파쟁난립 상태는 당연하다고 볼 수 있는 현상이며 의심할 여지가 없는 것이다.

정군은 조선문단의 파쟁문제의 원인을 애매하면서도 이상의 논리를 인정하고 있는 것 같으므로 이 점은 선의로 해석하여 이의는 없지만 조선문단의 파쟁을 엉터리라고 단정한 것은 어떤 근거에 따른 것인가? 그리고 이것을 입증하는 하나의 사실로서 이광수씨를 파쇼작가라고 멋대로 독단하여 주의 주장이 작품의 위에서 인정될만한 어떤 요소도 없는 것은 아닌가라고 몹시 비난하고 있다. 이광수씨를 파쇼작가라고 인정하는 일은 마치 중국의 병대가 호박을 폭탄이라고 생각하고 도망치는 것과 같다.

이점은 하찮고 시시한, 잘못으로 판단될 느낌이 없지도 않지만, 결국 이것은 정군의 천박한 지식이 초래한 커다란 인식의 오류이기 때문에 이것을 지적하고 교정하는 일은 정군의 문단론이 얼마나 엉터리인것인지가 반증되므로 조선에는 파쇼운동이 근본적으로 성립하지 않는 이유를 조금만 진술해 보고 싶다고 생각한다.

(1933.3.15)

(7)

이미 오래된 사항이기는 하지만 파쇼운동이 이탈리아 무솔리니가 본관이고 일본에서는 작년 현역 육해군 장교에 이누카이 쓰요시(犬養

毅)수상[02]이 암살된 사건과 아이쿄쥬쿠(愛鄕塾)의 농민결사대(農民決死隊)[03] 사건으로부터 일반에게 널리 알려진 하나의 사상이며 운동 형태이다. 이 운동의 근본정신은 국가의 장래를 우려하는 애국심으로부터 발생하는 것으로 그 슬로건은 정치와 경제의 변혁을 행하려고 하는 것이다. 즉 정치조직과 경제기구가 국가를 위태롭게 하고 사회를 좀먹게 하고 있다는 견해로부터 정치, 경제 양 기관의 요인을 쓰러트리고 변혁을 기도하려고 하는 것으로 이 운동의 최초의 혈제(血祭)에 올려진 것이 이누카이 수상과 미쓰이(三井)의 단 다쿠마(団琢磨)[04]였다. 이에 근거해 보면 파쇼운동은 완전한 정치가 부여되지 않은 사회에는 행해져야 할 성질의 것이 아님을 간취할 수 있다. 이 논을 더욱 진척시키면 조선은 한 식민지로 그 사회인은 완전한 정치를 가지지 못하기 때문에 파쇼운동은 일어나야 할 것이 아니라는 결론에 이른 것이다. 조선

---

02 1855-1932. 일본의 정치가로 29대 총리에 올랐으나, 1932년 5월 15일에 '런던 해군군축 조약'에 불만을 가지고 있었던 해군 청년장교들이 일으킨 이른바 '5.15사건'으로 관저에서 살해되었다.

03 아이쿄쥬쿠는 다치바나 고자부로(橘孝三郎)의 주창으로 '애향주의'를 기치로 '신일본건설의 투사' 양성을 목적으로 1931년 이바라키현(茨城県)에 설립된 사숙(私塾)인데, 아이쿄주쿠는 1932년 5월 '농민결사대'를 조직하여 변전소를 습격하고 5·15사건에 참가하였다.

04 1858-1932. 일본의 공학자자이자 실업가. 미국에서 광산학을 공부하고 미쓰이미이케(三井三池)탄광의 경영을 성공시켜 미쓰이 재벌의 총수가 되었다. 그러나 대공항 당시 미쓰이가 달러를 매점하였다고 비판을 받고 1932년 3월 5일 도쿄에서 혈맹단(血盟団)으로부터 저격을 받아 사망하였다.

의 정치변혁운동은 식민지의 점에서 국체(國體)변혁을 의미하는 민족운동의 색채를 띠게 되면 경제변혁운동은 동시에 사유재산제도 변혁운동의 형태를 취하게 되는 것이다. 이것은 오늘날의 조선사회정세로부터 받는, 운동의 근본요소인 이데올로기로부터 오는 불가피한 현상이다.

문단에서 창작과 평론의 두 분야는 항상 그 시대의 사회와 생활을 반영하여 움직이는 것이다. 그렇다면 그 사회에 운동체계를 이루어야 할 요소를 배태하지 않는 파쇼의 이론이 문단으로 옮겨와, 주의 주장을 이루어야 할 능력을 가지는 것인가. 정군이 조선문단에 파쇼작가가 있는 것처럼 인정한 것만으로도 커다란 이론 오류와 깊은 인식 부족이 있음을 알지 않으면 안 되는 것이다. 특히 농촌 파멸상을 바라보고 눈물을 흘리고 재즈문명에 좀먹는 개인 퇴영을 슬퍼하는 민족문학자 이광수씨를 부르주아 작가라고 변명하며 호되게 비난하는 것은 광견이 분별없이 사람을 물고 늘어지는 것과 같은 행동이다. 마치 정신병자의 광란형태이다.

(1933.3.16)

(8)

종래 하나의 문화가 막다른 곳에 막혔을 때, 선각자 및 비평가는 "……"는 어디로 가야 하는지를 외친 것이었다. 이 말은 반드시 내일에 살려야 할 편달의 말로서 그 사회인의 귀에 울렸을 것이다. 정군은 문단론의 결론으로서 사회적 정세가 신문학 건설발전에 매우 불리한 점을 논하고 마지막에 작가를 향해 무용 격려의 수사를 보내고 결론짓고 있다. 정군은 이 결론 중에 조선문단의 부진은 출판업자 및 신문잡지업자의 자각과 작가자신의 반성에 의해 해결되어야 할 것이라고, 사회경제와 교육문제까지 언급하며 평범한 상식론을 어리석게 떠들고 있다. 이 문제는 순서를 쫓아 그 범위를 확장해 가면 조선 사회문화 건설의 근본문제로서도 매우 중대한 사항이기 때문에 단순하게 논의를 거듭하는 것은 스스로 삼가지 않으면 안 된다고 생각한다. 이러한 이유에서 이 문제에 관하여 정군의 소설에 비판을 가하는 일은 여기에서 삼가지만, 문단성립의 제1요소인 문학 자체문제를 간단하게 논해 보고 싶다고 생각한다.

정군은 금후 조선문학이 어떠한 방향으로 나아가야 하는지의 문제에 대해서는 한마디도 언급하지 않았다. 작품의 가치 고저(高低)로부터나 기술의 우열로부터가 아니라 단지 막연하게 『개조(改造)』지에 발표된 장혁주군의 작품 『아귀도(餓鬼道)』
와 『쫓쫓겨 가는 사람들(追はれる人々)』 두 편을 떠 받들어, 조
선문단의 최고 도표라고 격상(激賞)하고 있을 뿐이다. 조선문
단은 과연 정군의 작품 척도표에 기대를 가지고 만족해야 할
것인가? 이 척도표에 따르면 정군의 문학에 대한 인식의 시야
가 얼마나 좁은가를 엿볼 수 있다. 정군이 장군의 작품을 가지
고 문단에 새로운 가치를 가져오는 것이라고, 아무리 용쓰더
라도 그것은 조선어로 쓰여있지 않기 때문에 문단적인 문학가
치는 정군 개인의 주관이 멋대로 부여한 인정이며, 문단은 그
것을 검토하지 않고 받아들일 수는 없다. 그렇지만 장군의 작
품의 내용에 그려져 있는 조선농촌의 파멸상을 하나의 문학적
이데올로기라고 인정하고 출발하면, 그곳에는 조선의 내일에
대한 문학논점이 있음을 발견하고 사회상과 문학론 문제에 이
르러 논의를 서로 거듭할 수 있다고 생각한다. 이와 같은 논제
는 어느 시기에 도달하면 시대적 인식이 스스로 그 호오(好惡)
를 결정하여 선고하는 것이지만 정군의 작품 척도표가 올바른
관점에 놓여져 있는지 아닌지를 구명하는 하나의 방편으로서
내일에 대한 조선문단의 문학은 어떠한 이데올로기로부터 와
야 하는지를 단적으로 생각해 보고자 한다.

◇

문학사에 나타나 있는, 문학과정은 새로운 하나의 인식이 생겨나면 그곳에 배양되는 이데올로기는 필연적 요구로부터 신문학을 성립시켰다. 자연주의의 뒤를 받아 발흥한 것은 낭만주의이며, 그 다음에 대두해 온 것은 신낭만주의였다. 이 사적 사실에 비추어 보면, 신흥세력을 가지고 성립한 프로문학은 이제 새로운 문학이 아니고, 그 활동 기능은 정치적, 경제적 가치를 너무 과도하게 보인듯한 느낌마저 들었다. 확실히 나타나지는 않았지만, 일부의 지식계급 사이에는 다음의 시대에 서야할 새로운 인식의 문학을 요구하는 모양이 보이기까지 하였다. 이것을 입증하는 의미로부터 내지문단의 하나의 이론 사실을 들어보자. 1927,28년 무렵부터 이후쿠베 다카테루(伊福部隆輝)[05] 씨 등이 주창하는 문화사적 생활에 있어서 인간성을 음미한다고 주장하는 이론이다. 계급문학이 사회과학을 배경으로 하면 문화사적 문학은 고고학, 고대 생물학, 인류학을 지식으로 하여 인간이 문화를 낳는 사회적 감정 내지 인간성을 알려고 하는 것이다. 조선문단에는 이와 같은 주장을 주창한 평론도 없거니와 작품을 발표한 작가도 없었지만 가까운 장래에 프로문예를 부정하는 무엇인가 새로운 운동

---

05 1898-1968. 일본의 시인이자 평론가. 소설가인 이쿠타 초코(生田長江)의 사사를 받고 1923년 『감각혁명(感覚革命)』을 창간하고 1924년에는 『무산시인(無産詩人)』을 창간하였다. 후년에는 노자(老子)의 사상을 탐구하였다.

이 일어나 올 것이라는 사실은 의심할 여지가 없는 장래 사안이다. 이와 같은 이법으로부터 보면 정군이 장혁주군의 작품을 문단의 최고 표준으로 설정해 둔 것은 언제까지 문단에 적용해야 할 척도일 것인가? 강한 열의를 가지고 신장하고 있는 젊은 조선학도의 이데올로기의 시대 투영을 정군은 알고 있는 것일까? 사회를 협의로 생각할 경우, 수많이 광범한 사회를 착오할 우려가 있는 정군의 작품 척도표는 이러한 태도에 기인한 것임을 알 수 있다.

'정군의 망론'——마지막에 이르러 열거하고 있지만 정군의 '조선문단을 말한다'라는 일문은 자기의 몽롱 주관에 사로잡힌 노예적 비평문이었음을 단언한다.

▲ 사실을 착오하여 보고 있는 점

▲ 이론에 체계가 없는 점

▲ 비평의 태도가 비열한 점

▲ 관찰이 협의 천박한 점

이러한 문면을 독선적 사려로 사람들에게 읽게 하는 일은 문학에 대한, 비양심적 태도라고 하지 않으면 안 된다. 정군에게 반성이 있기를 바라는 바이다. (끝)

(1933.3.17)

재차 「조선문단」을 말하다(再び「朝鮮文壇」を語る)
― 조선문학은 이제부터이다.

정순정

(1)

〔그림-3〕 '재차 조선문단을 말하다' 기사면
(1933.3.25.)

이전에 본 지상에 발표된 졸고 「조선문단을 말하다」라는 일문(一文)이 과연 유도 순군의 분격을 살 정도로 망론이었는가? 아니가? 그리고 나서 유군이 말하는 것처럼 불손 매우 근신하지 않은 폭론이며 조선문단에 유서가 있는 사람들은 하나같이 격분에 타는 질타의 소리를 외치지 않을 수 없을 만큼 뿌리도 잎도 없는, 근거 없는 장식문이며 멋대로 조선문

단을 상처내려고 하는 증오해야 할 바보스런 의도였던 것인가? 조선
문단의 전모적 실상을 조망한 문단론도 아니고, 새로운 이상을 주장
하는 문학론도 아니며 힘세게 일어나야 할 창작가를 요구한 작가론
도 아닌 공백문이었던 것인가? 그런지 아닌지는 이제부터 유군이 나
에게 반박한 「잘못된 문단론」을 구명함으로써 유군이 얼마나 허풍을
떨었는지, 조금도 믿을 수 없는 ——너무나 자기 도취적으로 조선문
단을 과장평가했는지가 명백해질 것이다. ——이들 기회에 재차 조
선문단의 실상을 조망하고 묘사함으로써 이 졸고 「조선의 문단을 말
하다」가 얼마나 정직하고 진지하게 시도된 조선문단의 현상론인지
대략 듣게지만 어쨌든 유군이 이렇게나 거리낌없이 과장성을 발휘할
정도로 조선문단을 사랑하고 지킨다는 점만은 존경할만하다. 칭찬이
라도 주고 싶은 일이다.

　　그런데 여기에서 잠시 추억의 이야기가 되겠지만 ——지금은 규
슈(九州)지방 어딘가의 신문기자를 하고 있을 가이(甲斐)라는 친구로
부터 반 정도 놀리는 어조로,

　　"조선에도 문학이 있어?"라고 질문은 받은 적이 있다.

　　"너는 무엇을 말하고 있는 거야."라고 나는 그 때 크게 분개
하였다.

　　"그럼 문학이 있다고 하는 것이군. 그러면 작가는 누가 있
어? 작품은?"

　　가이군으로부터 이렇게 압박하는 듯한 질문을 받은 순간

나는 대답에 망설였다.

 "작가로는 이광수가 있어, 작품은 그의 『무정(無情)』, 『개척(開拓)』, 『재생(再生)』이 있어."라고 말하고 싶지만 정말로 말할 정도의 용기는 없었다. 양심이 허락하지 않았기 때문이다.

 이광수를 작가로까지 더군다나 조선문단의 대표적 작가로까지 치켜올리고 당당하게 소개하기에는 너무나 마음이 놓이지 않았고, 『무정』, 『개척』, 『재생』을 자 봐라 …… 이런 작품이 있다.――고, 대담하게 소개를 하기에는 해당 작품은 너무나 속류에 속해 있기 때문이었다. 이런 작품 정도는 요즘 도쿄의 간다(神田) 야시장 주변에서 흔하게 볼 수 있다. 출판 브로커 손으로 출판된, 20판이라든가 30판이라든가 하는 거짓업자가 게거품을 뿜기면서 선전하는 삼류소설보다 한층 뒤떨어져 있다. 아무리 창피를 모른다고 하더라도 설마 이러한 작품을 당당하게 소개할 만큼 미치지 못한다. 그러나 저때에는 나는 매우 굴욕을 받은 듯하여 분한 느낌이 가슴 가득하였다. 지금에 이르러 생각하면 너무나 감정으로 달려 양심이 부족했던 점을 절실히 느낀다. 만약 요즘에 저 때와 같은 질문을 받는다면,

 "조선에는 아직 문학이라고 하는 건 없어. 구태여 있다고 한다면 매우 유치한 것이야."라고 솔직하게 대답했을 것이다. ――

(1933.3.25)

(2)

지금의 유군은 마침 그 때의 나와 같은 입장에 놓여져 있는 것이다. 매우 굴욕받은 듯한 분한 느낌이 들겠지만 있는 그대로의 모습은 아무리 하더라도 감출 수 없다. 조선의 문단현상은 아무리 감추거나 과장하더라도 있는 그대로의 현상인뿐이다. 이를 무리하게 감추거나 과장하려고 초조해 하고 장황한 문장을 꾸며 늘어놓더라도 결국 유군은 스스로 양심을 속이고 흥분하고 있음을 세상에 폭로하는 것 외에 아무것도 아닌 것이다. 그렇지만 언젠가는 유군도 흥분이 가라앉아 냉정하게 돌아올 때가 있을 것이다. 그때야말로 오늘의 나에 대한 반박문 「잘못된 문단론」이 「잘못된 반박론」이라고 스스로 정정하게 될 것이다. ──라고 믿는다. 그러면 그때까지 기다리는 것이 의리이겠지만 유군이 조선을 알지 못하는 사람에 대해 조선의 지식을 그릇되게 만들 우려가 있기 때문에 반박문을 쓰는 까닭이듯이 나 또한 조선을 알지 못하는 사람에 대해 조선문단의 있는 그대로의 모습을 인식시키기 위해 여기에서 재차 붓을 드는 이유이다.

무릇 어는 사물, 어느 사상(思想), 어느 사상(事象)을 비판하는 데 즈음하여 비판자 자신은 우선 어느 일정한 입장에 서는 것을 보통으로 한다. 바꿔 말하면 비판자는 항상 일정한 사상을 가지지 않으면 어느 대상을 주관적으로 감상하는 것 정도는 가능할지 모르지만 단정적인 비판은 도저히 바랄 수 없는 것이다. 더욱 말하면 객관적인 결정법은 발견할 수 없는, 결정법이 결여되어 있는 비판이야말로 불확실하며 권위가 없는 것이다. 그렇기 때문에 유군이 나에 대한 비판도 불확실하며 권위가 서지 않는 것이다. 왜 그런가? 그야 말로 일정한 입장에 서 있지 않으며 일정한 사상을 파악하고 있지 않기 때문에 ——그가 말하고 있는 "조선문단의 빈곤상은 문단 스스로가 그 책임을 져야하는 것이 아니라 오히려 그 사회에 책임을 물어야 할 것이다."라고 하여

현재의 사회기구를 조망하는 것, 경제조직의 관련성을 인식하는 것, 상식적으로 알려져 있는 이야기이다. 문단도 다른 수많은 형태조직과 마찬가지로 결코 사회를 떠나서는 존립할 수 없다. 따라서 오늘날과 같은 심각한 경제공황에 있는 사회의 일부문인 형태조직으로서의 문단도 똑같이 빈곤에 신음하는 것은 경제조직의 관련성으로부터 보아 하등 이상한 것은 아닐 것이다. 여기에서는 유군이 올바른 점을 말하고 있다. ——그렇지만 다음에 그는 다시 말하고 있다. "이데올로기가 반드시 생활로부터 온다고는 할 수 없다. 생활이 이데올로기를 배양하는 경우도 있지만 이데올로기가 생활을 지배하는 경우도 있다."고

그러면 유군이 만약에 이데올로기가 생활을 지배한다고 할 수 있다면 문단은 어째서 사회를 지배할 수 없는가? 아무리 오늘날의 사회경제 공황을 떠들어 대고 있어도 문단은 하나의 독자의 경기(경제상의)를 보이지 않을 것인가? 상층형태로서의 이데올로기가 하층토대로서의 생활을 지배할 수 있다면 마찬가지로 상층형태 그룹으로서의

문단이 하층토대인 사회를 지배할 수 있을 것이다.

여기에서 유군은 유물, 유심의 기로를 헤매고 있는 것, 이원사상을 품고 고민하고 있는 자신의 모습을 스스로 폭로하고 있다. 이러한 자가 감히 어떤 대상을 비판한다고 하는 일은 비웃을 일이다. 우선 자기자신의 사상을 확인하고 자기자신의 입장을 굳건히 하는 일이야말로 급무가 아닐까? 그렇게 하기 전에 비판을 시도한다고 하는 일은 무모한 야심이며, 경솔한 공상이다. 여기에서 유군이 무모한 야심과 경솔한 공상을 구태여 세상에 물은 이유를 나는 이해하고 있다. 조선문단을 보다 높게 평가하기 위한, 실로 눈물겨운 그 것임을 ——이러한 점에서는 유군에게 동정하여 마지 않는 것이지만 그가 조선문단을 무리하게 높게 평가하기 위해 이상의 모순과 푸념을 스스로 폭로하고 있는 점에서는 가증스러운 바도 있다.

(1933.3.26)

(3)

유군은 조선문단에서 부르주아 문학이 있나는 현상을 실례를 들면서 말하고 있다. 마찬가지로 프롤레타리아 문학도 상찬하고 있다. 동시에 양파의 존재가치성을 인정하고 있는 그의 조선문단에 대한 애착열이야말로 과연 사랑스럽다고도 할 수 있겠지만, 그러나 오늘날의 프롤레타리아 예술가는 역사적 필연과정을 믿고 부르주아 계급은 이제 제3기에 이르러 말기에 다다르고 있음과 동시에 부르주아 문학도 마찬가지로 위기에 처하여 거세되고 있다고 믿고, 부르부아 예술을 프롤레타리아 예술과 평행선 위에서 평가한다고 하는 점에는 필시 조선의 프롤레타리아 예술가도 그다지 기뻐하지 않을 것이다. 마찬가지로 부르주아 예술가도 자네의 의도를 이해하는 자는 과연 몇 명일까? 그렇기 때문에 유군이 조선문단을 보다 높게 평가한다고 하는 점은 헛된 수고를 할 뿐이며, 누구로부터도 칭찬을 수 없는 완전히 이유가 없는 것이다. 유군이 이와 같이 수많은 오해를 일으킨 원인은 조선문단을 보다 높게 평가하는 데 있었던 것이기 때문에 여기에서 재차 조선문단의 진상을 탐구하여 실상을 묘사함으로써 유군을 이러한 오해로부터 구하지 않으면 안 된다. 이것이 유군에 대한 나의 논리이기도 하다.

유군은 "정군은 문단인의 경제중심을 원고료에만 두고 있는 것 같다."고 말하고 있다. 그렇다! 나는 확실히 그렇게 말하였다. 여기에 어떤 이상함이 있는가? 대체 문단이란 무엇인가? 문필을 가지고 직으로 하는 예술가들의 모임이 아닌가? 그러한 예술가야말로 보통과 같은 인간이며 그 모임이야말로 사회의 일부문이 아닌가? 사회라고 하는 것은 하나의 경제조직에 의해 결성된 것이라고 한다면 당연히 문단도 경제의 움직임에 의해 좌우된다고 하는 것은 조금도 의심이 없는 일이다. 오늘날과 같은 심각한 경제공황에 빠진 사회는 혼돈을 보이고 있다고 하는 사실은 우리들이 마찬가지로 당면하고 있는 바이다. 동시에 문단도 사회의 일부문으로서 경제공황의 거친 파도에 빨려들어감은 명백한 사실로서 나타나고 있다.

문단인의 경제중심은 확실히 원고료에만 있다. 원고료를 제하고 다른 데 무엇이 있겠는가? 그런데 조선문단에서는 작가에게는 원고료가 지불되지 않는다. 이는 즉 문단경제의 동요를 의미한다고 해도 지나치지 않다고 할 수 있다. 오늘날의 조선의 작가인 자들이 붓을 내던지고 문단을 떠나는 자가 많다는 사실은 그들도 역시 먹지 않고는 있을 수 없는, 보통의 인간이기 때문이다.

아무리 예술이 창조적 일이라고 하더라도 그것은 가동적인 일은 아니다. 어디까지나 현실적인 일이다. 그렇다고 해서 창작가는 역시 현실에 지배된다고 하는 것은 어쩔 수 없는 일이다. 이러한 이론상으로부터 보아 오늘날과 같은 조선문단의 창작빈곤으로 발전하지 못한 결과를 초래했음은 부정할 수 없는 일이다.

동아일보사의 신년문예좌담회 석상에서 제1류 문사라고 일컬어지는 김동인은,

"나는 날마다 2엔의 원고료가 없으면 신문소설은 쓸 수 없다/"고 외치고 과연 유군과 같이 양심을 속이고 가면을 쓴 문단인 사이에 커다란 센세이션을 일으킨 일이 있다.

이것은 무엇을 의미하는 일일까? 문단의 경제중심이 원고료에 있음을 웅변해 부족함이 없는 것은 아닌가? 만약 날마다 2엔의 원고료

조차 없다면 김동인은 오늘날과 같이 번성하게 신문소설에 붓을 담그지 않을 것이다. 이는 오로지 김동인에 한하는 일은 아니다. 오늘날의 작가인 자가 대개 저널리즘으로 흐른다고 하는 일은 작가가 출판업자 및 신문잡지 당국자의 요구에 영합하기 때문에 즉 원고료에 구애되어 완전히 예술적 양심을 버린 탓이다.

(1933.3.28)

(4)

"조선문단에는 아직 원고료 제도가 확립되지 않았다"라고 내가 말한 것을 유군은 크게 분개하고 있는 듯하다.

"문인을 망라하여 문예가협회(문필가협회를 가리키는가?)라는 단체를 조직하고, 작가의 생활 보장을 세우기 위해 고료를 제정하여 그 취지를 출판업자와 신문잡지 기관에 통고하고 있다고 ―그리고 이 운동의 효과실적은 전반적으로 널리 퍼져서 실현되지 않았지만 일부의 작가에 대해서는 생활을 보장할 수 있는 정도의 고료가 지불되고 있다 고" ― 그 정도라면 나도 알고 있다. 그러나 문필가협회라고 하는 것이 과연 작가의 생활보장을 할 수 있기 위해 힘이 될 것인가? 문필가협회가 아무리 출판업자와 신문잡지 기관에 고료의 제정을 통고했다고 한들 이것이 대체 어떤 권위가 있을 것인가? 유군이 이렇게도 이 문필가협회를 신뢰한다고 하는 점은 너무나 과신이며 인식부족이다. 이 단체의 내부 결성 후를 조사해 보라. 결코 신뢰하기에 충분하기는커녕, 오히려 영양부족으로 괴로워하고 있는, 조선작가들의 외로운 사교단체에 지나지 않음을 ―그 만큼 모순된 내부를 발견할 수 있을 것이다.――

문필가협회의 조직분자는 가장 그 중심적인 분자는 예술적 소양이 있는 신문잡지 당국자, 출판업자임을 잊어서는 안 된다. 이러한 사람들이 과연 작가의 원고료 제정을 위해 그다지 진력을 다할 것인지는 매우 의문이 드는 점이다. 또한 이 단체의 대부분을 점하고 있는 저널리스트들이 과연 원고료 제정을 위해 분투를 계속할 것인지도 매우 의문이지 않으면 안 된다.

이 단체의 중심분자들이 원고료 제정을 위해 진력을 다한다고 하는 점은 스스로 나와서 손해를 보려고 하는 어리석은 기도에 다름 아닌 일이다. 또한 이 단체의 대부분을 점하고 있는 저널리스트들이 원고료 제정을 위해 분투한다고 하는 것은 그들이 고용주와 싸운다는 점을 의미한다. 동시에 샐러리맨으로서 자신의 지위를 위험하게 하는 어리석은 기도이다. 그렇기 때문에 그들이 진정으로 타애심이 강한 기독교의 정신을 가지지 않으면 영웅적인 용기도 없으면 고료 제정을 위해 열심히 싸워주지는 않을 것이다. 한마디로 말하면 이 단체는 원고료 제정을 위해 무엇무엇을 위해서도 힘이 되지 않을뿐 아니라 실제는 출판업자, 신문잡지 당국자의 원고료 제정을 저지하기 위한 일수단이라고도 할 수 있는, 기만단체임을 알지 않으면 안 된다.

만약 유군이 말하는 것처럼 이 단체의 원고료 제정운동의 효과가 실현되었다고는 하더라도 일부의 작가에 대해서는 생활을 보장할 수 있을 정도의 원고료가 지불되고 있다고 하더라도, 유군이 말하는 것처럼 신문소설은 1일분 2엔 내지 3엔, 단편물에는 2,30엔이라는 고료가 비공식적이나마 시세를 정하고 있다고 하더라도, 이것을 진정한 의미에서 과연 원고료 제도라고 말할 수 있을까? 이는 특수 현상이라고 하기보다 오히려 비밀 현상이라고 하는 편이 올바른 견해이다. 유군이 말하듯이 이광수, 윤백남, 김동인, 염상섭, 최상덕 외 여러 명은 각각 원고료의 수입에 의해 생활을 하고 있다고 가정 하자. 내가 보는 바로는 이광수는 동아일보 편집국장이며 윤백남은 ○○○○방송국의 조선국장이고, 그이 여러명은 각각 별도의 고정 수입이 있다고 생각되지만 어쨌든 그들이 월급 정도는 용돈으로서 사용하고 실제는 유군이 말하듯이 원고료로 생활하고 있다고 가정해 두자. 과연 이를 원고료 제도라고 할 수 있는가.

오늘날의 출판업자, 신문잡지 당국자는 이 비밀 원고료 제도를 밖으로 새는 일을 극도로 두려워하고 있다. 왜냐 하면 그들은 이 비밀 원고료 제도가 일반적인 관례가 되는 일을 달가워하지 않기 때문이다.

이 비밀 원고료 제도는 오늘날의 조선작가로 하여금 생활보장은 커녕 도리어 수많은 희비극을 연출하고 수많은 모순을 폭로하고 있을 뿐이다.

(1933.3.29)

(5)

조선에서 어느 신문사가 어느 작가에게 연재소설을 의뢰했을 때 (실은 작가 쪽에서 부탁한 일이지만), 이 일이야말로 이 작가는 혜택받은 절호의 찬스이지 않으면 안 된다. ── 왜냐 하면, 결코 자신의 예술적 작품이 발표되는 기회이기 때문에 절호의 찬스라고 하는 것이 아니다. 그보다도 소설연재 중의 원고료(1회 2엔)가 있기 때문에 선택받은 절호의 찬스라고 하는 것이다. 그렇기 때문에 그는 모처럼 떨어진 이 찬스를 좀처럼 떠나려고 하지 않는다. 작품다운 작품을 만들기 위해서라기보다 가능한 한 이 찬스를 길게 연장하는 데만 더욱 고심하는 모습이다. 전혀 필요하지 않은 장면이나 읽기에 질릴 만큼 긴 묘사를 가지고 연장의 일수단으로 하는 것이다. 이 실례로서 현재 동아일보에 연재되고 있는 방인근(方仁根)의 소설이 이에 해당한다. 90회에 이르기까지(오늘까지) 아직 스토리의 발단으로부터 한발도 나아가지 못하였다. 90회에 이르기까지 무용의 장면을 넣거나 필요하지 않은 묘사를 늘어놓고 허비하고 있다. 지금의 상태로 가면 1000회도 넘는 대장편이 될 것이다. 정말로 방인근의 연재소설은 예술소설로서는 물론, 흥미를 돋우는 정도의 저널리스틱한 부분도 보이지 않는다. 그렇지만 방인근 자신에게는 이쪽이 이익이 될지도 모른다. 어쨌든 소설을 연재중에는 원고료만은 받을 수 있기 때문에.

(1933.3.30)

이것이 비밀 원고료 제도의 폐해이며 추태가 아니고 무엇이겠는가? 원고료 제도가 일반적으로 널리 미치지 못하는 곳으로부터의, 희비극 모순이 아니고 무엇이겠는가? 이러한 비밀 원고료 정도는 전혀 원고료 제도가 설정되지 않은 쪽보다 더욱 해악임을 잊어서는 안 된다.

　　비판자가 있는 대상을 비평할 경우에는 그 대상을 우선 성의와 이해, 그리고 정확한 구명(究明)에 의해 비로소 시도하는 것이다. 그런데 유군은 이와 같은 비평가로서의 중대한 예비태도가 부족한 바 커다란 오류를 일으키고 있다. ──왜냐 하면 "정군은 자설을 배신하고 부정하고 있다."든가 정군의 주장을 요약하면 "부르주아 예술창조는 먹지 않고는 가능하지 않다. 그러나 프롤레타리아 예술운동은 먹지 않아도 열심히 하는 것은 예술의 신비력에 매혹되고 있기 때문이라는 설이다."든가 자기 멋대로 요약하여 날조하여 잘난듯한 기함을 토하고 있다. 과연 이것이 남의 문장을 성의와 이해를 가지고 정확하게 구명한 비판이라고 할 수 있을까. 나는 확실히 유군에게 지적받은 것 처럼 "예술도 먹지 않고는 가능한 일이 아니다."라고 말하였다. 그리고 "프롤레타리아 작가가 먹지 못하면서도 상당히 예술운동에 열심을 보이는 것은 예술에 어떤 신비성고 매력성이 있기 때문이 아닐까?"라고 말하였다. 이것만으로 본다면 나는 최초의 자설을 배반하고 부정한듯한 모순을 일으키고 있다고 할 수 있을지 모른다. 그러나 나는 결론에 이르러 힘주어 말한 점을 유군은 잘못 읽고 있다. 그렇지 않으면 나의 문장을 일회분 마다 잘라내어 별도의 의미로 읽었음에 틀림없다.

나의 설 "—— 예술의 계급 초월의 신비성, 빈곤 고답(高踏)의 매력성이라고 하는 것도 되풀이하지 않으면 안 된다. 역시 먹고 사는 일은 창작가에게 있어서도 소중하다. 오히려 창작욕에 대한 에너지라고 하는 편이 적당할지도 모른다. 이것은 조선작가의 현상을 보면 곧 알 수 있는 일이다."라는 점은 무엇을 의미하는 것인가? 이것이야말로 조선문단이 발전하지 않은 원인에 대한 결론이며, 예술가와 식(食)문제에 대한 역점인 것이다.

일체 긍정을 위한 부정 —이것이야말로 논법의 일수단이며, '정', '반', '합'의 변증법적 논법이야말로 가장 과학적 논법임을 잊어서는 안 된다. 유군은 논객으로서 이러한 중요한 논법을 또한 배우지 않은 듯하다. 나는 "예술가도 먹지 않으면 일을 할 수 없다."라고 긍정적 논법의 결론을 맺기 위해 잠시 예술의 계급초월의 신비성, 빈곤 고답의 매력성 —이라는 부정을 삽입한 것이다. '정', '반', '합'의 논법을 시도한 것이다.

이렇게 보면 유군이 "부르주아 예술은 어떻고 프롤레타리아 예술은 어떻다"고 늘어 쓴 것도 아직 계급예술에 대한 ABC의 상식도 가지지 못한 변덕스런 사람의 설교이며 장난꾸러기의 낙서임을 알 수 있다.

(1933.3.31)

(6)

비평가는 어떤 대상을 비평할 경우에는 어디까지나 무자비하며 사정없이 판단을 내려야 하기는 하지만, 또한 어디까지나 정직하고 과장이 없음을 필요로 한다. 그러면 유군은 사정없이 무자비하기는 했다고 하더라도 시비를 판단하는 데 당면하여 도덕적인 기준이 되고 있는 바의, 정직하고 과장이 없었다고 할 수 있을까? 그는 유감스럽게도 양심을 속이고 정직을 배반하고 있는 그대로의 모습을 무리하게 감추고 과장스러운 모습을 보이지 않았던가? 그렇지 않으면 유군은 왜 "조선문단은 아직 광야와 같은 미개지이다."라는 나의 설에 그다지도 분개하고 있었던 것인가? 물론 이 지구의 도처가 광야라고 한다면 자신이 밟고 있는 광야도 광야라고 마음 아프게 느낄 수 없을지도 모른다. 그러나 이 세계 도처가 옥야(沃野)라고 하고 자신이 밟고 있는 곳만이 광야라고 한다면 오로지 자신이 밟고 있는 공간이 어떤 곳인가라고 하는 점을 확실히 느낄 수 있지 않을까? 이와 마찬가지로 만약 세계문단이 아직 조선문단의 레벨을 벗어나지 못하였다고 한다면 우리들은 오늘날의 조선문단을 광야와 같은 미개지라고 하는 점을 느낄 수 없었을지도 모른다. 그러나 세계문단은 조선문학보다 훨씬 높은 곳으로 나아가 있기 때문에 조선문단을 아직 미개지라고 한탄하는 까닭이 있는 것이다.

(1933.4.2)

　　그러나 나는 광야와 같은 조선문단을 결코 비관은 하지 않
았다. 오히려 미래에 커다란 희망과 이상을 품고 있었다. 그렇
기 때문에 나는 조선문단의 이와 같은 현상의 원인으로 문학
유산을 계승하지 못한 곳으로부터, 즉 우수한 전대작가를 가
지지 못한 곳에 그 원인을 두었다. 이 조선의 현문단은 현대작
가의 손으로 개척에 착수하지 않으면 안 된다. 그렇기 때문에
현대작가는 폭풍 휘몰아치는 광야에 홀로 여행하는, 외롭고
의지할 데 없는 운명을 짊어지고 있음을 각오해야 한다고 나
는 주의를 촉구하였다. 또한 전장에서 총화 속을 돌진하는 병
대(兵隊)의 기분을 가지지 않으면 안 된다고 격려의 말을 보낸
것이다. 그러나 유군은 나의 이 말을 불만스러운듯이 머리를
흔들고 있다.

　　"결코 조선문단은 광야와 같은 미개지가 아니다. 전대작가
의 문학적 유산이 전혀 없는 것도 아니다."라고 ——그러면 문
학적 유산이란 무엇인가? 유군은 『춘향전』과 『심청전』을 들고
있다.

　　『심청전』은 문학적 가치조차 인정할 수 없는 하나의 신화
이며, 옛날 이야기에 지나지 않는다. 하물며 문학적 유산으로
서 현문단에 영향을 미치고 있다고 하는 것은 완전히 허풍이
며 과장이다. 『춘향전』에 이르러서는 문학적 가치는 인정된다.

그러나 문학적 유산으로서 현문단에 영향을 끼쳤다고 하는 점은 아무리 해도 인정할 수 없는 일이다.

이 『춘향전』이 세상에 나온 것은 지금부터 50년도 전의 일이다. 지금부터 50년도 전이라고 한다면 봉건시대이다. 봉건시대 춘향의 정조관 ──즉 이도령과 하룻밤의 약속이 있다고 생각하여, 한번 헤어지고 나서는 전혀 소식이 없는 이도령에게 마음을 쏟아 남원부사의 정조강요를 굳이 거부한다. ──라고 하는 정도는 그다지 기적도 아니고 감동도 아니다. 열녀불경이부(烈女不更二夫)라고 하는 봉건사상에 지배받고 있는 봉건시대에 있는 춘향의 정조관은 그 시대의 여성 사이에 보편적 사상이었기 때문에 ──그렇지만 이도령이 어디까지나 춘향을 잊지 못하고 계속 사랑한 점은 확실히 통쾌한 바가 있다. ──왜냐 하면 이도령은 상류계급의 남자, 춘향은 비천한 계급의 여자였기 때문이다. 요즘 시대에는 귀족이 창기와 천국의 사랑을 맺는 일도 그다지 놀랄 바가 아니지만 그 시대 ──봉건시대에서는 확실히 혁명적 연애이다. 봉건시대의 작자가 이다지도 혁명적 연애사상을 일찍이부터 가지고 있었다고 하는 점만은 우리들도 마찬가지로 탄복하는 바이다. 이 작품이 만약에 저 시대에 세상에 나타났다고 한다면 입센의 『인형의 집』이 당시의 권위의 여성으로 하여금 여권독립운동에 적어도 공헌을 한 것처럼 『춘향전』도 또한 '연애에 계급 없다'는 사상적 효과를 거두었음에 틀림없다. 그러나 『춘향전』이 한 번의 사본으로부터 인쇄되어 세상에 나타난 것이 3.1 운동 이후이므로,

조선문단은 이 『춘향전』의 영향을 받지 않았다는 점이다. ──왜냐하면 3.1 운동 이후는 '연애에 계급 없다'는 사상 정도는 이제 시험이 끝난 사안이며 상식이 되어 있었기 때문이다. 그렇기 때문에 『춘향전』이 문학적 가치는 있다고 하더라도, 문학적 유산으로서 현문단에 영향을 미치고 못하였다는 이론이 성립하는 것이다.

(1933.4.5)

(8)

조선의 신문학운동이 기미운동(1919년)을 계기로 하여 발단되었다는 점은 유군이 말하는 것처럼 사실이다. 이 기미운동은 경제상으로 보면 봉건적 경제조직으로부터 자본주의 경제조직으로 전환시키고, 사상상으로 보면 봉건주의 사상으로부터 자유사상으로 전환시킨 일 계기였다. 봉건주의시대에는 산업상으로 분다면 아직 수공업 생산수단을 벗어나지 못하였고, 사상상으로 보면 유교사상에 지배되고 있었던 것이다. 그렇기 때문에 봉건시대에 신문학운동이 있을 리가 없었다. 자본주의시대로 전환을 기회로 산업상의 수공업 생산수단이 기계 생산수단으로 변하고 사상적으로 보면 유교사상이 자유주의사상으로 변함에 따라서 비로소 신문학운동이 발흥한 것이다. 그러나 이 기미운동 직후에는 아직 봉건적 잔해가 남아 있었던 만큼 솔직하게 말하면 사상으로서의 문학운동이 아니라 문학으로서의 문학운동이었다는 점을 잊어서는 안 된다. 즉 중국의 호적(胡適)의 백화운동과 같은, 문어체로부터 구어체로의 시도뿐이었다. 그렇기 때문에 진실로 말하면 기미운동으로부터 수년에 이르기까지는 문학운동이 아니라 문장운동이었다고 일컬어질 것이다. ——왜냐 하면 기미운동 이전(조선에서는 봉건시대라고 일컬어질 것이다.)에는 언문은 완전히 죽은 것과 다름이 없고 활용된 적이 없었으며, 따라서 언문에 의한 문장다운 문장은 없었기 때문에 ——우선 이 시대에는 무엇보다도 문장건설 운동이 급무였다.

(1933.4.6)

(9)

유군은 최남선이 조선의 문학운동에 커다란 공헌을 한 것처럼 말하고 있지만, 최남선은 문장운동에 공헌을 하였는지는 모르지만 결코 문학운동에는 어떤 공헌도 남기지 못하였다. 진실을 말한다면 조선의 문학운동은 최남선의 『청춘』시대보다 훨씬 이후, 1925년 무렵의 『조선문단』시대부터라고 할 수 있다. 그러나 이 시대의 사람들, 이른바 조선문단의 선구 작가라고도 할 수 있는 작가, 염상섭, 김동인, 이익상, 현진건, 최상덕 외 여러 명이 과연 유군이 말하는 것처럼 일본문단에 비해서도 부끄럽지 않을 뛰어난 작가라고 할 수 있을까? 아니! 이 사람들은 기교주의를 완성한 의미에서만 뛰어난 작가이다.

── 왜냐 하면 조선문단에는 일시 기교주의시대가 있었다. 즉, 『조선문단』시대부터 오늘날에 이르기까지가 이에 해당한다. 조선문단의 기교주의는 일본문단에 있어서, 기쿠치 간(菊池寬)⁰⁶, 구메 마사오(久米正雄)⁰⁷, 아쿠타가와 류노스케(芥川竜之

---

06 1888-1948. 다이쇼(大正), 쇼와(昭和)기의 소설가이자 극작가. 제일고등학교(第一高等学校) 시대에 아쿠타가와 류노스케(芥川龍之介), 구메 마사오(久米正雄) 등과 교제하며 제3차, 제4차 『신사조(新思潮)』 동인이 되었다. 교토(京都)대학 영문과를 졸업하고 1918년 『무명작가의 일기(無名作家の日記)』, 『진주부인(真珠夫人)』 등으로 유행작가가 되었다. 1923년 문학지 『문예춘추(文芸春秋)』를 창간하고 문예가협회를 창립하였으며 나아가 아쿠타가와상(芥川賞), 나오키상(直木賞)을 만드는 등 작가의 사회적 지위 향상에 크게 기여하였다.

07 1891-1952. 다이쇼(大正), 쇼와(昭和)기의 소설가이자 극작가. 도쿄(東京)대학 영문과 졸업. 제3차, 제4차 『신사조(新思潮)』 동인으로 참여하였으며 아쿠타가와 류노스케와 더불어 나쓰메 소세키(夏目漱石)로부터 사사를 받았다. 희곡 『우유가게의 형제(牛乳屋の兄弟)』, 소설 『파선(破船)』 등의 작품이 있지만 『달로부터 온 사자(月よりの使者)』 등 신문·잡지 연재소설 작가로 널리 알려져 있다. 일본문학보국회(日本文学報国会) 상임이사로 국책에 적극 협력하였으며 전후에는 가마쿠라분코(鎌倉文庫) 사장을 역임하였다.

介)[08] 등에 의한 신기교주의[09]와는 다른 의미에서 해석하지 않으면 안 된다. 그것이 무엇인가 하면 작품의 강의시대를 의미하는 것이다. 즉 작품의 제작 방법의 시대이다. 그렇기 때문에 이상의 제작가는 조선문단에서 작품의 제작 방법의 선생으로는 되겠지만 결코 뛰어난 작가는 아니다.

여기에서 조금 해수별로 조선문단의 역사적 과정을 제시한다면,

1. 문자운동시대(1919년부터 1924년까지)
2. 기교주의시대(1924년부터 오늘날에 이르기까지)

---

08 1892-1927. 다이쇼시대의 소설가. 도쿄대학 영문과 졸업. 제3차, 제4차 『신사조(新思潮)』 동인으로서 1916년 「코(鼻)」로 나쓰메 소세키의 인정을 받고 작가로서 등장하여 신기교파의 대표작가로 활약하였다. 「라쇼몽(羅生門)」, 「감자죽(芋粥)」 등의 왕조물, 「봉교인의 죽음(奉教人の死)」 등의 기독교물 등 다양한 작품을 통해 다이쇼기 대표작가의 위치를 구축하였으나 신경쇠약을 앓아 「어느 바보의 일생(或阿呆の一生)」, 「톱니바퀴(歯車)」를 창작한 후인 1927년 자살하였다. 그의 문필을 기념하여 나중에 일본 순문학 작가에게 주어지는 아쿠타가와상이 제정되었다.

09 다이쇼(大正)시 초기의 문학의 한 유파인데 아쿠타가와 류노스케(芥川竜之介), 기쿠치 간(菊池寬), 구메 마사오(久米正雄) 등 제3차, 제4차 『신사조(新思潮)』의 동인을 중심으로 하는 작가들에 대한 명칭이다. 일본 자연주의문학이 무기교, 무수사(無修飾) 중심이었던 데에 대해, 이지적인 기교를 중시하고 주제가 선명한 작품을 제시하였다. 신이지파(新理知派)라고도 한다.

그렇기 때문에 진실로 말하자면 조선의 문학은 오늘날부터라고 하지 않으면 안 된다.

유군은 수많은 작품을 들어 걸작이라도 있는 것처럼 허풍을 떨고 있지만 그 작품이야말로 기교주의시대의 산물인 만큼 모방의 영역을 벗어나지 못하였다. 왜냐 하면 조선문단의 기교주의시대는 일종의 모방시대라고도 일컬어질 것이다. ——결코 독창적으로 기교를 구축한 것이 아니라 여기저기서 모방하여 왔다는 점은 다툼이 없는 사실이다.

유군이 걸작의 하나로서 들고 있는 ——실제 조선문단에 일시 센세이션을 일으킨, 김동인의 『감자』는 유군이 말하는 것처럼 조선문단에서 최대 걸작일지도 모른다. 그러나 이광수는 『조선문단』지상에서 이 작품을 평하여 말하기를,

"일본의 1, 2류 작가의 영역에는 아직 이르지 못하지만, 3류 작가에는 결코 뒤떨어지지 않는다."라고 칭찬하고 있었다. 걸작이라고까지 호평을 받은 조선 최고의 걸작이 일본의 1, 2류 작가에는 아직 미치지 않는다고 하는 것이다. 그러나 3류 작가에게는 결코 뒤떨어지지 않는다. 이것으로 이 작품의 레벨을 알 수 있는 것이 아닌가. 유군의 작품 감상의 수준이 얼마나 유치한지도 엿볼 수 있다.

나는 조선문학이 발전하지 못한 원인의 하나로서 파쟁 문제를 들었다. 그런데 유군은 이것을 부정하였다. 유군의 이에 대한 반박은 지

당하다고 생각한다. 나도 앞에서 말하였듯이 "사회기구가 점차 복잡해져 옴에 따라서 각각의 사회관도 달라질 것이며, 따라서 각각 다른 형태의 사상을 가지게 됨은 어찌할 수도 없다. 이 사상으로부터 나온 예술관의, 각각의 상위로부터 분파되는 것은 또한 어찌할 수 없다. 그러나 여기가 문제이다. 그것들이 정말로 정당한 인식으로부터의 사회관, 건전한 사상으로부터의 예술관인지 아닌지라고 하는 점에서 그들의 파쟁도 의미지어질 수 있는 것이다."

나도 이상과 같이 파쟁문제가 문단이 발전하지 못한 절대적인 원인이라고는 말하지 않았다. 단 문제는 조선의 문단인이 어떤 근거 아래에 각각 분파된 예술관을 가지고 있는지 아닌지에 따라서 그들의 파쟁도 의미지어질 수 있다고, 말하였을 뿐이다.

파쟁이 도리어 문학발전상 의의가 있을지도 모른다. 투쟁이 없는 곳에 발전이 없기 때문에 —— 그러나, 근거가 없는 파쟁이야말로 완전히 무의미하지 않은가.

조선에 있어서 문학상의 주의는, 말할 필요도 없이 일본문단으로부터 수입해 온 것이다. 선진국의 문단으로부터 어느 주의를 수입해 온 것은 후진국의 문학 발전상 매우 득일지도 모른다. 이 점만은 유군의 의견과 일치한다. 그런데 선진국의 어느 문학상의 주의를 수입해 오기에는 그 주의를 유리하게 소화할 수 있을 정도의 문학적 내지 사회적 근거가 없으면 안 된다. 만약 문학적 내지 사회적 근거의 준비 없이 무턱대고 수입해 온다고 하면, 이것이야말로 문학발전상 매우 혼돈을 보일 뿐이다. 오로지 문학뿐만 아니라 모든 것이 그러하다.

오늘날 외국으로부터 가격이 높은 사치스런 소비품을 수입하는 것은 그 소비품을 소화할 수 있을 정도의 사회적 근거가 있기 때문이다. 그것이 무엇인가라고 하면, 도회의 번영에 풍부한 청년 남녀가 그것이다. 이와 마찬가지로 문학상에서도 그러하다. 그런데 유군은 조선문단의 파쟁이 근거라도 있는 듯이 말하고 있지만 그것은 완전히 거짓이며 과장이다. 여기서 조선문단의 파별을 구체적으로 들어보고자 하는데 이를 보는 것만으로도 얼마나 근거가 없는 것인지 엿볼 수 있다.

감각파 —— 유진오

악마주의 —— 현진건

기교주의 —— 염상섭 외 여러 명

다다이즘 작가 —— 김화산

데카당스 —— 이량

아나키즘 —— 이향

맑시즘 : 목적의식적 작가 —— 한설야

: 자연주의적 작가 —— 이기영

편의상 이상과 같이 대략적인 작가만을 들었지만 이것을 보고 누군가 놀라지 않은 것인가. 아직 초창(草創)기 모방시대의 조선문단은 이런 모습이다.

(1933.4.8)

(10)

물론 조선의 사회정세를, 이상과 같은 각각의 주의를 가지고만 표현할 수 있다고 한다면, 또한 자신의 인생관, 사회관을 이상에서 말한 이즘의 수법을 빌려서만 표현할 수 있다고 한다면, 아무리 주의를 위해 파쟁을 한들 좋은 일이다. 그런데 유군이 말하듯이 조선문학의 발전상, 어떤 근거 아래 수입했다고 과연 말할 수 있을까?

조선문단에는 아직 사상적 사조가 보이지 않는다. 문학의 사상적 사조는 문학의 어떤 강함을 보여주는 것이다. 예를 들면 유럽문학의 의고주의 ——낭만주의 ——자연주의 ——신낭만주의 ——신자연주의 ——현실주의와 같은 것은 역사적 발전상 커다란 동력이 되는 주조(主潮)였다. 그러나 조선의 문학에는 이러한 사조가 없었다. 즉 문학상의 강함이 없었다고 하는 것이다.

이것은 무턱대고 수입해온 바에 그 원인이 있는 것이다. 즉 조선문학이 일본문단으로부터 어떤 이즘을 수입해 왔다고 한다면 무엇보다 그 이즘에 적절한 바의 문학적 내지 사회적 근거의 준비가 없어서는 안 된다. 또한 그 이즘을 섭리(攝理)할 수 있을 정도의 세련된 자기문학을 준비해 두지 않으면 안 된다는 것이다. 그러나 조선의 문단은 이와 같은 준비도 없이 ―― 라기 보다도 전혀 자기문학의 기초도 구축하지 않고 멋대로 수입해 왔기 때문이다. 이것이야말로 농민에게 양복을 입히는 정도로 이상한 일일뿐만 아니라, 더욱 조선의 문단으로 하여금 이상의 혼침(混沈)을 보이는 원인이 되었던 것이다. 그렇기 때문에 조선문단은 어떤 확연한 사상적인 '흐름'을 만들지 않으면 안 된다. ――왜냐 하면 엉터리 파쟁으로부터 과감하게 초월하여 어떤 하나의 이즘으로 집중시켜 가지 않으면 안 된다는 점이다. 그리고 조선문학의 강함을 보여주려고 하는 것이다. 이것이야말로 조선의 문학을 살리는 유일한 길이다.

나는 문단이 발전하지 못한 원인으로서 작가의 빈곤문제와 파쟁문제를 들고 있는 데 반해, 유군은 조선작가의 문학적 교양의 정돈(停頓)과 검열문제에 있다고 보았다. 이것은 지당한 착안이라고 한다면 유군이야말로 자설을 배반하고 부정하고 있는 것은 아닌가?

(1933.4.9)

(11)

유군은 사회의 정치적 경제적 변동으로부터 받는 작가 자신의 정신 착란으로부터 오는 문학적 교양의 정돈(停頓) 상태라고 말하고 있지만 그러나 이 정치적 변동에 의한 모든 불리한 정세는 오늘날 세계의 일반적 정세가 되고 있다. 직접적으로 일본의 사회적 정세에 반응하여 피동(被動)되고 있는 조선보다, 무동(無動)적으로 되고 있는 일본의 사회정세가 더욱 심각하며 격화하고 있는 것이다. 그럼에도 불구하고 오로지 조선의 작가들만 아무리 비상시기 때문이라 해도 정돈 상태에 빠져 있는 것은 왜 일까? 이것이야말로 조선문단의 레벨, 조선작가의 교양정도가 얼마나 유치한 것인지를 입증하고도 남는 일이다. 조선작가가 이렇게도 일시적인 변동기이며 딜레마에 빠진다고 하는 그 근본원인은 또한 파쟁문제로 귀결할 것이다. 왜냐 하면 그들은 엉터리 파쟁에만 급급하고 있었기 때문에 중요한 문학가로서의 기초 교양일 수 있는 광범위한 지식 ——즉 사회, 정치, 경제에 관한 준비가 결락하고 있었기 때문이다. 그렇기 때문에 역시 조선문단이 발전하지 못한 근본원인은 파쟁문제로 귀착된다.

(1933.4.11)

(12)

　다음에 유군은 검열문제라고 말하고 있지만, 과연 조선의 검열제도는 어느 정도의 탄압으로 걸작을 매장하고 있는 것인가? 라고 하는 점이다. 공산주의, 민족주의 운동을 테마로 묘사하지 않더라도 검열에 패스할 수 있을 정도의 테마를 찾아내어도 작가에게 실력마저 있다면 얼마든지 걸작을 쓸 수 있을 것이다. 검열로 인해 걸작을 쓸 수 없다고 하는 것은 유군이 작가 자신의 무력을 숨기기 위해 만들어 낸 현조선문단의 시체말을 그대로 빌려온 것이다.

　나는 더 이상 시시비비를 논하고 싶지는 않다. 이상 말한 것만으로도 조선문단의 현상 자체가 말하고 있는 것 외에 이해심이 있는 식자는 충분히 그 시비를 엿볼 수 있는 일이기 때문에 ——내 자신의 논을 요약하면 조선문단은 아직 광야와 같은 미개지이다.

　1. 그 숙명적 원인으로서 뛰어난 전대작가의 문학적 유산이 없었다는 점.
　2. 인위의 원인으로서 작가의 생활빈곤과 파쟁문제와 ——

　그러나 결코 비관은 하지 않는다.

1. 그 대책으로서 파쟁으로부터 과감히 초월하는 것.

2. 또한 그 대책으로서 원고료 제정이 빨라질 것을 ──

　유군이 아무리 왜곡과 험담을 섞어 장황한 문장으로 반박한들 나의 이상과 같은 조선문단의 현상에 대한 관찰과 비판은 조금도 상처 받을 수 없다. 어디까지나 올바르기 때문이다. 여기에서 "개구리가 흥분하여 뱀에 도전했다." "정신병자의 광란이다." 등등 유군의 매우 야비스러운 험담은 유군에게 돌려 주겠다. ──올바른 것은 저런 험담이 전혀 필요로 하지 않는 것이다. 논의를 맺기에 즈음하여 유군에게 충고해 두지만 사물의 시비를 결정하는 것은 결코 허구의 사실과 험담이 아님을 알아두게나. 거짓이 없는 관찰과 조리를 갖춘 논리가 있을 뿐이다. ──라고 하는 사실을 ──

　(종) 3월 17일

(1933.4.12)

재문단론을 비웃는다
─불필요한 치기의 대담함이여─(再文壇論を笑ふ ─不必要な穉気の大胆さよ)

유도순(劉道順)

(1)

정순정군은 자기의 문단론을 지지함과 더불어 나에 대한 변박(辨駁)의 의미에서 재차 조선문단을 말하였다. 이 재론은 어느 정도까지 기

〔그림-4〕'재문단론을 비웃는다' 기사면(1933.4.16.)

대해야 할 것인가는 단언하지 않지만 문단현상을 정확하게 비판하고 척도(尺度)할 수 있는 논이라고 할 수는 없다. 동시에 이 논은 공허한 절규이고, 경솔한 기술이며, 단순한 개념의 유희밖에 아무 것도 아니다.

정당한 과정과 단계를 무시하고 멋대로 타존(他尊)적이고 허영적 이상론을 주장하는 일은 골계스런 결과를 부르는 것 외에는 아무것도 아니다.

재문단론 중에는 이러한 이론 형태가 여실히 전개되고 있음을 한눈에 파악할 수 있다. 정군이 시도한 재론의 요점은 신문학의 부정, 원고료 제도, 파쟁문제, 과거의 문학운동 및 고전문학의 가치, 작가론 등이었다. 이상의 설은 모두 정군의 천박한 지식과 착각과 유사한 인식을 가지고 쓰여져 미완성의 평론을 폭로하고 있을 뿐이었다.

정군은 재론의 톱에 신문학을 부정하는 논증자료로서 낡은 종이 쓰레기와 같은 자기 사생활의 일면을 들고 있다. 그 내용은 극히 간단한 것으로 한 친구로부터 조선의 문학에 대해 질문을 받고 대답할 수 없었다는 일문(一文)의 직타(直打)도 없는 추상적인 사항이다. 이것은 그 시비를 논해야 할 조리가 없다는 점은 이야기 자체의 내용으로부터도 명백하다. 그런데 이것은 평자로서의 정군의 태도가 얼마나 소아병적인지를 엿볼 수 있음과 동시에 매우 경솔하고 근신하지 못한 모습은 치기

(稚氣)로부터 생겨난 불필요한 대담함을 느끼게 하는 바가 있다. 비웃지 않을 수 없다. 그리고 예의 독설을 휘두르고 이광수씨의 작품은 야시장에서 팔리고 있는 삼류소설보다 한층 뒤떨어지는 것이라고 멋대로 남을 폄하하고 있다. 모든 것에 그래야 하지만 특히 작품을 평가하고 검토하기 위해서는 그 논거를 구체적인 사상(事象)에 두지 않으면 안 된다. 단지 삼류소설보다 뒤떨어지는 것이라고 간단하게 논해버리면 왜 뒤떨어지고 있는지를 알 수 없지 않은가. 이러한 추상적인 평언은 아이가 마치 자신의 아버지를 세계에서 가장 위대한 사람이라고 칭찬하고 있는 것과 마찬가지이며 그 본질에서 하등 다를 것이 없다.

문단의 존립을 시인하고 조선적으로 평가하고 있는 나의 논지에 대해 양심을 속이고 사실을 과장한 것이라고 책망하고 있다. 그리고 내가 평자로서 일정한 사상을 가지지 못하다고 단정하고 있다. 그것을 논하기 위해 정군은 나로부터 광정(匡正)된 자기의 이데올로기론을 치켜세우고 있지만, 이것은 그의 유치한 지식을 ■■■하는 데 지나지 않은 ■■■■■인데, 정군이 처음에 "조선문단인은 가난하기 때문에 프롤레타리아가 되지 않으면 안 되지만 부르주아가 되어 있다고 논한 것에 대해 이데올로기는 생활로부터 배양되는 경우도 있지만 이데올로기가 생활을 지배하는 경우도 있다고 광정(匡正)한 것이었다." 그리고 생활이란 정반대에 있는 이데올로기를 가지고 자기의 생활을 인도해 간, 재생 공산당 사건에 연좌된 모은행 총재의 딸에 대해 말하였다. 그리고 정군의 설에 따르면 이 딸은 부르주아의 딸이기 때문에 프롤레타리아의 의식은 생겨나지 않을 셈이지만 가정을 버리고 정조까지 제공한 것이 무엇 때문이라고 단정해야 하는가라고 구명한 것이었다.

정군은 이 논의 반박으로서 이데올로기가 생활을 지배한다고 하면 문단은 어째서 사회를 지배할 수 없는 것인가라고 논하였다. 문단이 사회를 지배한다고 하는 의미는 문학의 공리성을 논하는 것인가? 또는 작품의 내용이 사상방면에 영향하는 일부의 효과를 지적하고 있는 것인가? 그 점이 확실하지 않지만 이데올로기와 생활관계론에 이와 같은 설을 불쑥 제기하는 것은 정군의 두뇌를 의심하는 것 외에 별도로 해석의 길이 없다. 더욱이 위의 논지를 유물, 유심의 이원사상의 고민상이라고 논하는 것은 흡사 색을 인식하고 빛을 잊고 있는 짓이다.

(1933.4.16)

(2)

생활을 떠나서 문호는 성립할 수 없다. 문학도 이 범주를 벗어날 수 없다. 사회에 두 가지 계급이 상대적으로 존립할 때, 그곳에 두 가지 문학이 탄생함은 자연의 현상이다. 이와 같은 이유로부터 조선문단의 신문학을 부르주아 문학과 프롤레타리아 문학을 가지고 그 존립이 허용되고 있음을 논한 것이 왜 오류를 일으킨 원인이 되었을까. 오히려 지당하다고 해야 할 것이다. 정군은 상대적인 두 가지를 함께 인정하였다고 하여 양쪽으로부터 배척될 것이라고 논하고 있는 정군의 우지(遇知)함에는 놀랄 수밖에 없다. 예민한 감수성과 이해력을 가지지 못한 사람이 남을 향해 말하는 것은 모험이며 망동이기도 하다.

　　문단은 문필을 가지고 직으로 하는 사람들의 모임이라고 정군은 단정하고 있다. 이는 커다란 착각이다. 문단은 문학을 가지는 사람들의 모임이다. 문학적 작품을 파는 것이 문단인이 될 수 있는 조건이 아니라 문단에서 인정받는 문학 작품을 가지는 것이다. 따라서 문단인 중에서 작품으로부터 경제적 조력을 받지 못하는 사람도 많이 있다. 문단인의 경제중심을 원고료에 둔다고 하는 정군의 논의는 사물을 보는 눈이 피상적임을 알 수 있다. 정군은 아직 신문소설 1회에 2엔 내지 3엔, 단편에 2,30엔, 시가(詩歌)에 5엔 내지 3엔을 지불하는 것은 원고료 제도라고 할 수 없다고 논하고 있다. 그 이유는 일반작가에 널리 미치지 않는 일이라고, 작가의 생활이 이것에 의해서 완전히 보장받지 못하기 때문이라고 한다. 원고료 제도는 일종의 매매제도이다. 그 거래는 당사자가 자유롭게 행해야 할 것이다. 따라서 매매는 양에 의해 그 성부(成否)가 논정되어야 할 것이 아니라 질에 의해 정해져야 할 것이다. 성냥을 한 갑 사더라도, 천만 엔의 거래를 하더라도 장사는 장사이다. 양적으로 다소 불만족이 있기 때문에 원고료 제도를 부인하고 그 폐해의 실례로서 현재 동아일보 연재중인 방인근씨의 장편소설이 원고료를 위해 90회에 이르기까지 스토리의 발단에서 한 발짝도 나가지 못한 점을 지적하고 있다. 이 경우 방인근씨의 소설문제는 예술품으로서 가치를 논해야 하는 것이지 원고료로 인해 길게 끄는 것이라고 단정하는 것은 경솔한 비판이다. 정군의 이 태도는 형사가 사람을 의심의 논으로 바라보는 것과 하등 변함이 없는 것이다.

(1933.4.18)

정군은 프롤레타리아 예술에 신비성을 인정하고 필자로부터 무자비한 반박을 받았지만 그는 정반합이라는 엥겔스의 변증법에 근거한 논법이라고 궤변을 늘어놓고 있다.

"오늘날의 프롤레타리아 작가인 자가 예술운동에 그렇게까지 열심을 보이는 것도 역시 예술 그 자체의 신비와 매력에 매혹된 것이며 그들의 이른바 주장처럼 계급적 투쟁의 일분야로서의 역할을 과하는 것은 아닐 것이라고 생각한다. 왜냐 하면 그들 프롤레타리아 작가에게 예술운동 이외의 뭔가의 일을 부여해 보라. 결코 먹지 못하면서도 그들이 예술운동을 하는 것과 같은, 그 정도의 열심은 보이지 않을 것이다."

이 말을 변증법에 의한 논지라고 볼 수 있을까? 문학의 본질에 관해 프롤레타리아 문학은 정군이 말하는 것처럼 신비와 매력적인 것을 박탈하고 분쇄하는 것을 당면의 임무로 하고 있음을 계몽하는 의미로부터 한 번 더 부가해 두겠다.

고전문학의 내용을 평가할 때에는 그 작품을 낳은 시대와 사회를 배경으로 하여 그곳에 문학의 영속성을 발견하지 않으면 안 된다. 정군은 춘향전의 연대의 오류로부터 당치도 않은 사항을 주장하고 있다. 춘향전의 로맨스의 모태인 남원 광한루는 300년 전에 건축된 것으로 춘향전의 작자는 불명이지만 50년 전의 작품이 아니라, 더욱 오랜 역사를 가지고 있는 작품이다. 정군은 "연예에 계급 없다."는 사상은 이미 시험이 끝났다고 하며 춘향전의 문학적 가치를 경멸하고 있다. 사상은 새롭지 않지만 실사회의 생활(인텔리의 일부를 제외한 그 외)에는 지금도 여전히 살아 있는 작용을 꺼내고 있는 것을 잊어서는 안 된다. 특히 춘향전의 문장은 낡았지만 그 유려함을 정군은 알 까닭도 없을 것이다. 조선사회는 다양한 객관적 정세로부터 그 발달의 과정이 부자연스런 순서를 밟아오고 있다. 따라서 조선문단의 발달단계에 있어서도 춘향전 이후에 있어야 할 1단계가 배제되어 있는 관계로 춘향전은 조선 신문학의 유산이 아닌듯한 형태로 보이지만 그 인과관계는 인정하지 않으면 안 된다. 정군은 사물을 정밀하게 관찰하여 비판해야 할 지적 능력이 결여되어 있는 듯이 보인다.

(1933.4.19)

(4)

　타존(他尊)적 환영에 현혹되어 있는 눈에는 자국중심의 사회를 과학적으로 분별할 수 있는 총명함을 잃고 있는 듯 보인다. 1919년 이전의 사회를 봉건제도 하에 놓인 것처럼 말하고 있는 정군의 설이 그 좋은 실례이다. 엄밀한 의미로부터 말하면 조선에는 봉건제도가 없었다. 내지(內地)는 가마쿠라(鎌倉)시대[10]부터 메이지(明治)유신까지가 봉건시대이며, 서구는 중세기에 해당하는, 로마 말기가 그 시대였다. 봉건제도는 촌락 공산체가 붕괴하여 토지의 사유권이 그 발생을 낳았다. 당시 귀족이라고 일컬어지는 사람들은 대토지를 소유하고 일정한 조건을 붙여 은대지(恩貸地)를 부여하고, 이것에 의해 주종관계가 성립되었다. 이것은 봉건제도를 개략으로 말한 것으로 조선은 단군 이래, 삼국시대를 거쳐 이조시대에 이르기까지 군주 정치국의 사회조직제도를 지속한 나라였다. 따라서 조선에는 봉건시대에 행해진 제도와 유사한 제도는 있었지만 진정한 의미의 봉건제도는 없었다. 정군이 1919년의 3.1 운동을 일획으로 하여 조선의 봉건문화의 청산기와 같이 논한 것은 일견 그러해 보이지만 실은 그렇지가 않다. 이 말은 3.1 운동 이후에 일어난 신문화운동을 무시한 것이 아니라, 사회제도의 실제를 몰각하여 다른 사회의 문헌적 이론을 그대로 이식하

10　1192-1333. 일본역사에서 가마쿠라(鎌倉)에 막부(幕府)를 두었던 시대를 가리킨다. 조정과 더불어 일본 전국 통치의 중심이 되었던 시대로서 일본에서 본격적인 무가(武家)정권에 의한 통치가 개시한 시대이다.

려고 하는 비조선적 비판을 지적할 따름이다.

◇

정군은 신문학운동이었다고 저렴하게 평가하고 있다. 이 논지에는 일리 있는 점이 인정되지만, 입체적으로 해부 분석한 정확한 비평이라고는 할 수 없다. 유교사상에 지배된 조선의 과거 문화는 그 당연한 인과로부터 문학은 한문을 가지고 표현되었다. 이 때문에 조선문학운동은, 언문으로……라는 슬로건을 강하게 내세우지 않으면 안 되었다. 동시에 새로운 형식의 운동도 배태되었다. 이것이 무엇보다도 먼저 행해지지 않으면 안 되는 급무였다. 정군은 신문학의 공로를 여기까지는 수호하고 있지만 내용문제에 이르러서는 그 발전성을 부정하고 있다.

조선 신문학은 문학 자체의 외부형태(기교, 언문)를, 완전히 갖춤과 더불어 내부에 흐르는 창조적 활동도 그 생명을 잃지 않았다. 새로운 연애관, 비참한 농민의 생활상, 사상 고민상 등등등 ——신문학은 종래 사회의 도덕과 윤리, 제도 결함을 향해 수많은 도전을 포고하였다.

——이익상씨의 『젊은 교사』는 농촌의 소학교 선생이 사상 전환하는 생활면을 묘사한 것으로 이것은 조선청년의 사상적 고뇌를 상징한 것으로서 의의가 있었다.

──김동인씨의 『감자』는 가난한 사람의 처가 중국인의 야채 밭에서 감자를 훔치는 도중 발견되어 중국인에게 정조를 제공한 끝에 화를 모면하는 장면을 묘사한 것인데, 생활난으로 초래한 이 정조의 수난을 어떻게 볼 것인가라는 점에서 새로운 문제를 던진 것이었다.

이 외에 간도 이주민의 생활을 묘사한 최학송씨의 『홍염(紅焰)』……이기영씨의 『민촌(民村)』 등등등 ……신문학의 내용은 형식과 더불어 활발한 비약을 이루었다. 이와 같은, 정확한 사실의 위에 엄존하여 권위 있는 수확을 거두고 있음에도 불구하고 근거가 없는 것이라고 추상적인 말로 부정하는 것은 수정해야 할 태도이다.

파쟁문제론에 이르러 정군은 독선적인 사려로 멋대로 분류를 하고 있다. 전회에 말한 것처럼 조선문단의 주조(主潮)는 프롤레타리아와 부르주아의 2대 대립을 가지고 분야를 만들고 있다. 프롤레타리아로는 맑스와 아나키즘이 분파되고 부르주아로는 자연주의(낭만주의를 가미한 것)와 국민문학이 방조하며 보조를 취하고 있다. 이 외에는 문단의 주조로서 볼 수 있는 것은 없다. 악마파라든가 다다이즘이라든가 정군은 작가의 이름까지 들고 있지만 조선문단에는 이러한 주의와 분파가 주조를 이룬 시대는 한때도 없었다. 특히 자연주의 작가인,

현진건씨를 악마파로 추대하고, 프롤레타리아 시인인 김화산씨를 다다이즘으로 한 것은 생기가 없는 조화(造花)를 가지고 들판의 생화로 바꾸려고 하는 골계이다. 일찍이 악마파의 각본가 오스카 와일드를 연구한 것은 현진건씨가 아니라 임노월씨이며, 다다이즘의 평론 1편과 소설 1편을 시험적으로 1927년 무렵 조선일본 지상과 조선문단에 발표한 것은 김화산씨였다. 정군은 이와 같은 극히 단편적 사실과 잘못된 관찰로 조선문단의 작가를 분류한 것은 긍정해야 할 어떤 근거를 가지지 않은 것이다. 특히 프롤레타리아 작가 분류에 이르러서는 자연주의적 작가라고 하는 말을 사용하고 있는데 이는 정군의 프롤레타리아 문학이론에 지식을 가지고 있지 않음을 폭로하는 것이다. 사회과학을 배경으로 하여, 맑스의 유물론의 목적 의식을 가지지 않은 작품은 프롤레타리아 문학이 아님은 시험이 끝난 낡은 척도이다. 무산계급의 생활을 묘사한 것만으로는 프롤레타리아 작품이 될 수 없다. 이것은 단순한 보고문학으로서 프롤레타리아 진영에서는 배척받고 또한 낮게 평가받고 있다. 조선문단의 최고표준이라고 개선장군과 같은 영위(榮位)를 부여하고 있는 장혁주군의 작품도 실은 보고문학의 영역을 벗어나지 못한 것이다.

정군의 재차 논한 문단론은 이론의 성부는 별도로 치고, 독자로부터 본다면 오류가 많은 점과 천박한 지식이 타존 숭배에 빠져 '조선적 존재'를 얼마나 잊고 있는가를 엿볼 수 있다. 자기반성에 의해 하루라도 빨리 광정(匡正)해야 한다. (끝)

알림 본 논쟁은 본고를 가지고 우선 끝마치고 그 시비는 식자 제 언(諸彦)의 재단을 기다린다.(담당자)

(1933.4.20)

문예운동을 지도하라(文芸運動を指導せよ)
― 그 기관설치의 제창

조선지방의 문예운동의 경향은 근년에 이르러 점차 그 표현의 형태를 일본적일 컬러로 새로이 다시 칠하고 있는 듯하다. 그것은 경제적인 관계에 의한 내선인의 실생활이 점차 동화융합해 가는 것과, 다른 하나로는 국어의 보급에 의한 자연의 결과로서 재래의 조선문에 의한 문예의 범주로부터 탈각하는 것은 당연하다. 따라서 연예, 미술 등도 또한 동일 보조에 있다고 보아도 지장이 없을 것이다. 우리들은 과문하여 아직 우리 지방에서 문예상의 위대한 작품에 접하지 못하

〔그림-5〕 '문예운동을 지도하라' 기사면(1933.4.5.)

였지만 조선독자 또는 조선인 독자의 특색을 가지는, 또는 의식을 가지는 문예운동에 해당하는 것이 무통제 속에서도 점차 발흥하고 있을 것이라고 생각한다.

◇

　문예의 동향에 따라 그 시대의 인심의 반영을 알고, 사회의 조류를 보는 것이 가능함과 더불어 문예운동에 의해 인심을 지도해 가는 일은 가장 중시해야 한다고 생각한다. 순리로부터 보는 문예의 견해에 따르면, 어떤 정책을 가미해야할지 말아야 할지도 모르지만 우리 조선 지방과 같은 특수한 지역에 있어서는 특히 문예 방면의 운동과 흐름에 유의하여 경우에 따라서는 관민 더불어 이런 종류의 운동에 적극적으로 작용할 필요가 있다. 미술에서 조선미술전람회(朝鮮美術展覽會)[11]와 같은 것은 관전(官展)의 미술장려기관이며 그 운용상에는 다소의 비난이 있더라도, 그 정신으로 하는 바는 예술운동에 의해 내선

---

11 일제강점기에 조선총독부가 중심이 되어 개최하였던 미술작품 공모전이다. 시기적으로는 1922년부터 1944년까지 총23회 개최하여 한국 근대미술의 형성에 커다란 영향을 끼쳤다. 3.1운동 이후 조선총독부는 문화통치를 표방하여 조선총독부가 일본의 관전인 문부성전람회(文展)와 제국미술전람회(帝展)를 모방하여 조선미술전람회를 개최하였다. 한국의 많은 미술가들을 배출한 것도 사실이지만 한국 근대 미술의 일본화를 촉진하기도 하였다. 제1부 동양화, 제2부 서양화, 조각, 제3부 서예, 사군자로 제한하여 운영하다가 1932년 11회부터는 서예, 사군자부를 배제하고 제3부를 공예, 조각부로 개편하였다.

인심의 융화향상을 도모한다고 하는 정책이 다대의 효과를 가져오고 있다고 보지 않으면 안 된다. 따라서 문예 방면에도 또한 이런 종류의 통제가 있는 운동이 일어나더라도 좋을 때가 아닌가라고 생각된다.

◇

국어에 의한 문예운동의 대두는 필연적으로 내선인의 제휴에 의한 문예운동을 초치(招致)할 것이다. 그런데, 우리들이 바라는 문예운동은 문예의 본질을 직시하는 것은 물론이지만, 그 이데올로기로서 사회 인심을 밝고 명랑하게 인도해야 할 이상을 가지는 횡(橫)적 운동이다. 계급적 의식에 입각한 종적 운동이 오늘날 사회정세로부터 보아 결코 한각(閑却)해야 할 것이 아닐지도 모르지만 우리들은 비상시 일본의 중대한 위국(危局)에 직면하여 국가의식을 강조한 문예운동이 필연적으로 일어나야 함을 믿고, 또한 일어나도록 지도해야 하는 기관이 필요하지 않은가라고 생각하는 바이다.

◇

그렇다면 그 운동은 어떻게 일어나게 해야 하는가? 그것은 일정의 지도정신을 가지는 강력한 조직을 필요로 하지만 문예 그 자체가 자유로운 굴신(屈伸)성을 가지고 문예인 그 자신이 자유로운 입장을 필요로 하는 것이기 때문에 그 조직 및 운동의 방법 등에 대해서는 충분한 연구를 필요로 한다. 그 운용은 상당히 곤란할 것이라고 생각되지만 적당한 지도자를 얻어 관민(官民)간 협력 책임의 힘을 빌리면 상당한 효과를 올릴 수 있을 것이라고 생각한다. 이 운동에는 문학, 연예, 음악, 미술, 영화 등의 모든 부문을 망라하면 더욱 좋지만 사상적 방면에서 하나의 자력갱생운동의 등장으로서, 또는 공존공조의 정책적 운동으로서도 선각자들이 일고(一考)해 주었으면 하는 바이다.

(1933.4.5)

【학예(學藝)】

조선문인 온 퍼레이드—소설계, 시단, 평론계
(朝鮮文人オンパレ—ド—小說界詩壇評論界)

정순정

(상)

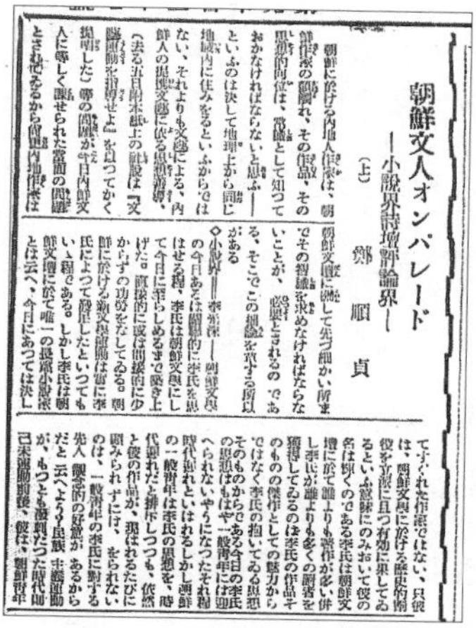
朝鮮文人オンパレード
—小說界詩壇評論界—
(上)
鄭順貞

〔그림-6〕 '조선문인 온 퍼레이드' 기사면(1933.5.6.)

조선에서 내지인 작가는 조선작가의 면면, 그 작품들, 그 사상적 지위를 상식으로서 알아두지 않으면 안 된다고 생각한다. ——왜냐하면 결코 지리상으로 같은 지역 내에 살고 있기 때문이 아니라 그보다 문학에 의한 내선인(內鮮人)의 제휴, 문학에 의한 사상 선도, (지난 5일부 본지상의 사설은「문학운동을 지도하라」를 통해 이렇게 제창했다.) 등의 문제가 오늘날 내선문인에게 똑같이 부과된 당면의 문제라고 여겨지고 있기 때문에 더욱이 내지작가는 조선문단에 관하여 우선 상세한 곳까지 그 지식을 구해야 하는 일이 필요해졌다. 그래서 이 논의를 쓰는 까닭이 여기에 있다.

◇ 소설계 ==

이광수 ——— 조선문학의 오늘이 있음은 이광수씨를 생각나게 만들 만큼, 이광수씨는 조선문학이 오늘날에 도달할 수 있도록 노력하여 쌓아 올렸다. 직접적으로 또는 간접적으로 적지 않은 공로를 수행하고 있다. 조선의 신문학운동은 실로 이광수씨에 의해 발족했다고 해도 좋을 정도이다. 그러나 이광수씨는 조선문단에서 유일의 장편소설가라고는 하더라도 오늘에 있어서는 결코 뛰어난 작가는 아니다. 단지 그는 조선문학의 역사적 역할을 훌륭하게 또한 유효하게 수행하였다고 하는 의미에서만 그의 이름은 빛나는 것이다. 이광수씨는 조선문단에서 누구보다 저작이 많다. 그러나 이광수씨가 누구보다도 많은 저작을 획득하고 있음은 이광수씨의 작품 그 자체가 걸작이라는 매력으로부터가 아니라 이광수씨가 품고 있는 사상 그 자체부터이다. 오늘날의 이광수씨의 사상은 이제 일반 청년에게는 환영받을 수 없게 되었다. 그 만큼 시대에 뒤쳐졌다고 할 수 있다. 그러나 조선의 일반 청년은 이광수씨의 사상을 시대에 뒤쳐졌다고 배척하면서도 여전히 그의 작품이 나타날 때마다 돌아보지 않

을 수 없다. 왜냐 하면 일반 청년들이 이광수씨에 대한 선입관
적인 호의가 있기 때문이라고 할 수 있다. 민족주의운동이 가
장 발랄하였던 시대, 즉 기미운동 전후, 그는 조선청년의, 숭앙
(崇仰)의 목표가 되어 있었다. 봉건적 영락기로부터 가까스로
벗어난 당시의 조선청년이 찾고 있었던 것을 재빨리 간파하고,
또한 부여하고자 하였다. 봉건사상이 완고한 부모로부터 강제
결혼을 압박받고 고뇌하고 있는 청년들에게 자유연애의 사상
을 불어넣어 주었다. 또한 이상이 맞지 않는 인형(人形) 결혼에
고심하고 있는 청년에게는 자유결혼의 사상을 불어넣어 주었
다. 이 결과는 무시무시한 분투의 화복을 동시에 초래하였다.
자유결혼, 자유연애는 눈부시게 늘어나 봉건사상과 자유주의
사상은 정면 충돌로까지 나아가 도처에서 높은 목소리를 올리
며 자신의 아이를 저주하는 아버지가 발견되고, 가두에 쫓겨
난 이단의 아들은 날마다 증가해 갔다. 평화로운 가정은 쟁투
의 무대로 변하였다. 인형의 결혼 생활 강제로부터 자유결혼,
자유연애로 돌진하는 청년자신도 결코 행복이라고는 말하지
않았다. 과도기에 있어서 자유결혼 연애가 그렇게 용이하게 가
능하지는 않았다. 수많은 파란곡절을 경험하지 않으면 안 되었
다. 가령 이 난관을 돌파하고 이상에 도달할 수 있다고 하더라
도 자유연애, 자유결혼 그 자신이 수많은 오류를 일으키고 수
많은 비극을 연출하지 않으면 안 되었다. 어쨌든 이 사상은 이
광수씨에 의해 이론적인 형태를 가지고 제창된 것이다. 당시의

청년은 이 사상을 향한 실천을 위해 수많은 파란곡절을 경험하지 않으면 안 되었다고 하더라도 자유를 요구하는 피가 끓는 당시의 청년이었던 만큼, 이광수씨를 사상적 선구자로서 숭앙의 대상으로까지 치켜올린 것이다. 이광수씨에 대한 조선청년의 이러한 감정은 오늘날에 이르러서는 선입감이 들어간 호의로 변하여 더구나 가슴 깊숙이까지 억누르고 있었던 것이다. 이광수씨의 작품을 오늘날에 이르기까지 조선청년들이 싫증내지 않고 환영하는 것은 이러한 이유가 있다. 하긴 이광수씨의 문장은 알기 쉽고 평범하게 쓸 수 있는 것이 하나의 특색이기도 하며 수많은 독자를 획득하기에 충분한 또 다른 하나의 이유이다. 어쨌든 조선문단에서 유일하게 건전한 작가이다. ──라고 하는 것은 우수한 작가이라는 의미가 아니라 조선문단에서는 드물게 볼 수 있을 정도로 작가적 수명을 오래 지속했기 때문이다. 시대는 어쨌든 누가 어떻게 혹평했다고 하더라도 어디까지나 민족주의 사상을 가지고 가는 작가이다. 현재 동아일보사 편집국장을 하고 있다. 작품에는 『개척』, 『무정』, 『재생』 등등 현재 동아일보에 『흙』을 연재 중.

(1933.5.6)

김동인 —— 김동인씨도 또한 이광수씨와 더불어 조선에 신문학을 일으켰다. 조선문단에서는 잊을 수 없는 한 사람이다. 오히려 이광수씨보다도 공로가 많다고 일컬어질지도 모른다. 이광수씨가 사상을 제1의적으로, 문학을 제2의적으로 보인 데 대해, 김동인씨는 문예를 제1의적으로 보았다고도 할 수 있다. 바꿔 말하면, 이광수씨는 자신의 사상을 선전하기 위해 문예를 이용함으로써 문학운동에 어떤 공로를 수행하였다. 이에 반해 김동인씨는 문학이라는 것이 커다란 일이기도 한 것처럼, 즉 문학을 제1의적으로 생각함으로써 문학운동에 어떤 공로를 수행하였다는 것이다. 만약 이광수씨를 사상적 작가라고 말하는 것이 허용된다면 김동인씨는 예술작가라고 일컬어질 것이다. ——
——조선에서 아직 문학이 도무지 분별되지 않았던 때 1919년 무렵부터 『창조』라는 신문학잡지를 내고 있엇던 바를 보더라도 조선의 신문학에서 김동인씨의 면모를 엿볼 수 있다. 그런데 김동인씨도 역시 이광수씨와 더불어 조선에서는 뛰어난 작가라고 할 수는 없다. 그러나 김동인씨의 작품은 어느 것 하나 걸작이라고까지 일컬어지지 않지만 이광수씨에 뒤지지 않고 수많은 독자를 획득하고 있는 것은 확실히 그의 독창적인 문장에 있다고 할 수 있다. 아무리 어려운 테마와 복잡한 스토리를 포착하더라도 술술 평면적으로 빨리 쓰는 것이 그 다운 뛰

어난 기술이라고도 할 수 있다. 조선문단에서는 김동인씨의 작품은 독특한 '형(型)'이 형성되어 있을 정도이다. 그런데 작품의 표현에서 독특한 형태를 만들고 있지만 사상상으로는 매우 애매하다. 때때로 프롤레타리아 경향이 있는 작품을 쓴다고 생각하면 때때로는 부르주아 경향이 농후한 작품도 창작한다. 프롤레타리아 작가를 향해서는 예술에 대한 모독자라고 반박하여, 그때의 패기가 올라 이 사람은 예술지상파구나라고 생각되었지만 그렇지도 않다. 부르주아 작가를 향해서는 또한 예술운동도 먹지 않고는 가능하지 않다고 외치는 사람이다. 아무래도 조금 해석하기 어려운 허무적인 바가 있다. 이러한 점이야말로 그의 생활로부터 반영된 것은 아닐까라고 생각된다. 그의 생활은 허무적인 점이 있다고 들은 바 있다. 어쨌든 김동인씨도 이광수씨와 더불어 변함없이 건전한 모습을 보이고 있다. 작가적 수명이 오래 지속되고 있다고 하는 점이다. 작년도에는 원고료를 가지고 주택도 구입했다고 한다. 정말일까? 라고는 생각하지만 만약 정말이라고 한다면 놀랄 따름이다. 그의 작품으로는 『감자』, 『여인』, 『젊은 그들』, 『발가락이 닮았다』 등등. 현재 매일신보에 『해는 지평선에』를 연재중.

염상섭 —— 그는 조선문단에서 부르주아 작가 중 누구보다도 뛰어난 작가이다. 만약 이데올로기 문제를 초월하여 논한다면 부르주아 작가뿐만 아니라 전문단에서 가장 우수한 작가라고도 일컬어질 정도이다. 그는 창작뿐만 아니라 평론에서도 놀라울 만큼 이론가로서의 지위를 유지하고 있다. 그러나 그는 평론가로서보다 소설가로서 가장 이름을 드날리고 있다. 그의 작풍은 치카마쓰 슈코(近松秋江)[12]를 생각나게 하는 바가 있다. 이데올로기는 어쨌든, 작품만은 시종 일관 건실한 모습을 보이고 있다. 오늘날 부르주아 작가들은 극도로 정체되어 '순문학'에서 멀어져 대중문학으로 흘러가는 현상을 보이고 있다. 염상섭은 좀처럼 대중문학은 돌아보지도 않고 부르주아 작가로서 염상섭은 보통 흔한 작가들과 달리 가장 뛰어난 위대한 풍모가 나타나 있다. 그의 작품의 독자는 문학청년이 대부분일까? 문학청년 이외의 사람들에게는 조금 난해하다고 여겨질 만큼 너무 딱딱한 바가 있다. 이는 예술소설로서는 일반적이므로 지극히 당연한 일이다. 그의 작품에는『만세전』,『삼대』등등. 현재 중앙일보에『백구(白鳩)』를 연재중.

현진건──그는 이제 문단으로부터 멀어져 갔다. 문단인이 아니다.

---

12 1876-1944. 메이지(明治)기부터 쇼와(昭和) 전기까지 활약한 소설가. 도쿄전문학교(東京專門學校, 현 와세다<早稻田>대학) 영문학과 졸업. 1910년 신변에 취재한『헤어진 아내에게 보내는 편지(別れたる妻に送る手紙)』로 작가적 위치를 굳혔으며,『의혹(疑惑)』,『아이의 사랑을 위해(子の愛の為に)』등을 창작하였는데 그 노골적인 애욕생활의 묘사를 통해 이 당시 대표적인 사소설(私小説) 작가로 여겨졌다.

오늘날에는 한 저널리스트로서 사회기사에만 친숙해져 있다고 들었다. 여전히 신문편집인으로서 이름을 드날리고 있다고 하므로 재차 문단에는 돌아오지 않을 것이라고 생각한다. 그러나 『조선문단』 시대(1925년 무렵)를 회고하면 가장 그가 생각난다. 그만큼 그는 당시 가장 뛰어난 작가였다. 그는 당시 악마주의 작가라고 불렸는데 여기에는 이유가 있다. 그의 작품은 죄다 다니자키 준이치로(谷崎潤一郎)[13]의 『치인의 사랑(痴人の愛)』[14]을 생각나게 하는 바가 있다. 다른 작가와 마찬가지로 양성관계를 취급하더라도 가장 심각하게 육욕적으로 묘사한 점은 그 한사람뿐이었다. 그 작품은 다니자키 준이치로에 따르는 바가 많았다. 어쨌든 오늘날 그를 잃어버린 것은 조선문단을 위해

---

13 1886-1965. 메이지(明治)시대에서 쇼와(昭和)기에 걸친 소설가. 도쿄(東京)대학 국문과 중퇴. 1910년 오사나이 가오루(小山内薫), 와쓰지 데쓰로(和辻哲郎) 등과 제2차 『신사조(新思潮)』를 창간하고 『문신(刺青)』, 『기린(麒麟)』을 발표하였으며, 또한 문예지 『스바루(スバル)』에 『소년(少年)』, 『호칸(幇間)』을 발표하여 나가이 가후(永井荷風)의 절찬을 받았다. 『악마(悪魔)』 등을 창작하여 관능적인 탐미파, 악마주의 작가라고 여겨졌으며 『치인의 사랑(痴人の愛)』으로 그 정점을 보였다. 간토(関東)대지진 이후 간사이(関西)지방으로 이주하고 나서는 고전이나 일본의 전통적인 미에 관심을 보여 『만지(卍)』, 『슌킨쇼(春琴抄)』를 발표하였다. 1949년에는 문화훈장을 받았다.

14 다니자키 준이치로(谷崎潤一郎)의 소설로 1924년부터 1925년에 걸쳐 전반부는 『오사카아사히신문(大阪朝日新聞)』, 후반부는 잡지 『여성(女性)』에 게재되었다. 다이쇼 데모크라시의 사회풍속과 작자 독특의 마조히즘의 성 심리를 훌륭하게 묘사한 작품이다.

아쉬워하지 않을 수 없다.

(1933.5.7)

(3)

윤백남 ——그는 철두철미한 대중소설가이다. 스스로 야담가라고 이름을 댈 정도이다. 순문학파로부터 대중문학으로 전향한 자는 이따금 예술적 양심으로 되돌아 간 때도 있지만 그는 어디까지나 대중문학을 가지고 만족하고 있다. 그는 대중문학과 더불어 확고한 작가이지만 대중문학이 몰락할 때는 그도 또한 몰락할 것인가? 어쨌든 그는 1932,3년도에는 가장 인기작가였음은 다툼의 여지가 없다. 조선문단에서 그의 인기는 나오키 산쥬고(直木三十五)에 비할 바가 있다. 작품으로는 『십이야화』 등이 있고 현재 중앙일보에 『항우(項羽)』연재중.

최학송,

나도향 —— 두 사람은 모두 고인이다. 조선문단에서 두 사람의 존재를 두 번 다시 볼 수 없는 것은 무엇보다 아쉬운 부분이다. 그들의 예술가로서의 재능을 생각할 때 더욱 적막함을 느끼지 않을 수 없다. 최학송씨는 초기 프롤레타리아 작가로서 그 방면의 작품을 많이 내어 조선문단에서는 드물게 보일 정도의 예술적 재능을 보였다. 나도향씨는 순문학운동에 눈물겨운 희생을 한 작가이다. 19살이었을 때 벌써 장편소설을 내어 천재작가로서의 풍모를 보여주었다. 어쨌든 최학송씨의 『조선탈출기』는 조선문단에서는 보기 어려운 역작임과 동시에 감동을 느끼지 않을 수 없다. 나도향씨의 로맨틱한 작품도 지금의 조선에서는 얻기 어려운 것이라는 점을 생각할 때 더욱이 두 사람을 잃은 것을 아쉬워하지 않을 수 없다.

최상덕 —— 그의 작품은 학생들에게, 특히 여학생들 사이에 가장 인기가 있다. 청춘의 고뇌 여성의 심리묘사에 이르러서는 아마 조선문단에서는 그 보다 뛰어난 자는 없다. 연애소설은 청춘의 고뇌, 여성의 심리묘사 등이 결코 기술문제가 아니라 생명이며 핵심이라고도 할 수 있다. 그렇기 때문에 그가 이 어려운 문제를 무난하게 수행해 가는 곳에 그의 연애소설가로서의 기량을 엿볼 수 있다. 그의 작품은 가토 다케오(加藤武雄)[15]씨를 생각나게 만드는 바가 있다. 그를 생각나게 만들 뿐만 아니라 실제로 가토 다케오씨의 작품으로부터 크게 배웠던 것 같다. 그도 역

---

15 1888-1956. 다이쇼(大正)기에서 쇼와(昭和)기의 소설가. 1911년 신초사(新潮社)에 들어갔다. 『문장구락부(文章俱楽部)』 등의 편집을 담당하면서 「향수(郷愁)」로 인정을 받고 농민문학작가로서 활약하였으며 1927년 '농민문예회(農民文芸会)'를 조직하였다. 이후 통속소설, 소녀소설로 방향을 틀었다.

시 막다른 곳에 막힌 부르주아 작가로서 예외 없이 저널리즘으로 흐르고 있다는 점만은 부정할 수 없다. 그의 작품으로는 『승방비곡(僧房悲曲)』 등이 있고, 조선일보에 『내일』을 연재중.

방인근 ── 그는 조선 유일의 종교소설가이다. 그는 소설을 가지고 기독교 전도사의 역할을 수행하고 있다. 종교인으로서 소설을 이용하고 있을 뿐이라고 말하고 있다. 여기에 그의 창작가로서의 결함이 있으며 파탄을 불러올 위험이 있다. 그런데 그는 구상이나 묘사 등에 있어서 아직 유치함을 벗어날 수 없는, 아직 레벨이 낮은 조선문단에서만 허용되는 작가이다. 작품으로는 『괴청년(怪靑年)』 등이 있으며 현재 동아일보에 장편소설을 연재 중.

이기영 ── 그는 조선문단에서 프롤레타리아 작가로서 그보다 뛰어난 작가는 아마 한 사람도 찾을 수 없다고 해도 좋을 정도이다. 가장 건실한 필치를 가진 역작가이다. 그는 인간으로서 인격자임과 동시에 작품 면에서도 정말로 신중함이 나타나 있다. 여기에 그의 작가로서의 뛰어난 풍모를 엿볼 수 있다. 잠시 마에다코 히로이치로(前田河広一郎)[16]씨와 비교해도 좋지 않을까라

---

16 1888-1957. 다이쇼(大正)기에서 쇼와(昭和)기의 소설가. 도쿠토미 로카(德冨蘆花)로부터 사사를 받고 소설 「삼등여객(三等船客)」으로 주목을 받았다. 『씨뿌리

고 생각될 만큼 그의 작품은 마에다코 히로이치로씨의 작품에
상통하는 바가 있다. 그런데 그는 막심 고르키주의 작가 사이
에는 별로 평판이 좋다고 할 수 없다. 그곳에는 이유가 있는데
그의 작품은 프롤레타리아 경향이 있는 작품이라고는 하더라
도 목적의식적이지 않고 항상 자연발생적인 영역을 벗어나지
않기 때문이다. 그러나 그의 작품은 조선문단에서는 드물 정도
로 역작인 점만은 다툼의 여지가 없는 사실이다. 그의 작품에
는 『민촌』, 『전도부인과 외교원』, 『천치의 논리』 등등이 있다.

이효석 ── 인텔리겐차로서의 그는 그 작품 위에 철학적 사색의 흔
적이 나타나기도 한다. 이는 인텔리 작가의 공통된 병적 현상
이기 때문에 이 현상을 좋다고도 나쁘다고도 할 수 없는 일이
다. 어쨌든 그의 작품에는 지적 섬광이 빛나고 있는 점만은 부
정할 수 없는 일이라고 할 수 있다. ──프롤레타리아 작가의
작품은 대개 그 묘사에서 음참(陰慘)한 곳이 있지만 그의 작품
은 원만하고 프롤레타리아 작가이면서도 묘사의 면에서 음참
하지 않다. 어디까지나 밝고 명랑한 점이 그의 특색이다. 어쨌
든 미래성이 풍부한 작가라는 점만은 인정하지 않을 수 없다.
현재 동반(수반)작가로서 활약하고 있다. 작품으로는 『노령근해

는 사람(種蒔く人)』, 『문예전선(文芸戦線)』 동인으로 프롤레타리아 작가로서 활
약하였다.

(露領近海)』등이 있다.

유진오 —— 그도 이효석과 더불어 인텔리 작가이다. 작품의 경향도
대략 이효석과 같은 방향을 보이고 있다. 그는 등단하고 나서
처음에는 요코미쓰 리이치(横光利一)의 신감각파에 따르는
바가 많았다. 그런데 지금은 그렇지 않다. 신감각파와는 완전
히 인연을 끊은, 그 작품 위에는 인텔리적 성격조차 나타나지
않는다. 평면묘사를 가지고 창작에 임하고 있다. 어쨌든 프롤
레타리아 작가로서 이효석과 더불어 미래에 빛날 작가이다. 수
많은 역작을 간행하고 있다.

송 영 —— 그는 조선문단의 프롤레타리아 작가로서 그를 제외하고
찾아볼 수 없다고 일컬어질 정도로 확실히 조선문단에서 혹성
이다. 조선의 후지모리 세이키치(藤森成吉)[17]라고 일컬어지는 것
도 그이기 때문에 과장이라고 할 수 없다. 그의 건실한 작품은

---

17 1892-1977. 다이쇼(大正)시대에서 쇼와(昭和)시대에 걸친 소설가이자 극작가.
도쿄(東京)대학 독문과 졸업. 희곡 「희생(犧牲)」, 「무엇이 그녀를 그렇게 만들었
는가(何が彼女をさうさせたか)」가 크게 호평을 얻고 대표적인 프롤레타리아 작
가가 되었다. 『문예전선(文芸戦線)』 동인이 되어 나프(ナップ, 전일본무산자예술연
맹)을 결성하여 초대 위원장이 되었다. 패전후에는 『신일본문학(新日本文学)』
의 발기인이되고 일본공산당에 입장하였으며 작품으로는 장편 『슬픈 사랑(悲
しき愛)』이 있다.

루지모리 세이키치를 생각나게 만드는 점이 적지 않다. 프롤레타리아 작가로서 작가적 수명이 길게 이어지고 있음은 그 한 사람뿐이다. 조선의 프롤레타리아 작가들은 대개 작가로서 교양이 부족하기 때문에 이데올로기의 탈선이 종종 있는데 그만은 시종 일관하여 건실한 모습을 보이고 있다. 어쨌든 조선문단에서는 주석(柱石)이라고 해도 좋을 것이다. 작품으로는 『오전 9시』, 『용광로』 등이 있다.

한설야 —— 그는 조선의 맑시즘 작가 사이에서는 호의를 가지고 받아들여지고 있다. 목적의식 작가라고 하는 곳에 그 이유가 있다. 그러나 맑시즘 작가가 대개 예술 그 자체는 생각하지 않고 작품 위에 맑시즘만 적용하는 데 급급하기 때문에 작품으로서는 실패로 끝나는 것처럼 그도 이러한 예에서 벗어나지 않는다. 그는 주의를 위해 전령사로서의 역할을 완수하고 있을지도 모르나 작가로서는 많은 결함을 가지고 있다. 현재 『신단계』동인으로서 또한 카프 동맹원으로서 활약하고 있다.

이무영 —— 그는 프롤레타리아 작가 사이에서는 인도주의 작가라고 불리고, 부르주아 작가 사이에서는 프롤레타리아 경향의 위험성이 있다고 일컬어지는 신진작가이다. 어쨌든 그의 사상은 부단히 동요하면서 정착하는 바를 알지 못하지만 신진작가로서는 놀라울 정도로 작가로서의 소질을 쌓고 있다. 미래성이 풍부한 작가이다. 작품으로는 『흙을 그리는 마음』, 『외로운 부부』, 『루바슈카』 등등이 있다.

이태준 —— 그는 박문관(博文館) 발행의 『레이죠카이(令女界)』[18]을 생각하게 하는 소녀적인 작가이다. 꿈과 같은 로맨틱한 작가이다. 그런 만큼 그의 작품의 독자는 젊은 여학생 쪽이 많다. 요시다 겐지로(吉田鉉二郎)의 작품으로부터 배운 바가 많은 듯하다. 그 외 셀 수 없을 정도의 작가들이 있지만 모두 레벨 이하에 속한다고 보아도 좋다. 이것으로 소설계의 온 퍼레이드는 중단하도록 한다.

(1933.5.10)

(4)

◇ 시단 ＝＝

김동환 —— 그는 민족주의 시인이다. 그의 시에는 열과 감격에 찬 리듬이 흐르고 있다. 그의 시의 강한 박력은 독자를 끌어당기는

---

18 『레이죠카이(令女界)』는 1922년부터 호분칸(宝文館)이 발행하고 있었던 잡지인데, 주로 여학교 고학년부터 20세 전후의 미혼여성을 독자로 하고 있었다. 신상 상담이나 미용 상담 등에도 힘을 쏟았으나 남녀의 연애를 그린 소설도 자주 게재하였기 때문에 소녀의 읽을 거리르 싣는 잡지의 인상을 가지고 있었다.

매력이다. 이탈리아의 애국시인 가브리엘레 단눈치오(Gabriele D'Annunzio)보다 더욱 그 박력은 강한 정도이다. 그가 있어서 조선의 시단은 빛나고 있다고도 할 수 있다. 작품으로는 『국경의 밤』 등의 서정시가 있다. 잡지 『삼천리』의 주필이다.

주요한 —— 그는 처녀의 호흡과 같은 지극 온화한 시를 쓰는 서정시인이다. 그는 민족주의 사상을 얼마간 가지고 있지만 시의 위에는 그렇게 나타나지 않는다. 어쨌든 그도 김동환씨와 더불어 조선 시단의 빛나는 존재이다. 수많은 시작이 있다.

김편서 —— 그도 서정시인인데 시작에서 리듬에만 구애받아 완전히 문법을 무시하고 자기 한 사람이 만든 말로 시작(詩作)을 하기 때문에 오히려 리듬을 살릴 경우에도 나쁜 결과가 되는 일이 많다. 더욱이 최근 시 창작에서 막다른 곳에 막힌 상태로 인해 소설로 전향하고 있는데 소설에서도 커다란 기대를 가질 수 없는 전도가 상당히 암담한 시인이다.

박팔양 —— 그는 처음에는 프롤레타리아 시인이었다. 그런데 그의 시는 프롤레타리아 시 답지도 않은 로맨틱한 곳이 많았다. 이로 인해 프롤레타리아 시인들 사이에 그다지 호의를 가지지 못한 주요한 원인이었다. 프롤레타리아 시를 쓸 시대에도 그는 언젠가는 전향을 하지 않을 수밖에 없는 어떤 위험성을 충분히 가지고 있었다. 이로 인해 그는 전향해 버렸다. 지금은 불교에 들어가 있다고 하므로 이제부터 그의 시는 또한 다른 의미에서 기대할 만하다. 어쨌든 시로서의 재능은 누구보다도 뛰어나다.

정지용 ──── 그는 기타하라 하쿠슈(北原白秋)[19]가 편집하는 『근대풍경(近代風景)』에 시창작을 발표하고 있으므로 『근대풍경』을 읽는 사람들은 그의 시 창작의 태도를 엿볼 수 있을 것이라고 생각한다. 조선문으로 쓴 시창작도 『근대풍경』에 발표되는 시의 형태이다.

김기림 ──── 그는 입체적인 구상과 감각적인 감흥으로 가벼운 유머와 기지가 있는 문자를 섞어 사용하여 훌륭하게 시를 만드는 신감각파의 시인이다. 오늘날 조선시단에서 누구보다도 인기가 있는 신진시인이다.

적구(赤駒) ──── 그는 프롤레타리아 시인이다. 호흡이 크고 거친 선을 가진 시를 쓴다. 더욱이 최근의 시작상의 태도는 아나키즘

---

19 1885-1942. 메이지(明治)기에서 쇼와(昭和)기 전기의 시인이자 가인(歌人). 와세다(早稻田)대학 중퇴. 1908년 '빵의 모임(パンの会)'을 일으켜 탐미주의운동을 추진하였다. 1909년 『사종문(邪宗門)』을 간행하여 상징시에 새로운 바람을 일으켰다. 창작 동요와 창작 민요에도 새로운 바람을 일으켰으며 학술원 회원을 역임하였다.

으로 기우는 경향이 있지만 어쨌든 건전한 시인이다.

임 화 —— 프롤레타리아 시인으로서는 누구보다도 뛰어난 시인이다. 그는 시인으로서뿐만 아니라 평론에서도 영화 연극 방면에서도 상당한 지위에 있다. 조선의 무라야마 도모요시(村山知義)라고 불릴 만큼 예술에서는 모든 부문을 통하여 재능을 가지고 있다.

(1933.5.12)

(5)

◇ 평론계 ＝＝

양주동 ——민족주의 사상에 약간의 사회주의 사상이 가미된 개량 민족주의자라고 하는 것이 곧 그이다. 민족주의 사상이라든가 미적지근한 사회주의사상을 맑시스트들은 대개 부르주아 사상가라고 부르고 있다. 이 의미로부터 말한다면 그는 조선문단에서 부르주아 문예평론가로서의 대장격이다. 그의 프롤레타리아 논객 김기진씨와 불꽃을 튀기면서 긴 논쟁을 한 일은 그가 부르주아 평론가로서 권위 있는 풍모를 드러내는 데 부족함이 없었다고 할 수 있다. 어쨌든 부르주아 평론가로서 첫째로 그를 생각하는 것은 당연한 일이다.

박영희 ——그는 조선문단에서 맑시즘 문예평론가로서 제1인자라고 일컬어지는 사람이다. 조선의 맑시즘 평론가들은 이데올로기로부터 탈선하거나 또는 좌익 소아병에 흐르기 쉽다. 이는 맑시즘을 정당하게 이해할 수 없는 곳에서 오는 오류일까? 그러나 그는 이러한 탈선은 전혀 없다고 해도 좋다. 이는 그가 맑시즘을 누구보다도 정당하게 파악하였다고 하는 바이다. 그는 보통 흔해 빠진 흉내 내기 맑시즘이 아니라 학구적이며 진지함이 있는 학자 타입을 가진 진지한 맑시즘 문예평론가이다.

(1933.5.13)

【문예】

허무를 느끼다(虚無を感ずる)
―도쿄에 이주하여

장혁주(張赫宙)

〔그림-7〕 '허무를 느끼다' 해당 기사
(1936.7.14.)

도쿄에 도착하여 일주일이 되지만, 어느 날 쇼핑과 이일 저 일로 신쥬쿠(新宿)를 돌아다니고 친구와 저녁식사를 하고 밤의 긴자(銀座)를 한번 걸었을 뿐인데, 아침저녁 쇼센(省線)[20]에서 만나는 사람들도 거리를 걷는 사

---

20 일본철도가 민영화하기 이전에 철도성(鉄道省)이나 운수성(運輸省)에서 운영·관리하고 있었던 전차나 그 노선의 통칭이다.

람들도 그 전년에 비해 아주 생기를 잃은 듯한 느낌이 들었다.

신문의 보도에 따르면 2.26사건 당시에도 시민은 평상과 조금도 다르지 않은 생활을 반복하고 있었고 그 사건의 영향은 없다고 하고, 시민은 시민으로서의 일상을 즐기고 있다고도 쓰여 있어서, 지방에 있었던 나는 전년 또는 전전년에 보았던 도쿄의 사람들, 그 전의 5.15 사건 당시 목격한 일 등을 참작하여 신문의 보도를 그럴 거라고 믿고 읽었던 것이다.

그러나 이것은 나의 기분 탓인지 모르지만, 이번에 내 눈에 비친 사람들에게는 현저하게 무기력함이 드러났다. 작년 2월, 나는 도쿄에 있었다. 그로부터 겨우 1년 반밖에 지나지 않았지만, 이렇게도 변해 보일 거라고는 생각하지 않았다. 분주하게 전차를 타고 내리며, 마시고 이야기하며 걷고 있는 사람들의 모습은 물론 작년과 같다. 그러나 나는 그러한 표면적인 생활을 통하여 그들 사람들의 바닥에 흐르고 있는 어떤 것을 놓칠 수는 없었다.

그 어떤 것을 무엇에 의해, 어떠한 말로 표현하면 좋을지 곧바로 올바른 사색이 떠오르지는 않았지만, 어렴풋하게나마 어떤 점을 느끼지 않을 수는 없었다. 허무적인 점도 있다. 될 대로 되라는, 어떻게든 될 거라는 체념, 생각해도 어쩔 도리가 없다고 하는 생각, 그러한 것을 그들의 마음속에서 보는듯한 기분이 든다.

그러나 나는 더욱 깊이 그들의 생활이나 인생, 사회에 대한 관심 등을 연구하여 확인되지 않은 동안은 올바른 말을 할 수 없을 것이다. 그것은 바로 우리들의 문학을 요구하고 기뻐해 줄 사람들의 기호를 조사하는 일도 될 것이며, 문학을 원하고 있는 사람들에게 장래에 대한 올바른 시사를 주고, 문학으로 인도하는 근저의 힘도 되는 일이다.

문화의 중심지인 이른바 도쿄의 이 사람들에게 작용한다고 하는 것은 나아가서는 전민중, 전인민을 리드하는 근거도 되는 일이다. 그렇게 본다면, 도쿄의 사람들을 연구하는 일은 매우 중요한 일이 될 것이다. 내가 도쿄에 살고 싶다고 생각한 것도 실은 그곳에 중요한 이유가 있었다.

아직 도쿄에 막 도착했을 뿐이기 때문에 다소간 안정되지 않았고, 그렇게 깊은 곳은 깊이 파고들 수 없었지만, 이것이 도착하여 얼마 지나지 않은 나의 감상이기 때문에 그대로 솔직하게 쓴 것이다.

(1936.7.14., 조간 3면)

조선과 춘향전(朝鮮と春香伝)

장혁주(張赫宙)

〔그림-8〕 '조선과 춘향전' 해당기사(1938.10.4.)

『춘향전』이 조선 고대예술의 대표작이라는 사실에는 여러 말이 필요 없는 바, 조선인으로서 『춘향전』을 알지 못하는 사람이 있다고는 꿈에도 생각할 수 없다. 『춘향전』은 다양한 각도로부터 연구하여 그 전모를 알아야 하는 위대한 예술이다. 일독해 보아 춘향전을 이해했다고 말하는 것은 가능하지 않다. 우선 가곡으로서의 『춘향전』을 연구하지 않으면 안 된다. 그것은 조선의 고대가곡 중 가장 대중적으로 노래되어졌을 뿐만 아니라, 대중가곡의 태반은 『춘향전』이 가지고 있다고 생각하기 때문이다.

두 번째로는 가요 또는 ■■로서 『춘향전』을 감상하지 않으면 안 된다.

『춘향전』은 시가 또는 노래로서도 독특한 내용과 형식을 가지고 있기 때문이며, 더욱이 세 번째는 창극으로서의 『춘향전』을 연구해야 한다. 이 창극은 동양 고대극의 원형일 뿐만 아니라, 가요의 집성 또는 구성으로서 성립한 조선 특유의 고극(古劇) 형식이기 때문이다. 춘향전은 일본 내지의 기타유(義太夫)[21]와 비슷한데, 조선적 특성을 잃지 않았다.

네 번째로 소설로서의 『춘향전』도 비평되어야 하는데, 『춘향전』의 창극의 대본 형식, 또는 이야기적 구성을 가지는 『춘향전』이 수많은 작품 중에서도 가장 많이 읽히고, 대중도 잠정적으로 이에 대한 것이 가능하기 때문이다. 이것은 여기에 새롭게 쓸 필요도 없이 독자도 이미 잘 알고 있는 일이다. 수백 번의 창극 공연과 가요 연주, 영화에서

---

21 조루리(浄瑠璃) 유파 중 하나로 17세기 말에 다케모토 기타유(竹本義太夫)가 시작하여 이야기의 줄거리나 대사에 샤미센(三味線) 반주를 받아 가락을 넣어 말하는 것인데 인형극과 결부하여 발달하였다.

대중들은 눈을 자극하고, 가슴에 새기며, 귀에 딱지가 붙을 만큼 견문하고 있다. 그럼에도 불구하고 몇 십편을 보고, 또는 들어 친숙하여도 항상 새로운 맛이 나오는 『춘향전』── 이 만큼 거대한 예술이 어디에 있을 거라고는 생각되지 않는다. 여기에 필자는 근대극 형식으로 개작된 『춘향전』을 여러분들께 보여드리고 싶다고 생각한다.

이것이야말로 즉 이번에 도쿄 신협극단(新協劇壇)이 상연하는 『춘향전』이다.

이 신극 『춘향전』은 조선인을 주로 할 뿐만 아니라, 조선인 이외의 사람들에게도 널리 알려질 수 있도록 제작한 극으로 우선 일본 내지인을 목표로 하고, 다음으로 중국인 내지 외국인을 목표로 하였다. 조선인 중에서도 30세 전의 젊은 사람들은 『춘향전』이란 말은 자주 들어도 정말로 읽고 듣고 또는 볼 기회는 적다. 있다고 하더라도 그 형식이 너무나 옛날 것이기 때문에 근대적 감각을 가진 사람들에게 아무리 해도 자신의 것처럼 감상하는 것은 가능하지 않다. 이것은 도쿄의 인텔리들이 나니와부시(浪花節)[22]를 듣지 않는 것과 같은 것이다. 그래서 나는 이 30세 이전 젊은 조선인과 일본 내지인, 그리고 제외국인이 보고 이해할 수 있도록 작극(作劇)하기로 하였다. 그러나 이상은 컸지만, 진정으로 이상과 같은 기대를 만족시키는 연극이 될 수 없

---

22 에도(江戸)시대 말기 오사카에서 발생한, 샤미센(三味線)의 반주를 받아 낭창하는 대중적 이야기. 메이지(明治)시대 이후 번성해졌는데 주로 의리인정(義理人情)과 관련된 통속적인 내용이다.

었던 것은 아닌가라고 필자는 생각할 때마다 마음에 걸려 초조함을 금할 수 없다.

그렇지만 이번 신협극단의 공연은 공연 그 자체가 조선극계에 던진 파급은 크다고 자신한다. 도쿄 신극단 중에서도 최고의 지위를 가지며, 동극단의 배우 중에는 신극 배우 중 제1인자가 성장하고 있다. 경성의 제극장에 소속하는 배우 제씨는 자신들의 연기와 비교 연구하여 얻을 수 있는 바가 많다고 생각한다. 또한 관객 제씨도 신극의 연기를 감상함으로써, 감상의 눈이 훨씬 고양할 수 있다고 믿는다. 희곡『춘향전』이 잘 만들어져 있는지 아닌지 그것은 별도로 하더라도 이상 두 가지 수확만이라도 이번의 공연이 조선에 부여하는 바는 적지 않을 것임을 믿는 바이다.

(1938.10.4)

조선의 현대문학(朝鮮の現代文學)

임화(林和)

(1) 조선문학이 걸어온 길

〔그림-9〕 '조선의 현대문학' 기사면
(1939.2.23.)

조선의 현대라고 하면 곧바로 춘향전이나 시조와 같은 오래된 문학에 대비하는 의미에서 일반에게 새로운 형태의 조선문학을 연상시킬지도 모른다. 그렇지만 우리들 조선의 문학자들이 사용하는 현대라고 하는 언어는 가장 협의의 것이다.

우리들은 현대하고 하는 것 앞에 근대라고 하는 말을 두고 있다. 아마 서구인들이 19세기와 20세기를, 혹은 내지의 문학이 메이지(明

治)와 다이쇼(大正), 쇼와(昭和)를 구별하듯이, 이를 구별하는 것이다.

그것은 서구문학이 1세기 걸린 것, 또한 내지문화가 반세기를 필요로 한 역사를 우리들은 겨우 30년을 채우지 못하고 통과했기 때문이다.

가령 그것이 아무리 달리고 주마등을 보는 듯한 것이라고 해도 조선문학은 경험해야 할 모든 것을 경험한 것이다.

그렇기 때문에 조선문학의 외부로부터의 관찰자들이 종종 다양한 사상이나 이즘의 혼재로 밖에 보지 않는, 각각의 작가들은 가령 짧은 기간이라 하더라도 한 시대의 문학적 담당자들이었던 것이다.

예를 들면, 이광수, 김동인, 염상섭씨와 같은 작가들은 지금도 여전히 붓을 잡고 있지만 이 사람들은 현대 조선문학의 일 유파와 경향이라기보다는 흡사 현재 내지문단의 나가이 가후(永井荷風)[23]나 영국의 버나드 쇼와 같이 이미 오래된 통과해 간 시대의 존속자임에 지나지 않는다.

이 사람들의 시대를 우리들은 조선의 근대문학, 또는 그들 자신들의 용어를 사용하면 신문학의 시대라고 부르는 것이다.

이것은 합병 이후부터 대전(大戰) 휴전기에 이르는 최남선씨 등의

---

23 1879-1959. 미국과 프랑스 유학하고 돌아와 『아메리카이야기(あめりか物語)』 등의 작품을 발표하여 '탐미파'의 대표작가가 되었다. 게이오(慶應)대학 교수에 취임하여 탐미파문학의 아성이었던 문학잡지 『미타문학(三田文学)』을 편집하며 수필과 소설을 연이어 발표하였다. 만년에는 문화훈장(文化勳章)을 받았다.

신문화 계몽운동의 직후 약 10년간에 걸친 것인데 조선의 새로운 문학사상 가장 장엄하고 화려한 시대이다.

이는 서구의 문학사에서 그 예를 찾는다면 전자가 르네상스이며, 후자가 18,9세기의 문학적 만개기에 해당하는 것인데 전자의 시대에 언어적, 문화적 토대가 형성되고, 후자의 시대에 현대문학을 가능하게 만드는 일체의 형식적, 정신적인 체제가 완성을 본 것이다.

연대로부터 말하자면, 1915, 6년대부터 1924, 5년대까지 약 10년간, 이 시대에 조선의 문학은 낭만주의로부터 리얼리즘, 자연주의, 그리고 데카당스에 이르기까지 거침없이 체험한 것이다.

즉, 약 10년 사이에 조선문학은 앞에서도 말하였듯이 서구나 내지의 문학이 100년과 50년 걸려 통과한 시기를 체험한 셈이다.

그렇기 때문에 이들의 제 경향의 문학이 창조적 모순 없이, 완전한 이미테이션이라고 해도 좋을 만큼의 거침과 조잡함을 가지고 받아들여진 것은 오히려 자연스런 일이었다.

그러나 그럼에도 불구하고 이 시기에 있어서 조선문학이 대작가를 낳고 대시인을 낳아 독자의 문학으로서의, 외곽과 내적 성격을 갖춘 것이다. 그것은 마치 질풍노도(Sturm und Drang) 시대의 느낌이 있었다.

이른바 시민문학의 형성과 난숙, 조락의 시기였던 것이다.

이에 이어진 시대가 이른바 좌익문학의 시대로 이 문학의 공죄는 논할 필요도 없지만 수많은 외래적 관찰자들이 보듯이 이러한 문학도 결코 단순한, 서구나 또는 내지문학의 모방적 산물이 아닌 것만은 사실이다.

최서해(사거), 이기영, 한설야, 송영씨 등이 이 시대를 개척한 작가들인데, 김기진, 박영희씨가 이론적 비평적 대표자들이다. 그런데 이들 사람들은 실제 오랜 신문학의 밭에서 나온 사람들이며, 또한 그 직접적인 계승자들이었다.

(1939.2.23)

(2) 새로운 작가의 대두와 환경

물론, 그 작품, 이론 등 전반에 걸쳐 내지의 영향을 부단히 받고 또한 모방도 적지 않았지만, 이것은 이 문학에 고유한 현상이라기 보다는 일반적으로 조선문 신문학 공통의 성격, 바꿔 말하면 아직 모방문화의 영역을 벗어날 수 없는, 조선문화의 운명적 성격의 일부분이었다고 할 수 있다.

당시, 그들은 이 문학을 스스로 신경향파라고 부르고, 1931-2년 무렵까지 전성을 이루었다. 이 문학운동은 그 사이에 다양한 작가와 비평가들을 거느리고 있었는데, 이기영, 한설야, 송영, 김남천 등의 뛰어난 작가를 낳고, 또한 유능한 비평가를 문단에 보냈다. 지금은 순문학의 절정에 서 있는 바, 문단 한편의 중진을 이루고 있다.

장편소설 『고향』은 이기영씨의 작품으로 경향에 있어서 보다 그 문학에 있어서 조선문학 중 가장 기념비적인 작품으로서 막대한 부수를 판매하고 있다.

×

그렇기 때문에 우리들 조선의 문학자가 현대문학이라고 부르는 것은 해당 문학 퇴조 이래 문단이 일단 순문학적인 분위기를 형성한 이래, 약 5,6년간을 가리켜 말하는 것이다.

즉 사상이나 경향보다, 오로지 예술로서의 문학을 가지고 자웅을 다툰다고 하는 정신이 이 시대의 특장이다.

그러므로 현대문단의 특징은 이전에 존재하고 있었던 문단의 모든 그룹이 와해한 일이며, 모든 작가, 비평가가 각각 맨몸의 개인으로 되돌아 온 것이다.

이것은 조선문학이 문학 외적인 사상이나 경향으로부터 완전히 문학으로 되돌아 온 또 다른 표현이기도 하다.

그 대신에 현대의 조선문학은 이전 시대처럼 일괄하여 어느 특정의 언어를 빌려 형용하는 것이 불가능한 것으로 변하였다.

우리들은 종종 현대를 혼돈의 시대라고 부르며, 또한 어떤 사람은 사회적으로 무력(無力)의 시대라고도 부르고 있다.

그것은 어쨌든 현대 조선문학은 이들의 비평적 단안을 뒷받침하듯, 작품이든 비평이나 이론이든 각인각색, 정말로 헤아리기 어려울 만큼 복잡다기한 경향에 의해 채색되어 있다.

일시는 내지와 같이 전향문학이 유행한 적도 있지만, 그것도 얼마

지나지 않아 자취를 감추고 이전 좌익문학 전성시대에 이름도 없이 외톨이로 순문학의 고루(孤壘)를 지키고 있었던, 일군의 작가가 어느새인가 문단의 표면으로 모습을 드러낸 것이었다.

이태준, 박태원, 정지용씨 등이 이러한 작가들로, 그들은 그다지 고생하지 않고 일약 문단의 중견이 될 수 있었던 것은 한편으로는 좌익문학의 급조락이 하나의 중요한 요인이기도 하지만, 또한 다른 의미에서 시대가 이러한 작가들을 맞이한 것이다.

무엇보다 문학적인 것이라고 하는, 지나가고 있는 시대에 대한 하나의 반동, 하나의 반성이 요컨대 오랫동안 순문학의 고루를 계속 지키고 있었던 사람들에게 주의를 하기 시작했다고 할 수 있다.

그러나, 그들의 시대의 전면에 나온 것은 오로지 이러한 시대적 무대의 전환이나 우연의 덕분만은 아니다.

그들에게는 실제 무엇보다 오랫동안 격렬한 정열과, 공리주의에 지친 사람들을 즐겁게 하기에 충분한 아름다움이 준비되어 있었으며, 또한 행동하고 사색하는 것을 기피하는 사람들에게 적절한, 조용한 관조의 세계가 형성되고 있었던 것이었다.

어떤 의미에서 이 작가들은 격렬한 노무(勞務)와 미칠듯한 정열에 투신하고 있었던 사람들에게 휴식과 위안을 주는 역할을 수행하고 있었는지 모른다.

더욱이 그들을 문학의 주조(主潮)에 오르게 한 것은 과거의 계몽적이고 경향적인 문학이 갖추고 있지 않았던 온화한 문장, 섬세한 뉘앙스, 아름다운 조선어라고 하는 것이 오랫동안 그것에만 몰두한 결과로서 적어도 이를 획득하였던 것도 또한 사실이다.

이는 명백히 과거의 조선문학에 비해 이 작가들이 기여한 하나의 새로운 예술적 재산이라고 할 수 있는 것들이다.

(1939.2.24)

(3) 내적 분열에 의한 새로운 생면(生面)

그러나, 1세기를 10년 사이로 살아버리는 곳의 사람들에게 있어서, 이러한 문학이 오랫동안 만족을 주는 일이 얼마나 어려운가는 결코 상상하기 어렵지는 않을 것이다.

이러한 한편, 평단에서는 일시 내지문단을 풍비하였던 적이 있는 휴머니즘의 파도나 문화의 위기에 대한 경고, 지성의 옹호에 대한 목소리가 어지러울 만큼 빠르게 나타났다가는 사라지고 사라졌다가는 다시 나타났다.

그리고 문학적으로는 리얼리즘론이 소리 높게 외쳐지고, 간접 또는 직접적으로 이러한 문학(순문학)에 대한 불신을 호소하고 새로운 고도의 문학에 대한 요망이 고양되어 간 것이다.

반드시 이러한 압력의 탓뿐이라고 할 수 없다고 해도, 어쨌든 순문학 또는 시 등 형식적인 문학은 궁지에 빠져 극단적인 심리주의와 극단적인 객관주의로 분열되었다.

이러한 경향을 대표하는 작가로서 우리들은 종종 이상이라는 작가와 앞에서 말한 박태원씨, 또한 『탁류』라는 소설을 쓴 채만식씨를 들지만, 이들은 다른 말로 표현하면 내성적인 문학과 풍속(또는 세태)묘사의 문학을 완성시킨 사람들이라고 할 수 있다.

이 중에서 박태원씨는 이상(작년 사거<원래 시인>)과 더불어 심리주의 소설을 썼지만 경성 청계천변의 스케치 소설 『천변풍경』이라는 장편을 계기로 하여 일거에 풍속묘사 문학의 대표자와 같은 면모를 보였다.

채만식씨의 소설 『탁류』는 신문에 발표된 장편이지만, 이를 오로지 풍속소설이라고 평가해 버리기에는 이론의 여지가 존재한다. 그렇지만, (천변풍경에 비하면 다소 스케치적이다.) 기획의 중요방향이 세태묘사에 있으며 또한 그것에 의해 이 작품을 성공할 수 있었던 것도 사실이다.

생각하건데 풍속묘사의 문학이라는 것도, 이러한 점에서 본다면 시대의 정신적 동향과 불가분의 관련을 가진 것이며, 동시에 풍속묘사의 정신이라는 것이 자기를 자유롭게 주장하기 어려운 시대의 문학적 결과라고 보는 것이 당연하다고 해야 할 것이다.

그렇지만 심리주의, 또는 내성의 문학이라고 하는 것은 전향문학 대부분의 작품들이 이와 관계를 가지는 것이다. 이상 외에 전 프롤레타리아 작가 김남천씨 등도 추가해야 하지만 외향적인 의지와 정열이 봉쇄된 경우 자연히 작가의 정신이 자기의 내부로 향하는 것으로서, 또한 현대조선의 인텔리겐차가 가지는 하나의 정신적 표식이라고 보아도 좋을 것이다.

그러나, 이상은 결코 좌익문학의 관계자가 아니었다. 오히려 쉬르

리얼리즘 계통의 시인으로서 출발하였는데, 죽음 직전에 죽음에 관해 보들레르적인 사념에 빠져 오로지 인간의 생리적 심리의 심층을 소설을 통해 분석하고 있었다고 하는 희유(稀有)한 재능을 가진 작가였다.

그러나 우리들이 들은 쉬르리얼리스트로 프랑스의 시인 루이 아라공이 죽음 직전, 극단적인 객관주의로 전향하여 정치적으로는 모스크바로 향한 관점을 나타낸 예를 볼 경우, 그 정반대도 참이라고 추정해도 나쁠 리가 없을 것이다.

이 외에 앞에서 기술한 김남천씨는 내성소설이라고 보아야 할 수많은 단편을 쓴 후에, 최근에 『대하(大河)』라고 하는 장편을 발표하였는데, 작가의 의도가, 조선소설의 이러한 분열을 조화해 보려고 하는 야심적인 작품으로서 최근 문단에 문제를 던지고 있음을 덧붙여 기술해 둔다.

실제, 조선의 문학은 이러한 내적 분열을 조화시키는 데 있어서 하나의 새로운 시기를 열 것이라는 점은 확실하다. 그런데 이를 위해 이전과 다른 새로운 또 다른 하나의 시대적 정신이 준비되지 않으면 안될 것이다. (끝)

(1939.2.25)

【취미와 학예】

조선문단인에게(朝鮮文壇人へ)
―현실과 조선민족의 문제

김문집(金文輯)

【1】

〔그림-10〕'조선문단인에게' 해당기사(1939.3.30.)

전혀 이유가 되지
않은 어느 미세한
인상기를 표면상의
구실로 하여, 사실은
민족주의 내지 유물
사관적인 분위기 속
에서, 성장하는 조선
의 문단인으로서 용

서하기기 어려운 언설을 감히 말하였다고 하는 이유 아래, 주로 좌익
적 경향의 일부 문단인으로부터 내가 직업상, 어떤 조직적인 배격을

받은 것은 작년 연말의 일이었다.

언설이라고 하는 것은 모잡지에 발표한 평론 중에서 '내선일체(內鮮一體)'의 정치적 이상을 조선민족의 현실적 득리로 가는 길로서, 역사적으로 나는 이것을 인식한다고 하는 한마디를 입 밖에 낸 것에 다름 아니다. 이 한마디가 도화선이 되어 문단사상 전례가 없는 결과를 초래한 점에 대해서, 나는 어느 종류의 책임을 느끼지만, 그러나 소신을 굽힐 수는 없기 때문에 은인자중 끝에 마침내 여기에 그 언설의 근거를 명백히 하고 제군의 재비판을 청하기로 하였다.

'내선일체'라고 하는 정치적 표어, 아니 역사적인 새로운 숙어가 미나미(南)총독의 입에서 제안된 그 순간부터, 나는 문단인이면서도, 그 이후에도 이전에도 없었던 긴장을 온몸에 집중하여 그 언설의 진위 여부를 검찰하기 시작하였다. 시국적인 일시적 기만인가, 그 외에 뭔가 야심이 있는 말인가, 그렇지 않으면 정말로 조선인의 행복을 대변한 이데올로기인가, 그 진위를 탐구하지 않고는 한시도 가만히 있을 수 없었다.(이러한 시의심(猜疑心)이 실은 우리들의 슬픔이지만)

한편, 또한 나는 사실의 측면에서 내선일체의 실현이 가능한가, 불가능한 일인가를 나 혼자만의 정열과 번민에 파묻혀, 역사적으로 문화학적으로 인종학적으로 ——미치는 한 광범위한 영역에 거쳐 연구해 보았다.

결국 '내선일체'의 의미 한계와 그 해석 여부에 따라서, 천차만별 그 결론이 다르다는 것도 알 수 있었다. 그렇지만 목하의 정세로부터 보아서는 몇 천 몇 만년 앞의 공상적인 어느 경우에 생각이 미칠 필요는 없는 것과 마찬가지로, 그 표어를 어느 특수한 의미로 해석할 필요도 없음을 인식하였다.

당장은 우리들 조선의 백성이 내지인과 동등한 객관적 조건 아래에서 살 수 있다는 점을 가지고, 이 표어의 당면적인 한계를 정하고, 또한 그 정의로부터 별단의 불만은 없었던 것이다.

객관은 주관을 규정한다. 우리들의 객관적 조건이 내지인과 동일하다고 하면, 우리들의 주관적 조건도 그들과 동일화할 것이다. 즉 우리들도 내지인과 동일 정도의 행복을 정신적인 면까지 향유할 수 있는 날을 상상할 수 있는 것이다.

나는 형의 동생임과 동시에, 아버지의 아들이듯이, 우리들은 조선민족임과 동시에 일본국민이다. 일본국민 또는 신민으로서의 본분을 다하는 일은 조선민족으로서의 면목을 세우는 데에 추호의 모순도 없어야 하지 않겠는가.

강하고 또한 풍족한 민족이(과거는 어쨌든 간에 현재는 약하고 또한 가난한 민족을 향해) 너, 나와 한 몸이 되어 살아가지 않겠어라고 말하는 것에 대해, 어떠한 이론적 근거와 감정이 있어서 의사표시를 배격하지 않으면 안 되는 것인가?

'내선일체'가 정책상의 기만적 축문이 아니라, 진심에서 나온 정치적 모토라고 한다면 우리들 조선인으로서는 더 이상 없이 고마운 말은 아닌가? 닮은 자가 빵을 주려고 하는 자에게 빰을 맞받아치는 도덕적 감정이 있을 수 있는가? 요는 그 빵이 먹을 수 있는 빵인가, 먹을 수 없는 빵인가, 또는 그 빵에 독이 들어 있는가 아닌가, 그것이 문제일 것이다. 바꿔 말하면, 문자 그대로 내선일체가 구현된 날, 조선 민족은 멸망하여 사라지는 것인가, 살아서 영원한 영광을 즐기는 것인가?

이 설문에 대해 완전히 나는 후자의 손을 들어주는 것 외에 선택지가 없다. 영원이라고 하는 말에 어폐가 있지만, 그것은 두말할 필요도 없이 동아의 맹주로서의 일본국가의 존속기간을 의미하는 만큼 당분간 괜찮은 것이다.

(1939.3.30)

【2】

그러면, 일본이 국가적으로 파탄을 초래하는 날은 어떻게 되는가? 그 날을 설정한다면, 그 파탄의 양식과 그때의 내적 외적 정세에 의해 이렇게도 될 수 있고 저렇게도 될 수 있겠지만, 민족적으로 내선이 일체화한 경우라고 한다면, 그때는 오히려 이러한 문제조차 일어나지 않을 것이다.

순이론적인 내선일체 시대에는 내선일체라고 하는 말조차 의미를 갖지 못하는 것이다. 원래 일본민족이라는 것이 조선민족을 주류로 하는 외래 민족의 대량적 귀화를 계산하지 않고 생각할 수 없음은 천하의 상식이지만, 그러한 만큼 가령 조선민족이 해소하여 야마토(大和)민족에 합류하는 것 같은 일이 있어도 그것은 조선민족의 절멸이

되지 않을 뿐만 아니라, 관점에 따라서는 조선민족의 집대강화라고
──아니 당당히 그렇게 말할 수 있다.

궁극적인 내선일체를 체현하기 위해서는 양민족의 혈액적인 일원
화를 이룸으로써 비로소 가능한 일이지만, 이러한 일원화는 백년이
나 이백년의 단시일로는 어떠한 방법을 가지고 하더라도 전적으로는
불가능한 일임은 논을 기다리지 않는다. 그렇지만 가령 나의 자손이
야마토 민족화하였다고 해도, 앞에서 기술한 것과 같은 학적 사실과
논리적 판단 아래에 조금의 애수도 민족적 불명예도 느끼지 못한다.
(그렇지만 아직 지레짐작한다면 곤란하다.)

조선민족의 행복의 길은 지금은 두 가지밖에 남아 있지 않는다. 외
국으로부터 조금의 위협과 침해와 간섭을 받지 않는 완전한 독립국
을 수립하는 것이 그 하나이며, 민족의 일원화를 최후의 단계로 하는
내선일체로의 길이 다른 하나이다.

그런데 전자는 합병의 근본정신으로부터 말하더라도, 이 역사적
현실(과거 반세기를 포함한)로부터 말하더라도 이제 꿈에서라도 공상해
볼 수 없는 그런 종류의 공상으로 밖에 될 수 없다. 이에 대해 후자는
예를 들면 이제 어떻게든 결혼의 전망이 없는, 그러나 이전에는 대■
■별양이었던 한 올드미스가 자신이 그러한 기분마저 있으면 자신보
다 훌륭한 남자와 결혼할 수 있다고 하는 경우, ──물론 그런 간단
한 것은 아니라 해도, 현상적 원리만은 조금도 변하지 않는 그런 경우
이다. 그렇기 때문에 양민족이 성실을 가지고 손을 잡는다면, 무리하
지 않아도 장래에 자연히 도달할 도정인 것이다. 이것에 이의가 있는

자는 정정당당하게 이론적으로 서로 다투지 않겠는가! 그리고 당국은 이 문제에 관한 한, 우리들에게 이것의 기탄없는 이론적 투쟁의 자유를 주어야 한다. 왜냐하면 우리들 지식인은 이 문제의 근본에 대해 너무나 깊이 고뇌하고 있기 때문이다. 그리고 자신이 그중 가장 고뇌한 자의 한사람임을 고백하는 일은 견본도 방편도 아닌 것이다.

어쨌든 지질학적으로 보아도, 고고학적으로 보아도, 또한 해부학, 언어학상 논구하더라도 일선(日鮮) 양민족은 유기적, 혈족적인 동일체임이 증명되어 이미 오래된 오늘, 적어도 현재는 절대적인 선배인 일본이 그 위쪽은 어쨌든 간에 현재 후배인 조선을 향해 ——게다가 서로의 필요에 몰려, 이제부터는 정말로 한 몸이 되어 살아가는 수밖에 없다며 뜨거운 손을 내밀었다고 하는 이 눈물겨울 정도로 절실한, 더구나 놀라울 정도로 두터운 그 정서에 대해, 우리들에게 어떤 고집이 있어서 그 손에 주저의 눈동자가 넘실거리고, 하물며 증오마저 내뱉지 않으면 안 되는 것인가?

(1939.3.31)

【3】

이쪽이 원해도 이루어지기 어려운 것이 흔히 있는 세상사이다. 그 바램을 상대쪽에서 자진하여 원한다고 하는 이 대단한 사실 ——만사 제쳐 놓고서라도 우선 그 남성적 태도에 공명하고, 그 인간적 담력에 우리들은 경의를 표해야 하는 것은 아닐까 혼자서 고뇌하고 고뇌한 결과, 적어도 나만은 이 심적 세계까지 마주칠 수 있었던 것이다. 물론 나는 미나미 총독 일대의 선언인 그 '내선일체'의 진의를 알아낼 수 있는 얼추의 고심은 하였다.

내가 끝까지 확인한 한에서는 미나미 총독은 엄밀한 과학적 근거와 명확한 한계를 설정하고 나서 이러한 선언을 내린 것이 아니라, 거의 맹목적이라고도 형용해야 할 과학 이상의 신념과 자신을 가지고 더구나 그것을 명백한 이야기라고 하는 듯한 극히 평범한 표정을 하고 발표한 선언이었다고 추정되었다. 이 관찰은 어쩌면 나의 억측으로서 밝혀질 날이 올지도 모르지만 어쨌든 이 관찰의 위에서 비로소 나는 미나미 총독의 정치가로서의 위대함을 재인식하게 되었다. 정치는 힘이라기보다 보다 커다랗게 신념이지 않으면 안 되기 때문이다.

그래서 ——이미 긴장한 나는 보다 주의깊게 미나미 총독의 그 신념 실현에 대한 방법론, 즉 정치적 실천 공작을 응시하는 당연한 단계에 서 있는 자기자신을 발견한 것인데, 과연 미나미 총독은 시일을 두지 않고 조선교육령을 개정하고 육군지원병령을 창설하는 등의 역사적 신극을 시원하고 솜씨 있게 연출하여 완수하였다.

주어진 조건에 따라서 움직이는 정치에 대해서이다. 먼 미래의 일은 점쳐야 할 일이 아니다. 그러나 목하 우선 이것만의 사실을 가지고 나는 미나미 총독의 '내선일체'가 어떠한 종류의 불순한 선언도 아니었다는 점을 믿지 않을 수 없었다. 미나미씨를 역사선상의 조선총독으로 받들어도 좋을 것과, 인간 지로(次郎)를 믿어도 좋을 것을 이 때

비로소 내 자신에게 말해 들려줄 수 있었던 것이다.

　마음에 사무치는 이 역사적 현실 아래에서 조선민족이 의붓자식의 비애와 울분을 씻어내기 위해서는 국민으로서의 3대 의무를 완수하는 날이 아니면 절대로 이루어지지 않는 상담이라는 점은 소년시대부터의 나의 정견이었다. 납세의 의무, 병역의 의무, 그리고 교육의 의무, ──이 세 가지 의무를 나라에 바치기까지는 우리들은 어떠한 이론과 경우를 설정하여도 국민으로서의 내지인 동등의 정신적, 현실적 권리를 향락할 수 없다고 하는 것이다.

　서민적으로 말하더라도 3등 티켓의 손님이 가외의 돈을 낸 1등 손님과 동등한 대우를 받을 수 없는 것이다. 기분 위에서 우월을 느끼더라도, 감동하는 것이 인정이라는 것이다.

　어쩔 수 없었다고는 하더라도, 불행하고 또한 불편하게도 3대의무가 없는 우리들이 그 전부를 바치고 있는 자와 동일한 대우를 받지 못한다고 해서 불만을 투덜대는 것은 가령 그것도 인정이라고 해도 자세히 보면 비인정인 것이다.

(1939.4.2)

【4】

　이미 말했듯이, 언젠가는 완전한 자립을 향한 전망이 선다고 한다면 또한 이야기는 다르다. 만약에 공상적으로 백 보를 양보하여 백년

후에는 조선이 일본으로부터 벗어난다고 하자. 그렇다면 그 백 년간을 어떻게 한다고 하는 것인가? 그 사이에는 도리어 불행한 쪽이 좋다고 하는 이상적, 현실적 내지는 철학적인 근거가 있다고 하는 것인가? 두 번 다시 태어날 수 없는 이 세상 이 생명이라면 왜 괴로워하며 우리들이 우리들의 불행을 하루라도 벗어나지 않으면 안 되는 이유가 있는 것일까?

우리들 예술가에게 있어서, 이론만큼 무력한 것도 무가치한 것도 없다. 그렇기 때문에 나는 이론은 종류 여부를 묻지 않고 싫어한다.

무릇, 민족주의에는 이론이 없는 것이 특색이다. 그렇기 때문에 우리들 예술가에게 있어서는 친숙하기 쉬운 애교가 있는 주의이지만, 그러나 또한 솔직하게 보면 이 세상의 주의 중에서 무릇 현재 조선의 민족주의만큼 난센스한 것은 없다. 그 구체적인 다양한 현상이나 사상(事象)을 효과적으로 들어보고 싶은데, 여기에서는 삼가고자 한다. 이 무의미한 주의가 영원한 우리들 문단의 전통이라고 하면, 문단은 저주받을지어다! 경사스러울지어라! 과연 경사스러운 민족주의로부터 진정으로 경사스러운 민족주의로의 질적 지양이 목하 우리 문단의 유일하고 최고의 테제이며, 싸워서 취해야 할 대상인 것이다.

그러면 진정으로 경사스러운 민족주의란 어떤 주의인 것인가? 현실 속에서 조선민족이 취할 수 있는 유일한 행복의 길을 나아가는 것이 그것이다. 그리고 그 길은 이미 명백한 길인 사실도 전언의 필요는 없을 것이다.

물어보자. 신장, 간장의 생리는 어떠한 이유로 전신 생리에 반항하지 않으면 면목이 서지 않는 것인가? 모체에 독소가 흐르기 시작할 때 비로소 그 태아는 모체 생리에 반작용을 일으켜야 한다. 하물며 태아는 그 모체와 생사를 함께 해야 할 숙명에 처해져 있는 경우에 있어서랴!

조선이 이미 기계적으로가 아니라, 생리적으로 유기적으로 완전히 일본의 일국부가 되어있는 이상, 일본 그 자체를 살리는 것 외에 조선을 살릴 방법이 있다고 하는 것인가? 이것은 이론도 이상도 아니 생생한 현실이다. 눈앞의 상식이다. 손이나 발이 소속 체구를 떠나 여전히 그 존재를 주장할 수 있다고 한다면 그건 별문제이다. 그렇지 않은 한, 우리들은 일본국가에 충실한 것이 역시 대의명분이라고 하는 것이다. 하물며 혈액적으로 그 근원을 동일로 하는 두 민족 사이의 특수 현실 아래의 경우에 있어서랴!

대략 이상과 같은 윤리적, 이론적 더구나 감정적 이해 아래에 나는 국민으로서의 동일한 객관적 조건, 즉 권리적 사실을 향수할 수 있도록 우선 징병령과 의무교육령이 조선에 널리 시행됨을 하루도 빨리 간절히 바라는 바이다.

시기도 시기, 마침 그 사이에 홀연히 통치자가 '내선일체'를 폭탄적으로 선언하고, 그 실현을 향한 기초적 제1공사로서 전기(前記)한 두 법안의 칙령을 사해에 전달한 것이다. 두말할 필요도 없이 조선교육령의 개정은 의무교육의 전제이며, 지원병제는 징병에 대한 시험적, 암시적 약속이라고 나는 적어도 해석하고 있기 때문이다.

(1939.4.6)

【5】

세금은 이미 납부하고 있는 바, 뒤에 남은 두 가지 국민적 의무를 완수할 수 있는 날에는 그때는 내선일체라고 하는 용어마저 이상할 정도로 우리들은 동등의 국민적 지위에 서는 일은 자명하게 전망된다. 적어도 그때는 조선인이기 때문에 손해 —— 속되게 말하는 바보 취급을 당하게 되는 일은 있을 수 없는 셈이다. 묵묵히 우리들의 힘과 직을 경주하여 이 국민적 의무를 다할 그 날을 그것이야말로 획득할 수 있도록 노력할 수밖에 없다.

만일, 그날을 기다려도 여전히 무언가의 민족적 차별이 잔존하는 경우라고 하는 것은 생각할 필요는 없을 것이다. 즉 다행히 나는 우리들에게 그러한 경우를 준비시킬 아둔한 일본의 위정자가 아님을 간파하였다. 즉 나는 국민으로서의 전적인 권리를 주관적으로도 객관적으로도 향수하는 장래가 상식적으로도 과학적으로도 설계하는데 부자연을 느낄 수 없었던 것이다.

이상과 같은 견지로부터 나는 내선일체주의가 조선민족이 역사적으로 밟아야 할 현실적 행복을 향한 길임을 표백한 것이다. 나를 배격한 이유는 그 외에도 두 가지가 있었다. 하나는 내가 국문의 창작집을 조선문단 한가운데에 내었다고 하는 점, 또 다른 하나는 작년 경성일보사 주최의 내선문단좌담회에서 "우리들도 종군해도 좋다."고 건의하였는데 이것들은 부수적인 이유이며 근본은 역시 그 일체의 문제에 있으므로 재차 말할 필요가 없다.

되돌아보건대 조선으로 돌아온 이래 나도 피투성이가 되어 조선문학을 위해 싸워왔다. 그러한 업적과 나의 일체주의적 정치 이데올로기 사이에 과연 어떤 모순이 있을까?

—— 이상 나는 직접적으로는 조선문단, 간접적으로는 그 영향 아래에 있는 일반 지식층을 향해 '의혹의 사람'으로서 나의 소신 일반을 피력한 것인데, 이 견해에 서서, 당연히 나는 또한 보다 엄밀한 내지인측에 대해 주문서를 작성해야 함을 알지 못할 만큼 자기비하자이고 싶지 않다. 즉 민족사적 현단계에서 내지인의 인식문제, 특히 타지에 돈벌이하러 온 정신 아래에 있는 재래의 이주자에 대한 정치적 근본교육의 문제 등등이 다양한 각도로부터 구체적으로 또한 순이론적으로 시비가부를 논하지 않으면 안 된다. 그런데 다행히 이들 문제는 지금까지 논해 온 우리들 조선인 자신의 문제 배경에서 이미 설정되어 있었던 문제이며, 더욱이 안성맞춤으로 이들 제문제의 중요성을 인식하고 몸소 그것을 해결할 수 있도록 금후의 내지인은 충분히 총명할 것이라고 하는 점이다.

바라건대, 이 추측에 어긋나지 말라! 자네 속에 나는 나의 모습을 찾아내고, 내 속에서 자네는 자네의 모습을 찾아낸다. 이러한 최애(最愛)의 윤리관계가 언제인가는 성과를 낼 수 있도록 민족일원화에 대한 현단계의 호흡상태임을, 바라건대 양민족은 서로 더불어 의지할 수 있도록——. 자인(Sein)이면서 졸렌(Sollen), 졸렌이면서 또한 자인——이 철학적 경지야말로 이상과 현실의 피안(彼岸) 의식인 '내선일체'의 실상이지 않으면 안 된다.

멈추어라! 우리들은 살아가야 하지 않겠는가! (완)

(1939.4.7)

【趣味と学芸】

국문문학 문제(國文文學問題)
─이른바 용어관의 고루성에 관해(所謂用語觀の 固陋性に就て)

한효(韓曉)

(1)

〔그림-11〕 '국문문학 문제' 기사면
(1939.7.13.)

최근 나는 문득 로댕의 '이 중의 진실'이라는 말을 생각해내고 다양한 생각에 빠진 적이 있다. 예술상의 진실이라는 것이 단순히 현실의 진실을 진실하게 묘사하는 데 있는 것이 아니라 그 진실을 다른 하나의 진실로 바꿔 만드는 데 있다고 나는 새삼스럽게 느꼈다.

　밖의 진실에 의해 번역해 내는 안의 진실 ……이러한 것을 나는 연상해 보았다. 아니 연상하지 않고는 있을 수 없었다. 이른바 '이중의 진실'이라고 하는 로댕의 말의 진의가 사실 이와 같은 의미의 말이 아니었다고 해도 나는 이러한 생각을 연상하지 않으면 안 되었다. 매우 편리한 생각방식이다.

　진실이 묘사하는 진실 ……이것이 즉 예술가가 인간을 ……현실을 그리는 묘사정신의 근저이다. 이와 같은 근본적인 문제에 입각하여 나는 최근 조선문단의 움직임을 검토해 보고 싶다고 생각한다.

　작년 춘향전의 경성 공연을 기회로 조선에 온 내지문단의 아키타 우쟈쿠(秋田雨雀)[24], 무라야마 도모요시(村山知義)[25], 하야시 후사오(林房雄)[26]씨 등과 조선문단의 일부의 사람들이 합동하여 좌담회를 열고

---

24 1883-1962. 극작가이자 시인, 소설가. 1907년 와세다(早稲田)대학 영문과 졸업하고 1910년 희곡 「첫 번째 새벽(第一の晩)」을 발표하였다. 시마무라 호게쓰(島村抱月)의 예술좌(芸術座)에 참가하였으며 이후에 사회주의운동으로 경도되며 「태양과 화원(太陽と花園)」 등의 동화도 창작한다. 1934년에는 신협극단(新協劇団) 결성에 참여하였으며 전후에는 무대예술학원장(舞台芸術学院長)을 역임하였다.

25 1901-1977. 다이쇼(大正), 쇼와(昭和)기 극작가이자 연출가. 독일 유학을 거쳐 1923년에 전위미술단체 '마보(マヴォ)'를 결성하고 이후 프롤레타리아 연극운동에 참여한다. 1934년 신국의 대동단결을 호소하고 신협극단(新協劇団) 창립을 주도하였다. 일본 패전 이후에는 '도쿄예술좌(東京芸術座)'를 주재하였다.

26 1903-1975. 고교에 재학하면서 맑시즘에 경도되었으며 1923년 도쿄대학에

그 석상에서 조선의 작가는 마땅히 민족적 표현의 주관을 질적으로 선택함과 더불어 용어(用語)관의 고루성을 지양해야 한다고 강조되었던 사실을 당시 경성일보 지상에서 읽은 기억이 있는데 이것이 직접적인 계기가 되어, 과감하게 이 지역의 문단에는 국어 수련의 목소리가 높아지고 국문 문학의 발상이 모든 방면으로부터 요망되기에 이르렀다.

그 중에는 벌써 이를 실천으로 옮기고 있는 작품도 보인다. 김용제의 시와, 김문집, 장혁주 등의 소설, 게다가 또한 최근 국민신보에 게재되고 있는 한설야의 『대륙』과 같은 작품은 모두 이러한 요망의 실천화에 다름 아니다. 더구나 한편으로 『동양지광』과 같은 국문 월간 잡지가 반도 문화인 스스로의 손으로 발간되고 있으며, 국민문화연구소와 같은 문화단체까지 결성되었다.

이와 같은 현저한 움직임 중에서 나는 확연한 하나의 시대적 흐름, 즉 시대적인 어떤 공통된 관념이 흐르고 있음을 간취할 수 있다.

그렇지만 이러한 도도한 움직임 속에서 조선문단인의 국문문학에 대한 추진성을 단지 작가 자신의 생활 조건, 원고료 수입의 문제로 의

진학하여 신인회(新人會)의 활동가가 되었다. 1926년 도쿄의 학생연합위원장으로서 치안유지법 위한으로 투옥되었다. 이 해에 『문예전선(文芸戰線)』에 처녀작 「사과(林檎)」를 발표하여 주목을 받는다. 이후에도 공산당 활동으로 두 번에 걸쳐 옥고를 치렀으며 이후 전향하여 일본의 국책을 적극적으로 옹호하였다. 전후에는 공직추방되었는데 1963년에는 『중앙공론(中央公論)』에 「대동아전쟁긍정론(大東亞戰爭肯定論)」을 게재하였다.

거시키려고 하는 것이 얼마나 무모한 일인지를 우리는 묵살할 수 없다. 만일 현실을 그린다고 하는, 이 양심적인 일이 어느 일개인의 생활 안정을 도모하기 위해서라고만 그 의의가 부여되어 있는 점에 대해서는 완전히 놀라지 않을 수 없다.

하야시 후사오나 김문집과 같은 사람들의 주장은 철두철미 조선문단의 국문문학에 대한 앙양(昻揚)성을 원고료에 의존하게 만들어 조선문단인이 작가로서의 생활을 영위하기 위해서는 좋아하든 말든 국문으로 창작해야 한다고 주장하고 있다. 어쩌면 그럴지도 모른다. 그렇지만 여기에서 우리들은 진정으로 예술가로서의 양심에 호소하고 싶다.

아마 작가들은 훌륭한 작가답게 생활하는 일이 마땅할 것이다. 그러나 자기의 문학작품으로 생계를 꾸린다고 하는 일은 작가에 있어서 그렇게 필요하지도 않거니와 바람직스러운 일도 아니다. 예술은 출판사나 정치가의 경제 중에 정당한 장소를 가지고 있지 못하며 또한 가질 수도 없다.

생활을 위해 반드시 국문을 수련해야 한다고 하는 하야시씨나 김문집군의 주장은 결과적으로 일작가가 선량한 아버지이며 좋은 남편이기 위해 ——아니, 세상의 모든 이유를 들어 그 이유를 위해 그렇게 하지 않으면 안 된다고 하는 것이며, 예술가가 진정으로 예술가이며 예술을 충실히 하기 위해 그렇게 하지 않으면 안 된다고 말하고 있는 것은 아니다.

(1939.7.13)

(2)

목하의 조선문단의 원고료가 자문학의 질적 지양(止揚) 내지, 그 확대강화를 요구하는 어떠한 자격도 없다고 김문집군은 최근 경성일보 지상에서 주장하고 있지만 이러한 주장이야말로 완전히 무의미한 독선이다!

대체 어떤 문단의 원고료가 그 문학의 질적 지양을 가능하게 만들었다고 하는 터무니없는 사실이 어느 시대의 문학사 위에 실려 있는가!

나는 특별히 "예술은 상품이 아니다."라고 하는 듯한 그런 싱거운 의견을 말할 작정이 아니다. 진실로 예술가로서의 양심으로부터 이 국문문학의 문제를 보다 진지하게 생각해 보고 싶은 것이다. 원고료가 어떻다는 둥, 생활이 어떻다는 둥 ……그런 세속적인 문제는 내버려두고, 우선 양심 있는 작가로서 예술가로서 예술의 본연적인 모습에 돌아가 이 문제를 과학적으로 이론화하지 않으면 안 된다고 생각한다.

조선문단에서 최근의 국문수련에 대한 앙양성은 앞에서도 말했듯이, 하나의 커다란 역사적, 시대적 움직임에 다름 아니다. 그것은 내선일체 구현에 대한 도정의 표류(漂流)이다. 그렇기 때문에 우리들은 김문집군이나 하야시씨의 피상적 견해를 어디까지나 배격하지 않으면 안 되는 것이다. 그러면 이 커다란 시대의 움직임이 나타내는 자체적이 문제로서, 우리들은 우선 무엇을 생각하지 않으면 안 되는 것일까?

즉 여기에 오늘날의 사회적 여러 정세가 우리들에게 지침하는 당면의 임무가 개재하고 있는 것이다.

요컨대 예술은 현실의 반영이며 또한 현상의 형상화이다. 예술가가 진실로 예술가이기 위해서는 우선 현실을 그리지 않으면 안 되며, 또한 현상을 형상화하지 않으면 안 된다고 하는 점은 예술학의 ABC이다. 그렇기 때문에, 조선문단인의 예술적 임무는 즉 조선의 현실을 그리는 데 있다.

'진실을 그리라'라고 하는 말이 수년 전부터 이 문단의 지도부문을 풍비하고 있지만 이와 같은 적극적인 의도가 하나의 테제로 되어 예술적 형상의 위에 구현될 때, 우리들은 그 커다란 움직임 속에 엄연한 조선적 모럴의 성격을 볼 수 있는 것이다.

이 토지의 예술가들이 진실로 그리지 않으면 안 되는 현실이라고 하는 것도 결국 조선적 현실 이외의 아무 것도 아니며, 그리고 또한 그들이 그들의 예술을 통하여 부단히 노력하는 좋은 현실에 대한 추진성도 결국은 조선의 현실을 보다 좋은 현실로 하고 싶다는 것 이외에 아무것도 아니다.

나는 결코 민족적인 어느 한계성을 가지고 예술의 일을 제한하려고 하지 않는다. 그렇지만 실제로 진실을 그리지 않으면 안 되는 예술의 본연적 모습으로 되돌아가 모두를 관찰해 보면 이 일은 스스로 제한하지 않을 수 없는 것이다.

조선이라는 이 현실은 조선의 작가 이외의 어떠한 대작가, 대예술가도 그릴 수 없는 예술적 대상이다. 조선의 현실을 그리기 위해서는 우선 조선의 현실을 알지 않으면 안 된다. 그리고 그 현실을 알기 위해서는 그 현실 속의 인간, 즉 조선의 사람이지 않으면 안 되는 것이다.

(1939.7.14)

(3)

　조선인이 조선의 현실을 그 현실 속의 말로 표현한 작품이 진실로 조선의 문학이며, 예술이라고 하는 삼위일체론에 대해 새삼스럽게 나의 말을 기다릴 필요는 없다고 생각한다. 이것은 단지 기법상의 문제일 뿐만 아니라 인간을 취급하는 문학예술(연극, 영화도 포함하여)에 있어서는 상당히 중대한 근원적 문제이다. 이 문제의 본질을 구명함으로써 종래 툭하면 매우 파행적으로 이해되고 있었던 리얼리즘 정신이 보다 진실한 의의를 대동(帶同)할 수 있으며, 따라서 오늘날의 문학이 하나의 커다란 전환기에 서 있다고 하는 사실을 충분히 이해할 수 있을 것이라고 생각한다.

　예를 들면 장혁주의 문학이 조선 현실을 그렸다고 해도 우리들은 그의 작품으로부터 조선문학으로서의 가치를 조금도 발견할 수 없다. 그것은 어느 작가가 그리는 현실은 즉 그 현실의 언어이지 않으면 안 된다고 하는 하나의 원칙적인 조건이 예술의 일에 대해 영원히 불식할 수 없는 선천성(先天性)을 가지고 있기 때문이다.

　말…… 그것은 그 자체가 하나의 현실이다. 항상 예술가가 그리는 어떤 현실에는 당연히 그 현실을 표현해야 할, 그 자신의 말이 절대로 필요하다.

작년 구보 사카에(久保栄)[27]씨의 희곡 『화산회지(火山灰地)』가 도쿄문단에서 여러 가지 물의를 일으켜 어느 독특한 표현력으로 독자를 끌었다고 일컬어지고 있는데 아마 이 작품이 칭찬받는 이유는 그 내용이 가지는 주제보다, 오히려 그 주제를 살린 말의 분방한 구사에 있었다고 생각한다. 홋카이도(北海道) 동남 연안의 화산재 지대의 사면 경지에 사는 농민의 세계와 그곳의 농산시험장에 사는 과학자의 세계의 교류를 투철한 리얼리즘의 입장에서 힘껏 묘사하였다. 이 작가의 공적은 거의 대부분 그 현실 속의 말, 즉 그곳의 농민들의 생활 위에 진실로 생활화된 그들 자신의 말로 분방하게 그려냈다고 하는 점이다.

만약 『화사회지』가 홋카이도 농민들의 말이 아닌 도쿄의 말로 그려졌다고 한다면, 우리들은 이 작품을 특별히 칭찬할 필요를 느끼지 않았을 것이다.

---

27 1901-1958. 극자가이자 연출가. 도쿄대학 독문과를 졸업하고 1926년 번역이 인연이 되어 '쓰키치소극장(築地小劇場) 문예부에 들어간다. 오사나이 가오루(小山内薫)의 사사를 받고 연출가 히지카타 요시(土方与志)의 조수가 되었다. 신쓰키치극단(新築地劇団), 좌익극장(左翼劇場)을 거쳐 1934년 신협극단(新協劇団)을 결성하여 1940년 국가의 탄압을 받고 해산할 때까지 프롤레타리아연극의 흐름을 지켰다. 사회주의 리얼리즘에 기초한 창작방법을 제창하고 『화산회지(火山灰地)』(2부작, 1937-38)를 비롯하여 『중국호남성(中国湖南省)』(1932), 『능금원일기(林檎園日記)』(1947) 등을 창작하였다. 특히 『화산회지』는 사회주의 리얼리즘이론을 훌륭하게 희곡으로 형상화하였으며 『동트기 전(夜明け前)』의 연출로 연극사의 획기적인 일로 평가를 받고 있다.

중국을 묘사한 『대지』의 작가, 펄 벅(Pearl Sydenstricker Buck)이 최근에 대단한 인기를 부르고 있지만, 그녀의 『대지』가 중국인 자신인 노신(魯迅) 등의 작품에 비해 얼마나 실감이 없는 피상적인 것인지는 재론의 여지가 없다.

왜냐 하면, 펄 벅이 묘사한 현실은 물론 중국의 현실임에 다름 없으나, 그러나 그녀는 그 중국의 현실을 단지 피상적으로 그녀의 예술적 세계에 재현했음에 지나지 않기 때문이다. 그녀는 중국 현실의 외적 진실을 그리는 데는 성공하였지만, 그 외적 진실이 바꾸어 내는 내적 진실은 조금도 그려낼 수 없었던 것이다.

여기에 즉, 그녀는 중국인이 아니었다는 점과, 중국어로 작품을 창조할 수 없다고 하는, 두 가지의 선천적 파행성이 개재하고 있다.

(1939.7.15)

(4)

펄 벅이 그린 중국 현실 ……왕룽(王龍)과 오란(阿蘭)의 일대기 …… 그것은 원래 하나의 진실임에 틀림이 없다. 이와 같은 생의 갈등과 비극을 알지 못하는 작가는 예술가로서의 자격이 없다. 그렇지만 그와 같은 진실을 그리는 것만으로는 결코 예술의 진실이 될 수는 없다. 그녀는 『대지』 중에 포함된 생의 갈등과 비극을 어디까지나 왕룽과 오란의 것으로 그렸을 뿐이지, 그것을 실로 작가 자신의 것으로서 그녀

자신이 당면하고 있는 현실로서 완전히 그릴 수 없었다. 결국, 펄 벅은 왕룽, 오란과 더불어 작품 속의 인간, 중국 현실속의 인간, 아니 중국어로 생활하고 있는 인간이 아니었다.

그렇기 때문에 그러한 문학은 예술로서의 하등의 진실성을 가지고 있지 못하다. 고작 번역문학으로서 절름발이의 의의밖에 가지지 않는 것이다.

모름지기 예술가가 그가 그리는 현실을——그 현실 속에 보편화되지 않은 말로 묘사한다고 하는 점은 매우 무모한 일이며, 예술에 대한 커다란 모독임에 틀림 없다.

그렇다면 우리들은 구체적인 문제로서, 오늘날 이 토지의 문단이 당면하고 있는 국문문학에 대한 앙양성을 어떻게 보아야 하는가?

앞에서 나는 이 문제를 지적하며 하나의 시대적 움직임이라고 하였다. 즉, 이 국문에 대한 앙양을 가능하게 만드는 객관적 조건, 실로 시대적인 움직임으로서의 과학적 타당성을 우선 우리들은 발견하지 않으면 안 된다. 이를 단지 원고료 문제나, 작가의 생활조건으로 처리하려고 하는 변덕은 적당하게 삼가야 할 것이다.

예술을 가지고 생활하는 문단적 어릿광대나 매문가들의 너무나 뻔뻔한 국문에 대한 앙양성을 냉정하게 배격하고 실로 예술의 무엇인가를 아는 예술가의 양심의 바닥으로부터 이 문제를 과학적으로 구명하지 않으면 안 된다고 생각한다.

예술은 어떤 특수한 개인을 그리고 더구나 독자에게 있어서는 완전히 우연한 사건을 그리는 것인데, 단지 그것은 결코 특수한 것도 우연적인 것도 아니라 어디까지나 보편적이고 필연적인 것이다. 예술은 그와 같은 우연적인 현상을 통하여 특수하게 구상화된 개개인을 통해 필연을 보고 보편성을 관취(觀取)한다. 이와 같은 본질적 문제보다 초치(招致)되는 현실에 대한 탐구성, 그것이 즉 오늘날 조선문단에 부과된 국문에 대한 앙양성을 해결해야 할 최후의 열쇠이다.

모든 인간에 대한 사랑이라고 할까, 성실이라고 할지, 또는 모럴이라고 할지, 어쨌든 이와 같은 현실적인 어구가 적용될 수 있는 내생(內生)의 깊은 곳에 강하게 뿌리박고 그 깊은 곳으로부터 솟아나오는 생에 대한 갈망, 갈등 등을 그리는 것이 진실한 리얼리즘 작가이며, 인간을 그리는 묘사 정신의 근저이다.

그렇기 때문에 인간을 그린다고 하는 것, 즉 전형을 창조한다고 하는 것, 그것은 현실적 조작의 리얼리티에 의해서만 규정되는 문제이다.

(1939.7.16)

(5)

작품 속에 등장하는 인간의 전형성은, 곧 그가 생활하는 현실의 모두를 진실로 그려 나타내는 데 있어서만 도달될 수 있는 것이다. 예를 들면, 구보 사카에씨의 『화산회지』에 등장하는 홋카이도의 농민들로 하여금, 그 현실적 생활의 말이 아닌 도쿄의 말을 가지고 작가가 멋대로 생활하게 만들었다고 한다면, 그것은 어디까지나 작가 구보 사카에씨의 마음 속의 농민들이며 현실 속의 즉 홋카이도의 농민들일 수는 없는 것이다.

우리들은 예술이 현실 인식을 위한 하나의 수단이라고 배웠다. 그렇지만 펄 벅의 『대지』를 통해서, 우리들은 과연 어느 정도의 중국 현실을 인식할 수 있었는가. 또한 이와 같은 의미에서 장혁주군이 그린 국문소설을 통해 우리들은 대체 어떤 조선적 현실을 인식할 수 있었던 것인가?

장혁주군의 소설에 간토(関東) 사투리나 간사이(関西) 사투리를 뒤섞여 있다고 하는 사실은 실로 마찬가지로 참을 수 없는 바이지만, 이따금 장혁주군이 그린 소설 속의 농민들의 말에 '베에(べえ)'라든가, '단다카라나시(たんだからなし)'라든가, '스마후베챠(すまふべちゃ)' 등과 같은 도호쿠(東北) 사투리가 ……그것도 상당히 부자연스럽게 사용되고 있는 바는 완전히 쓴웃음이 나 참을 수 없는 곳이다.

대체 조선 어느 곳의 농민이 이러한 말을 사용하고 있는가! 이와 같은 비현실적인 말을 통해 우리들은 전체적으로 어떻게 조선의 현실을 인식하면 좋은 것인가.

즉, 조선인이 조선의 현실을 조선어로 그린다고 하는 삼위일체론이 강조되는 까닭이 여기에 있는 것이다.

그렇지만 나는 결코 반도 문단인의 국어 수련에 반대할 의사는 조금도 가지고 있지 않다. 동아건설의 커다란 역사적 단계가 초래하는, 이 엄연한 시대의 움직임에 대해 과연 반대할 어떠한 이유가 있을 수 있겠는가. 많이 공부하여 또한 많이 써야 할 것이다. 단, 내가 말하고 있는 것은 현실을 보다 현실적인 진실에 의해 그리지 않으면 안 된다고 하는, 예술의 본연적 모습을 잊어서는 안 된다고 하는 점이다.

따라서, 이 토지의 예술가가 국문문학을 창조하기 위해서는 우선 그와 같은 객관적 조건이 이 토지에 구비되어 있지 않으면 안 된다고 생각한다. 즉, 우리들이 그리려고 하는, 이 토지의 현실이 ……완전히 국어의 생활화를 일으키지 않으면 안 되는 것이다.

(1939.7.18)

(6)

예술이 최초 인간의 어떤 본능적 작용에 의해 배태되었다고 하는 것은 군말의 여지가 없는 화학적 원리이지만 이와 같은 원리에 입각하여 생각해 보아도, 우리들은 자문학의 국문으로의 추진성을 조선 현실 속의, 어느 본능적인 움직임에 의해 규정하지 않으면 안 된다고 생각한다.

조선문학의 온상이며, 기초이어야 할 현실이 아직 생활적인 국어의 보급화가 이루어지고 있지 않은데, 오로지 문학만이 그 현실적 생활과는 아직 완전히 융합하고 있지 못한 국문 문학을 창작한다고 하는 점은 상식으로부터 판단하더라도 불가능한 일이다.

나의 이와 같은 견해는, 혹은 매우 오해를 받을지도 모르고, 또한 문학의 지도성을 말살하는 것처럼 영향을 줄지도 모른다. 그렇지만 예술이 마땅히 지도성을 발양한다고 하는 점은 그 지도해야 할 대상, 즉 현실 속에 깊고 깊이 파고들어 가지 않으면 안 된다고 하는 하나의 안티 테제이다. 예술이 진정으로 현시국 하에서, 국민들의 문화적 지도를 이루고 반도 민중을 진정으로 황민(皇民)으로 인도하기 위해서는 우선 그들의 생활 속에 깊이 파고 들어가, 그리고 그 생활상에 확고한 황민정신을 고취함으로서만 가능하다.

그렇기 때문에 그들이 생활하는 말을 가지고 그들을 지도해야 할 작품을 쓰는 일이 우선 우리들 당국의 임무가 되지 않으면 안 된다. 진정한 예술의 지도성이라는 것도 결국 그 지도 대상인, 대중의 말을 가지고 그들의 생활을 형상화하는 데 있어서만 적극적으로 지양될 수 있는 것이다.

이와 같은 나의 견해가 만약에 타당성을 결여하지 않았다면, 현재 일부 작가가 실천하고 있는, 국문 문학에 대한 추진성은 스스로 어떤 제한을 대동할 것이라고 생각한다. 특히, 현재 이 토지에서 완전히 국어의 생활화가 감행되고 있는 어느 일부분의 인텔리 세계만이 그들의 진정한 예술적 대상일 것이다.

진실이 그리는 진실 ……이것을 나는 어디까지나 강조하고 싶다. 즉, 로댕의 '이중의 진실'에 해당하는 말이 가르치는 묘사 정신의 근저에 입각하여 밖의 진실이 번역해 내는 안쪽의 진실을 분방하고 양심적으로 죄다 그려내는 일이 나에게는 바람직스럽다.

그리고 나는 증오한다! 예술을 가지고 생계를 세우려고 하는 문학자의 상인적 근성을! 국문 문학에 대한 앙양을 가능하게 만드는 도도

한 시대의 움직임을, 원고료나 작가 자신의 생활상의 문제로 결부지
으려고 하는 일부 문단의 짝이 맞는 한 쌍의 익살꾼들을 우리들은 크
게 경멸해도 좋다고 생각한다. (끝)

(1939.7.19)

문학의 진실과 보편성
─국어창작 진흥을 위해(文學の眞實と普遍性 ─國語創作振興のために)

김용제(金龍濟)

(1)

〔그림-12〕'문학의 진실과 보편성' 기사
면(1939.7.26.)

최근의 조선문화인이나 문단인 사이에서는 일본적인, 또는 흥아(興亞)적인 새로운 문예사조가 실로 열심히 급거 진전되고 있다. 이와 같은 현상은 지금까지 조선문화사에서는 볼 수 없었던 장관이다.

그렇지만 문화인이나 문예가의 상당한 부분에서는 사상적으로 아직 구각(舊殼)을 벗어나지 못하고 동아신건설이나 내선일체의 이념 아래 문화활동을 협력하는 태도로 나오지 않는 사람들이 있다.

그와 같은 사람들은 현재 사상이나 정치를 의식적으로 말하지 않음으로써 그들의 사상적, 정치적 입장을 지키고 있다. 그들은 과거에는 문화면에서 어떤 사상이나 정치를 위해 실천해 온 사람들이 많았다. 오늘날도 그러한 사상은 사라지고 있지만 그 감상적 고집은 뿌리 깊은 면이 있다. 어느 쪽이든 시대적으로 불행한 사상인, 문화인이다.

그렇지만 그들은 우리들이 새로운 국민적인 이념 아래 '내선일체'나 '동아건설'을 위한 문화운동에 진출할 때, 그들은 그것을 백안시하고 중상하며, 조롱하여 빈죽거리고 덩달아 떠들어대는 것은 자제해야 할 것이다. 그 반면에는 우리들의 새로운 활동을 질시하고 시의하며 무서워하는 비겁한 심리도 고백하고 있어서 가엽고 딱한 일이다.

우리들이 문화인인 이상, 어떤 사상이나 정신을 신봉하고 그를 위해 활동할 때도 그것은 문화의 기능을 통해서만 이루어지며, 따라서 문화의 자주성을 자유롭게 행사하는 태도이지 않으면 안 된다. …… 그러한 의미에서, 우리들 국민적 문화운동자야말로 오히려 오늘날의 정치사상에 협력을 아끼는 듯한 낡은 문화인들보다 정치적이지 않을지도 모르는 것이다.

오늘날과 같은 국가 의사의 강렬한 압력에도 불구하고 그것에 협력을 아끼고, 침묵에 의해 반발하는 듯한 이기적 고집이라는 것은 그곳에 상당한 정치적 태도의 각오든, 그렇지 않으면 자포자기의 도취상태가 없으면 안 될 것이다.

그렇지만 나는 정치를 말하고 싶지 않다. 또한 사상을 말하는 것도 피하자. 여기에서 문학의 세계에 대해 이상과 같은 관계가 얼마나 델리게이트하게 작용하여 보이지 않는 마찰과 분쟁이 양자 사이에 행해지고 있는가. 이 사실에 대해 나는 실제적 검토를 해 보고 싶은 것이다.

앞에서도 말했듯이, 오늘날의 조선문단은 잠정적으로 전일본적 국민파와 조선적 민족파 두 가지로 나뉜다고 생각할 수 있을 것이다. 과거의 사회주의적 분자도 일부는 전자 쪽으로 비약하고, 일부는 후자 쪽으로 타락한 현상이다.

문학의 세계적 사상성과 사회적 도덕성, 국가적 보편성을 떠나 이른바 예술지상주의를 논한들 이제 아무도 귀를 기울이지 않을 것이다. 그렇지만 그 문학의 진실성이라든가 과학성이라든가 하는 프롤레타리아 문학 시대의 숙어를 그대로 사용하는 일은 좋다고 하더라도, 그 진실의 내용이란 것이, 단순한 민족적인 것에 대한 집요이거나 민족어의 지상(至上)성의 주장이거나 하는 것은 어떨까. 또는 그 과학성의 방법론이라는 것이 객관적인 역사성을 파악하려고 하지 않고, 그것을 주관적인 감동론의 작은 칼로 사용하거나 하는 경향이 있다. 국민적 문학인, 또는 국어창작 태도에 대해 넌지시 중상하거나 남이 싫어하는 말을 굳이 하거나 하여 그 문학적인 말의 그늘에서 그 민족주의적인 사상성을 말하려고 한다. 그렇기 때문에 그 논의에 이르러서는 감정적이며 비속한 조롱이며 우리로 하여금 불유쾌하게 만들고 오늘날의 문화운동의 장에 오해를 일으키는 듯한 위험을 수반하고 있다. 젊은 사람들 중에서 이러한 언사가 나타나는 일은 유감스럽다. 이것의 구체적인 논급을 문학의 진실과, 그것의 국어의 보편성이라는 입장에서 보고 싶다.

(1939.7.26)

(2)

특히 최근에 들어와서 조선의 언문이 '폐지'되는 것은 아닐까라는 의구가 일부 사람들 사이에서 공포 관념의 씨앗이 되고 있는 것 같다. 그러나 내가 보는 바로는 오늘날의 현실에서 당국은 그와 같은 정책은 취하지 않을 것이라고 생각한다. 나로서는 그것이 또한 현명한 방식이라고도 생각하지 않는다.

그렇지만 그것은 한 조각 종이 조각에 의해 자주 있을 수 있는 일이기는 하다. 그것을 하지 않는 것은 조선의 언문을 과대 평가하기 때문이 아니라 실은 조선문화의 건강한 자연적 발달을 생각하는 당국의 선의(善意)때문이라고 보아야 할 것이다. 조선의 언문은 그 자체가 조선문화가 아니다. 그렇게 생각하는 것은 민족적 감정이나 정치의식으로부터 오는 착각이라고 생각한다. 과연 조선의 문장은 조선문화의 전통적인 표현 도구이기는 하지만 그것이, 그것만이 어떠한 시대에도 어떠한 문화 환경 중에서도 유일한 것이 아님을 알아야 할 것이다.

오늘은 '국어보급' 운동이 자타 더불어 문화적, 생활적 요구로서 적극적으로 이루어지고 있다. 이것은 국책의 절대적인 부분이며, 또한 민중의 생활현실에 필수조건인 것이다. 따라서 조선언문의 민족주의적 옹호관은 경계해야 하며, 그렇지만 조선문장 그 자체의 국민적 발달은 크게 격려해야 한다.

국어는 이미 문화어로서 조선어보다 뛰어난 말이다. 이것은 사실의 측면에서 동양의 국제어이며 조선에서는 문자 그대로 국어이다. 그렇지만 아직 조선 민중 전체의 생활어까지는 도달하지 않은 현상이다. 그것은 가까운 장래에는 문화어로서 생활어로서 보편화해 갈 필연성이 약속받은 명제이다.

다양한 문화 발달성이나 정치성의 점부터 냉정하게 고찰할 때 조선어가 고등한 문화어로서 발달해 가는 일은 그 필요, 불필요는 제쳐두고 역사적인 실제 문제로서 불가능한 일이라고 나는 우선 '단념'하는 자이다.

그렇다고는 하지만 조선언문을 정치적인 '필요'가 있는 경우라도, 직접의 정치적인 '수단'에 의해 폐지하는 듯한 방식은 금후에도 행해져야 할 것이 아니라고 생각한다. 그것은 교육문제나, 생활운동, 문화운동이라는 방법에 의해 행해져야 하기 때문이다. 국어의 보급은 낙관적인 필연성이다! 내선일체적인 문화형태나 생활양식이 교류·협화(協和)되고 있을 때, 보다 높은 문화와 언어 쪽으로 지양·동화하는 것이기 때문이다.

성급한 폐지론이나, 옹호론은 어느 쪽이든 비문화적인 무모한 편견이다. 언론문제로 쩨쩨한 소승적(小乘的) 태도는 더러운 근성이다.

국어보급은 적극적으로 해야 한다. 그리고 조선어는 자연의 추세에 맡겨 두어야 한다. 한쪽을 없애지 않으면 다른 한쪽이 보급하지 않는 것은 아니다. 또한 조선어를 사멸시키면 조선문화가 사라질 거라는 생각은 유치한 변명이다. 조선문화는 국어표현 수단의 여부와 관계 없이 일본문화의 일환이며 이를 위한 국민적인 아름다운 부(富)가 되지 않으면 안 된다.

모든 근대문화는 그것의 상호교류에 의해 인류적인 발달을 이루어 온 것이다. 하물며 내선관계에 있어서는 두말 할 여지가 없다. 오랜 기간 한문 문화는 조선어이지 않았기 때문에 조선문화의 내용이지 않았던 것인가. 합병 이전부터의 일본문화는 조선어가 아니었기 때문에 조선문화의 은혜자이지 않았던 것인가. 교류와 융화는 문화 생리학의 기본적인 것이다. 그리고 오늘날 우리들의 최대의 일은 내선문화의 일체화를 향한 건설이다. 이러한 건설기에 즈음하여 ■■ ■■ 조선어 지상론을 더구나 ■■■는 것은 우선 조선문화를 위해 슬퍼해야 할 일이다.

(1939.7.27)

(3)

정말로 조선문 문학 문제에 대해 한효(韓曉)군은 본란에서 쓰고 있었다. 실제로는 매우 장황한 표현으로 이해하기 어려운 문장이었는데 국어 문학이 조선의 현실에서는 불가능, 비현실적이며 조선어만이 절대적인 것이라고 하는 것을 '문학의 진실'이라는 입장에서 강인하게 변증하고 있는 주장이다. 그런데 나는 현시 보기 드문 의견이라고 흥미 깊게 읽었다.

그것은 문학에서 '이중의 진실'이라는 로댕의 말을 빌려 그는 그 말의 의미는 사실이지 않다고 해도 '다른 진실에 의해 번역해 내는 안의 진실……'이라는 식으로 '매우 시먹은 생각 방식으로 연상하지 않고는 있을 수 없었던' 것을 전제로 하며 쓰고 있었다.

나는 이것의 해석으로는 '다른 진실'에 해당하는 것은 문학의 내용적 대상인 현실의 진실이며 '안의 진실'에 해당하는 것은 작자의 예술적 조건이나 태도의 양심을 가리켜야 한다. 짧게 말하면 '현실에 대한 작자의 문학적 태도의 관계'이지 않으면 안 되는 말이다. 그런데 한효군이 말하고자 하는, 또한 명료하게 말하고 있는 바는, 이것을 언어문제로만 국한하여 현재 민중의 생활어가 조선어이며 또한 작자의 언어도 국어는 안 되고 조선어만이 진짜이기 때문에 ―― 이 이중의 말의 진실성 위에서 조선문학은 또는 조선 출신 작가는 조선어에 근거하지 않으면 안 된다고 주장하고 있는 듯하다.

지금 재삼 주의해야 할 부분은 국어 문학을 하는 현재 문학자들의 작품을 하나같이 진실하지 않다고 말하고, 그것의 원인은 조선어가 아니기 때문이라고 하는 것, 국어로 창작하는 사람들의 태도를 단지 원고료 벌어들이기라고 단정하고 어느 특정 개인의 말에 대해 '남의 말꼬리나 작은 실수를 잡고 늘어지'고 예술를 위한 고답적 퇴폐성으로 탈선하고 있는 것, 수년 전부터 현재까지도 '진실을 그리라'고 하는 테제(사회주의문학의 것)가 엄연한 조선적 모럴의 성격이라는 점이다.

그렇지만 이러한 문장을 주의 깊게 읽지 않으면, 이 국문 문학을 논한 결론이 진정으로 국어 문학의 보다 높은 것을 위해 설명하고 있는 듯한 말에 현혹되기 쉽다는 점이다. 첫째, 그 사상적 입장이 실로 알기 어려울 정도로 합리화되고 있다는 점이다. 즉, '최근의 국문 수련에 대한 앙양성은 하나의 커다란 역사적, 시대적 움직임에 다름 아니다. 그것은 내선일체 구현에 대한 도정의 조류이기 때문에, 우리들은 김문집군 주변의 견해를 어디까지나 배격하지 않으면 안 된다.'고. 이 언저리만을 보면 그는 훌륭한 내선일체론자이다. 그러나 그것은 어느 사실을 방관자적으로 본 자기 기만의 모순임은, 첫째 오늘날 국어 문학을 어떠한 의미와 필요에서 말해야 하는가라는 태도가 근본적으로 의심되는 점이다. 그리고 어느 사람의 예외적인 난점을 들어, 그래서 국어 문학을 하는 사람들을 전반적으로 비난하는 진지하지 못한 모습을 어떻게 보고 참을 수 있는가. 그 사람을 지명해서 말하고 있지만 그 사람이 국어로 문학적인 것을 발표하기 때문에 그러한 점이 있는 것이 아니라 그 사람이 문학하는 근본 태도와 인간적인 성격 파산, 생활 태도를 전적으로 비판해야 한다. 그와 같은 사람은 반드시 국어로 쓰기 때문에 그러한 것이 아니라 조선어로 쓰는 것도 그럴 것이며, 그 일상적인 생활 자체가 그렇게 보아야 할 자임을 아는 한효군은 왜 이것을 국어로 활동하는 사람들 전체로 누를 끼치는 듯한 언변을 마구 지껄이는 것일까.

실로 괴로운 것은 장혁주군이나 한설야군, 그리고 나 등이다.

(1939.7.29)

(4)

말은 그 자체가 하나의 현실이다. ——이것에 이의를 제기하는 자
는 아무도 없을 것이다. 그렇지만, 문학자가 묘사하는 현실에는 당연
그 현실을 표현해야 할, '그 자신의 말이 절대로 필요하다.'고 하는 것
은 사고법에 따라서는 참이지만 한효군이 생각하는 '자신의 말'에는
매우 원시적인 독단이 있는 것이다.

현실은 어디까지나 객관적인 것이다. 그리고 말도 현실인 이상, 그
것도 보편적인 것이다. 그의 '자신의 말'이라는 것은 현재의 생활어인
'조선인의 조선어'를 가리키고 있다. 그렇지만 국어도 또한 '자신의
말'이 아닌 것인가.

그렇지만 '자신의 말'이 문학에서 일컬어지는 것은 문학대상의 특
정한 말이라기보다 '작자 자신의 문학적인 표현자'로서의 말인 것이
다. 예를 들면 조선어밖에 말할 수 없는 인물을 그리기 위해서는 그
인물의 말인 조선어로밖에 문학적인 표현은 가능하지 않다는 점을
몇 번이나 확인하며 주장하고 있다. 그렇다면 조선어를 '자신의 말'로
서 가지고 있지 않은 작가는 조선어밖에 말할 수 없는 조선인을 그릴
수 없다고 하는 것일까? 이 논법으로는 내지인 작가는 조선의 현실은

절대로 취재할 수 없다는 것인데, 이것은 이미 가소로운 짓이다. 국어를 자신의 말로서 파악한 조선인 작가가 현실의 인물이 조선인이든 중국인이든 외국인이든 그것을 국어로 표현할 수 없다는 법은 없는 것이다.

이러한 논법으로부터 문학의 민족어 주의며, 방언 영역주의를 말하는 것은 너무나 문학의 진실성과 언어의 보편성을 무시한, 그것이야말로 용어의 감상적 고루(固陋)관인 것이다.

문학상의 언어는 대상의 언어 여부를 묻지 않고, 그것이야말로 '작자 자신의 말'밖에 표현할 수 없는 것이다. 대상의 말을 절대적으로 추수할 때 그곳에는 하나의 통일된 말로는 아무리해도 하나의 작품을 쓸 수 없는 경우가 많다. 예를 들면, 각국의 사람들이 많이 등장할 때, 작자는 수개 국어를 알지 않으면 안 된다. 그것은 각각의 국어에 의해 그 말을 쓰지 않으면 안 된다. 그것은 가장 리얼리스틱하며 로컬할 것이다. 그리고 그 작품은 세계 각국 사전의 공동 조계가 될 것이다. 이것은 문학의 진실이나 보편성이 아니라 녹음(錄音)주의의 레코드이다. 절대 사실의 발성영화이다.

문학자는 문학적인 능력을 가진 자신의 말이 있으면 말이 없는 자연도 동물도 또는 비현실적인『유토피아』도『신곡』도 어떠한 국어를 가지고 하더라도 훌륭하게 표현할 수 있는 것이다.

이와 같은 상식 이하의 예를 가지고 말하는 것은 내 자신이 낯 간지럽지만 이와 같은 이성까지도 잃은 정도로 언어 절대주의를 말하려고 하는 한효군의 감상적인 조선어 애착, 옹호가 나이브하며 비희

극한것을 동정하기 때문이다. 그렇지만 이와 같은 신경 과잉이 조선의 작가 중에 많은 것도 사실이다.

그들은 당치도 않은 경우, 예를 들면 내지의 작가를 운위할 때 등에 나무에 대나무를 접붙이는 것도 유분수지 하고 생각될 어조로 조선어 옹호의 감정을 노출하는 모양새이거나, 어느 내지인이 조선어를 연구하여 조선어역을 낸 경우에 그 비평에서 당치도 않은 고집을 부려 그 역자를 '조선어 옹호자'라고 칭찬하여 그 정치적인 의미로 인해 곤란할 것 같은 말을 하거나 한다. 도량이 너무 작은 것이다.

나는 말하고 싶다. 조선어로 좋으니까 아무 말 하지 않고 좋은 작품을 만들거나, 아무 말 하지 않고 도서편찬의 연구라도 해 주었으면 한다. 어설피 정치적인 반발로부터 감상적인 옹호론을 말하는 것은 도리어 자살적인 언동인 것이라고.

(1939.7.30)

(5)

한효군의 언어관으로 인해 펄 벅의 『대지』는 노벨상의 지위에서 흙탕물에 짓밟혔고 장혁주의 모든 노작은 '조금도 조선문학으로서의 가치를 발견할 수 없다'라고 치부되었다. 그 양자에 공통적인 이유로서 그는 '어느 작가가 그리는 현실은 즉 그 현실의 언어이지 않으면 안 된다고 하는 하나의 원칙적인 조건이 예술의 일에 대해 영원히 불식할 수 없는 선천성을 가지고 있기 때문이다.'라고 독단을 내리고 있다.

즉, 펄 벅이 중국의 현실을 그리기 위해서는 중국어를 가지고 하지 않았기 때문에 비현실적이며 진실하지 않다고 하는 것이다. 그리고 노신은 중국어로 썼기 때문에 대작자라고 말하고 있다. 펄 벅과 노신을 문학적 가치에서 우열을 평가하는 일은 이야기가 되지만, 그 가치비평의 기준이 중국어인가 아닌가라는 점이어서는 이야기가 되지 않는 문제이다. 그는 문학의 세계적인 보편성을 인정하지 않는다. 그리고 민족 쇄국주의, 방언 절대주의의 도그마에 빠져있다. 자신도 모르게 그는 펄 벅 이상으로 중국의 생활이나 현실의 사항을 알고 있는 것일까? 또는 노신의 저작을 그 원서를 가지고 음미한 것일까?

그가 만약에 그 양자 모두 국어 번역으로 읽었다고 한다면(우리들은 대개 그렇기 때문에), 이 점에 대해 아무것도 읽지 않고 아무것도 모른다고 말하지 않을 수밖에 없을 것이다. 왜냐 하면 그의 논법으로는 그 문학이 그 민족어로 밖에는 진실을 말할 수 없으며, 따라서 문학일 수 없다고 하면, 첫째 문화의 보편적 교류 불가론이며, 번역불가론이기 때문이다. 그러한 원어(原語)에 의한 원서이지 않으면 문학이 아니라고 하는 이상, 그 번역을 읽고 그 문학을 말하는 것은 불가능한 것이 아닌가? 딱하기 이를 데 없이 얄궂게도 국어로는 문학상의 일이 불가능하다고 하는 결론으로 인도하는 논문을, 그 자신이 조선어이지 않은 바의 국어를 가지고 쓰고 있는 것이다. 이것 자체가 이미 한효군의 문학적 의지는 조선어로도 국어로도 똑같이 표현할 수 있음을 실천하고 있는 것은 아닌가.

그는 더욱 그 민족어의 주장을 '문학적으로' 합리화하기 위해 『화산회지대』의 방언적 성격을 들며, 그 작품을 칭찬해야 한 이유는 '그 내용의 주체보다 ……그 농민들의 자신의 말로 그려내고 있기' 때문이라고 한다.

이러한 견해에 나는 완전히 반대이다. 그것이 방언 여부보다도 내용과 주체가 기본적인 것이다. 그리고 이러한 방언의 역할이라고 하는 것이 '그 내용의 주체성 보다' 중요하다고 하는 것은 결단코 있을 수 없다. 이것은 형식주의자이다. 더구나 방언적 형식주의자이다. 방언은 문학의 전체적인 형상 중에서는 일부분의 특수성이다. 로컬이든 지방색이라고 하는 것은 필요하지만 그것이 반드시 방언에만 있는 것은 아니며 표준어에서도 그 지방색은 훌륭하게 표현할 수 있는 것은 아닌가?

부지불식간에 조선의 작가가 얼마만큼 전 조선의 방언을 잘 알 수 있는가? 방언을 '회화에 넣는다'■■ 누구나 시도하는 일이며 ■■ ■그러나 지방의 사정은 뭐든지 꼭 방언이 아니면 문학이 아니라고 하는 법은 없는 것이다. 예를 들면, 가고시마 방언을 그대로 문학적으로 표현한 작품을 만들 ■■■ 가고시마 사람으로 하여금 ■■■전체가 ■■■일본문학으로서 이해하는 것은 불가능할 것이다.

이제 지면이 다 찼기 때문에 국어창작을 하는 데 어떠한 마음가짐과 기술이 필요한가라고 하는 점은 다음 기회로 미루고 싶다. 어쨌든 그 능력이 있는 사람은 기탄없이 국어로 문학 활동을 해야 하며, 젊고 새로운 사람들은 5년, 10년 후의 문학 계승자로서 국어창작의 정진

노력을 하였으면 한다. 그것은 운명이며, 사명이다. (끝)

(1939.8.1)

말을 의식하다(言葉を意識する)

임화(林和)

【1】'좋은 말'과 '좋지 않은 말'

〔그림-13〕'말을 의식하다'의
해당기사면(1939.8.16.)

작가는 태어나면서부터 말로 살아가는 인간이다. 말 없이 작가는 있을 수 없다. 도구를 가지지 않은 목수처럼 말이 없는 작가는 의미를 만들지 못한다. 집을 지어야 비로소 인간이 목수가 된다면, 작품을 창작함으로써 사람은 또한 비로소 작가라 할 수 있다. 좋은 작가는 항상 훌륭한 목수가 좋은 도구를 가지는 것처럼, 좋은 언어를 가지는 것이다.

도구와 말, 이것은 목수와 작가에게 있어서 모두 둘도 없는 귀중한 요소이다. 도구와 말이 있고 나서 그 다음 기술이다. 또한 기술이 있고 나서 의도와 정신의 선악이 있다고 할 수 있을 것이다. 반대로 기술의 능숙함과 서투름이 없으면 의도와 정신의 선악을 물을 수 없다고 할 수 있다.

그렇기 때문에 음악가가 소리에 대해 민감한 것처럼, 작가는 그 인간보다 말에 대해서 주의가 깊다. 음(音) 이외의 방법으로 음악가가 자신의 생각을 청자에게 전할 수 없듯이 말 이외의 수단으로 작가는 자신의 독자들에게 무언가를 전하는 일은 불가능하기 때문이다.

이러한 일을 필생의 천직으로 하는 작가가 말에 대한 의식에 열중하는 것은 당연 이상의 일이다.

이러한 자명한 사항을 의심하는 사람은 역시 문학이라는 일에 대해 이해를 가지지 못한 사람에 한한다고 단정할 수밖에 없다. 음의 성질과, 선율의 메카니즘에 열중하고 있는 음악가를 의심하듯이, 이것은 비웃을 수 있는 사항에 속한다.

그러나 세상 사람들이 만약에 음의 성질과 선율의 메카니즘에 열중하고 있는 음악가는 의심하지 않고, 오로지 말에 열중하고 있는 작가만을 의심한다고 하면 우리들은 어떻게 생각해야 할 것인가? 당연 모순이라 할 수 있다.

그러나 일부의 사람들이 실제 최근 말에 대한 작가의 의식을 의심하기 시작하고 있다는 점을 목격하고 있는 것이 아닌가? 왜 좋은 도구를 위해, 또는 좋은 음(音)을 위한 의식에 열중하고 있는 목수나 음악가는 불문에 부치고, 말의 의식에 열중하고 있는 작가만을 의심하고 나아가서는 비난 하려고 하는 것인가?

얼마 전부터 우리 조선문단의 젊은 제군들이 이 지상(紙上)에서 주고받은 논쟁을 나는 매우 이상하게 느낀 한 사람이다.

왜냐 하면, 제군들은 말을, 실로 말만을 말하고 있는 듯이 보인 반면, 실은 말에 대해 알고 있는 바가 너무 적고, 또한 말하는 것은 거의 없었다고 할 수 있기 때문이다. 특히, 그 제군들이 말을 문학의 말로 삼아 말하고 있었던 점에 비추어보아, 더욱 이러한 느낌이 깊어졌다고 하지 않을 수 없다.

말은 풍토와 더불어 자연스런 것이다. 타인이 읽기에 적절하고 또한 자신이 표현하는 데에 충분하고 또한 아름답다면 그것은 문학에 있어서 좋은 말이다. 반대로 읽기에도 표현에도 부적절하고 불충분하며 아름다워질 수 없다면, 그것은 당연히 부자연스런 언어이며 좋지 않은 말이다.

(1939.8.16)

【2】작가의 마음과 표현에 대한 의사

문학에 있어서 좋은 말이란 생각을 적절하고 충분하게 또한 아름답게 표현하고, 그것을 많은 사람들이 즐겁게 읽을 수 있는 말이다.

이러한 말이란, 언제나 그 풍토 속에서 사람들이 일상적으로 말하고 읽고 듣는 말이다.

그러한 말을 새삼스럽게 주장하고 고집하는 일도 이상한 일이지만 또한 얼굴을 붉히며 그것을 논박하는 것도 마찬가지로 비웃어야 할 사항에 속한다.

왜냐 하면, 말은 부단하게 변하는 것이며, 또한 말은 마찬가지로 일조일석에 한사람이나 두 사람의 노력으로 개변해 버릴 수 없는 것이기 때문이다.

잉글랜드 열도에서 일찍이 영어 대신에 지금은 사어가 된 게일어를 말하였던 시대가 있었으며, 또한 마찬가지로 앵글로색슨어가 유행하기 시작한 시대에도 게일어는 가족법에 대한 습관어처럼 잔존하고 있었던 것이다.

작가들이 지금, 말에 대한 의견을 무언가 정치적으로, 어느 의미에서는 내셔널리즘처럼 해석하려고 하는 생각은 일찍이 프롤레타리아 문학 전성기에 말에 대한 관심을, 예술지상주의적이라든가 반동적이라든가 구태여 이론적으로 정치적으로 생각하려고 한 조잡한 사고와 매우 공통점이 있다. 또는 누구라도 정치적으로 보려고 하였다.

이러한 사고방법의 잔재가 오늘날 여전히 남아 있을지도 모른다.

문제는 그렇게 간단한 곳에 드러나고 있는 것은 아니다. 더욱 깊은 곳에 잠재되어 있는 것이다. 그것을 알기 위해, 좀 더 탐구력과 인내력을 준비하지 않으면 안 된다.

우리들은 이를 위해 표현에 대한 의지라고 하는 것을 생각해야 한다.

도구는 만들기 위해서이며 말은 말하고 쓰기 위해 즉 표현을 위해 존재한다.

표현하려고 할 때에는 만들려고 하는 의지가 진정으로 도구를 요구하듯이 말을 필요로 하고 있다.

표현은 조작이 정교함과 편리를 구하듯이 완벽과 미(美)를 바란다.

완벽함과 아름다움을 위해 작가들은 최량의 말을 구하는 것이다. 최량의 말이란 결코 우리들에게 정치적인 ■■■이 단정하듯이 무엇인가 경향적인 편견으로부터 선택되는 것이 아니다.

그런데 주의해야 할 점은 작가에게 있어서 최량의 말로서 제일 먼저 있어야 하는 조건은 사용하기 좋다고 하는 점이다. 사용하기 쉬운 말이 아니면 표현의 완벽함도 아름다움도 기대할 수 없기 때문이다. 이러한 의미에서 작가는 공장(工匠)의 심리와 공통하는 데가 있다.

요컨대 표현의 대상을 포착하는 데 있어서 가장 확실하고 유효한 말이다.

그것은 두말할 필요도 없이 그 작가가 태어나면서 듣고 말해 왔던 말, 일상 모든 용무를 불편과 부자연스러움이 없이 해결할 수 있는 말이다.

작가가 이러한 언어로 자기의 작품을 만들어 가는 것은 결코 어떤 도덕상 의무와 윤리의식으로부터가 아니라 오로지 공장(工匠)의 심리로부터 이루어진다는 점을 이해해야 한다.

말에 대해 작가는 오로지 ■■적이며 공리적이다.

말을 뽑아내면서 원고지에 채우고 있는 작가는 도구를 손에 들고 나무를 깎아내고 있는, 이때에 제작이라고 하는 것 이외에 관심은 없다.

(1939.8.17)

【3】완전히 아름다운 표현과 작가 심리

어떻게 하면 완벽하고 아름답게 표현을 완성할 수 있는 것인가?

그 열중한 상태에서 작가의 심리는 실로 냉철한 것이다.

우리들은 독일의 직인(職人)이 프랑스의 무기에 몰두하여 만들고 있는 순간을 상상해 본다면 좋을 것이다.

기술이라는 것은 언제나 윤리를 거부하는 것이다. 윤리가 개입하면 기술은 얻을 수 있는 바가 없기 때문이다.

이 제작의 심리, 이것을 이해하는 일 없이 우리들은 작가들의 말에 대한 의식을 이해하는 것은 가능하지 않다.

조금이라도 밤을 지새우며 괴로운 노작으로 여러 밤을 체험한 인간이라면 이러한 사항은 용이하게 이해할 수 있을 것이다.

실제, 언제나 이러한 표현에 대한 타오를 것 같은 의사(意思) 속에서 걸작은 태어나는 것이다.

그것은 격렬하고 또한 엄숙한 일이다.

수많은 선현들이 미의 근본조건을 표현의 완벽함에, 또한 표현의 완벽함을 무지한 제작심리에 찾은 것은 이유가 없는 것이 아니다.

그렇기 때문에 만약에 현재 우리들 작가에게 있어서 가장 사용하기 좋고 또한 자연스런 말이 사용하기 나쁘고 부자연해진다면 누구 하나 권하는 자가 없어도 스스로 그 말을 포기하기 마련이다.

가령, 그 말을 버리고 윤리상의 악을 범하여 형법으로 벌을 받는다고 하더라도 그 인간이 진정한 작가이며, 표현의 완벽함과 미에 생명을 걸고 있다. 성실한 예술가였다면, 자연히 그 말은 사어(死語)로 바꾸는 것이다.

이러한 점은 조각의 경우를 상상해 보면 한층 명백해진다.

이토(泥土)에 조각하는 일이 아무리 익숙해져 있는 인간이라 하더라도, 대리석 사용이 유리하고 완미함을 깨달은 후에는 여전히 이토를 고집하는 사람은 없을 것이다.

그것을 계속 고집한다면, 이 사람은 어리석은 조각가내지, 그렇지 않으면 예술가로서 생명을 그 순간부터 상실한 인간이다.

결국, 문제가 해결을 보는 지점은, 어느 언어를 버리는 것이 올바른지 아닌지 하는 허무한 토론에 있는 것이 아니라, 오늘날의 작가들이 사용하기 어려운 말이 사용하기 쉬워지고 나서의 이야기이다.

그렇지 않으면 처음부터 문언(文言) 따위는 염두에 두지 않은 것이 지당하다. 그러한 방법으로 문학을 생각하는 일은 어떠한 의미로부터도 문학은 기여하는 바, 너무나 적다고 말하지 않을 수 없다.

그러면, 문학은 표현의 완벽함과 미(美)를 위해서이며, 내용은 없는 것인가라고 하면, 그러한 것은 아니다. 그렇기 때문에 말의 문제는 앞에서부터 그렇게 조잡하게 생각할 수 있는 것, 손쉬운 것이 아니라고 하는 것이다.

표현에 대한 의사(意思)는 또한 전달에 대한 욕망이기도 하다. 즉, 완전하게 이해되고 아름답게 읽히기 위해, 표현은 제작 과정에서 가장 큰 관심사가 되는 것이다.

잘 표현되지 않은 것은, 아무리 진실한 것, 가치 높은 것이라 하더라도, 독자가 충분히 이해할 수 없으며, 인상 깊게 기억하는 것은 불가능하다.

그리스인은 진(眞), 선(善), 미(美)라고 하는 말로 이데아를 설명하였는데, 이것은 이유가 없는 것은 아니다. 이데아는 모두 진이고 선이며 미가 아니면 안 된다고 하는 것은 실로 현실적이고 도덕적이며, 예술적이어야 한다고 하는 의미만은 아니다.

진실한 것은 선한 제한 도정을 거쳐 아름답게 만들어져야 한다고 하는 의미를 포함하고 있다. 이러한 과정을 거치지 않은 것은 진, 선, 미한 것이 될 수 없다.

왜냐하면, 아름답지 않은 것은 형태가 없는 것이며, 형태가 없는 것은 선할 수 없으며, 또한 선하지 않은 것은 진(眞)일 수 없기 때문이다.

(1939.8.18)

【4】 표현수단으로서의 정신표식

그리스인은 진실한 것은 선하다고 생각하고 선한 것은 아름답다고 생각하였다. 바꿔 말하면, 형태가 있는 것이라고 생각하였다. 왜냐하면 형태가 있는 것만이 실재적이었기 때문이다.

실재적인 것만이 비로소 사람들에게 이해되고 감수(感受), 향유되기 때문에…….

작품이야말로 진정으로 이러한 것이 아니면 안 된다.

독자를 상상하지 않은, 문학이란 생각할 수 없으며, 또한 무의미한 것이다.

독자들에게 대한 부단한 상상과, 깊은 고려가 실로 작가로 하여금 어떤 하나의 언어에 집착하게 만드는 것이다.

즉, 작가에게는 쓰기 쉽고, 독자에게는 읽기 좋은 말이 그것이다.

그것을 무시하고 즉 제작도 향수도 고려하지 않고 문학을 논하는 일은 하나의 골계라 하지 않을 수 없다.

그것은 문학을 입으로 말할 뿐이고 머리로 생각하지 않은 것이다. 만약 문학을 입에 발린 말로 막 말할 뿐만 아니라, 진정으로 성실하게 생각하는 사람이라면 작가가 왜 그다지도 강하게 독자를 고려하는가를 이해하지 않으면 안 된다.

작가의 독자에 대한 고려는, 두 가지의 의미를 가진다.

하나는 작품의 심판자로서 독자이다. 잘된 것과 잘못된 것, 미(美)와 불미(不美)한 것, 선과 불선(不善)한 것, 진과 부진(不眞)한 것을 최초로 판가름하는 것이 이 독자이다.

비평가도 한 사람의 독자에 지나지 않는다. 아무리 제멋대로인 작가라도 독자가 모두 자신의 작품을 받아들이지 않는 경우, 기분이 상하지 않을 사람은 없을 것이다. 가령 당대의 독자라고 하는 것을 안중에 두지 않는 경우가 있다고 하더라도, 미래의 독자라고 하는 점을 생각할 수 있다. 미래의 독자도 생각하지 않고, 당대의 독자를 무시한다고 하는 것은 이 또한 비웃어야 할 사실이다.

어떠한 경우에도 독자의 심판으로부터 작자와 작품이 피하는 일은 불가능하다. 그것은 문학이 시작할 때부터의 숙명이다.

이것은 문학이 독자에게 지배받고 있는 것과 같은 일면인데, 다음은 작가가 언제나 독자를 지배하려고 하는 일면이 또한 문학의 독자에 대한 고려로서 나타난다.

즉, 무엇인가를 독자에게 전하고, 그래서 독자를 감동시키며, 교화시키려고 하는 욕망이다.

이러한 욕망이야말로 실로 표현의 근원이었던 것이다. 이것을 문학에 있어서 알파이며 오메가인 바의 문학의 정신이다.

이 문학하는 정신과, 독자와의 관계 중에서 비로소 표현의 문제가 성립한다. 표현의 과정에서 작품이 성립한다.

그렇기 때문에 표현이 그러한 것처럼, 표현의 수단으로서의 말은 정신의 표식이 아니다.

가령 한 발 더 나아가, 말을 무엇인가 국경표식이라고도 생각하여 요란하게 떠들어대는 논의는, 한 마디라도 빨리 성실함을 되찾을 필요가 있다.

술병에 물도 들어가는 것이다.

요점은 특별히 문학정신은 또한 어디까지나 문학의 정신이며, 정치의 도큐멘트가 아니다.

나는 이러한 생각이 근시안자들에게는 어쨌든지, 국가 백년의 조치를 생각하는 사람들에게 전해질 필요가 있다고 믿는다. (완)

(1939.8.20)

【취미와 학예】

도회의 성격(都会の性格)

정비석(鄭飛石)

【1】

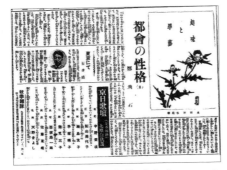

〔그림-14〕 '도회의 성격' 기사면(1939.8.25.)

나무 그늘 시원한 버드나무 아래에서 옷 한 장을 거친 모양새로 책을 읽고 싶으면 책을 읽고, 읽다 싫증이 나면 또는 읽다 지치면 아름다운 버드나무의 소리를 꿈결 같이 들으면서 하고 싶은 만큼 낮잠을 탐하였다. 이러한 극히 한가로운 시골 생활을 오랫동안 영위하여 온 나 따위에게는 경성과 같이 ■■한 도시는 매우 질색이다.

마치 연옥과 같이 무섭다.

이번에도 바다로부터의 ■■■■■이므로 잠시 들러 볼까 라고 생각하였다. 그야말로 가벼운 기분으로 경성역에 내렸는데, 이러니저러니 하루하루 연장되어 그럭저럭 일주일이 되었지만, 그 일주일간이라는 게 어쨌든 나에게는 삼추(三秋)의 괴로움이었다고 해도 결코 거짓이 아니다. 무엇보다도 우선 나는 저 전차가 내는 소리가 심장을 고동치게 하는 것 같아 조금도 듣고 있을 수가 없다. 금속과 금속이 서로 삐걱거려 뇌천(腦天)마저 저리게 하는, 저 싫은 소리를 온종일 들으면서, 더구나 천공(天空)으로 우뚝 솟아 있는 고층건축 사이를 강하게 반사하는, 저 아스팔트 위를 헤어나가면서 도회인들은 잘도 신경을 유지하며 생존하고 있구나라고 나는 도회에 올 때마다 절실하게 혼자서 감탄하는 것이다. 아니, 감탄의 정도를 넘어 때때로는 이상하게 생각하고 때때로는 기적과 같다고 놀라는 것이다.

게다가 또 하나 이상한 일로는 나와 서로 알고 지내는 모두가 나를 만날 때마다 왜 경성에 올라오지 않고 시골 따위에서 썩어 지내는가라며 마치 비난하고 경멸하듯이 말하는 것이다. 나는 그들 친구의 이야기를 들을 때마다 과연 문학을 하기에서 문화 중심지에 사는 것이 필요할 것이라고 혼자서 물으면서도, 한편으로는 하다못해 한 사람이나 두 사람 정도는 드물게 도회 생활에 혐오를 느끼는 사람이 있어도 좋을텐데 라고 불복과 불만이 없지도 않다.

솔직히 말하면, 나도 도회 생활을 동경하지 않는 것도 아니다. 시골에 있으면, 하나에서 열까지 시세(時勢)에 뒤처지는 것은 스스로도 인식하고 있으며, 그렇기 때문에 모두를 정리하고 상경하려고 하는

■■■■■을 종종 받는 것은 사실이다. 그러므로 1년에 한 번 내지
는 두 번은 으레 상경하는데 상경하여 3일이 지나면 벌써 경성은 두
려워진다. 신심 모두 지쳐서 어쩔 도리가 없다.

(1939.8.24)

【2】

머리 속에서 선명하게 그리고 있었던 경성은 어느 사이엔가 사라
지고, 지옥과 같은 현실의 경성이 뇌천(腦天)으로 뇌천으로 직접 다가
온다. 소설에서 읽은 도회와 말로 걷는 도회는 별세계이다.

과연 현실과 공상(空想)은 가까운 듯 보여도 그 실제는 영원히 만나
지 않는 두 개의 평행선과 같은 존재인 것 같다. 그리고 문학이라든가
미술이라든가 음악이라든가 하는 예술이라는 것이 존속할 수 있는
근거점도, 사변(斜邊)에 잠재하고 있지 않을까라고 생각하였다. 현실
은 언제까지라도 그렇기 때문에 사람은 항상 미(美)를 동경하고 현실
을 무시하며, 현실을 뛰어넘은 아름다운 그림을 끊임없이 머리 속에
서 궁리하여 만들어내고 있는 것이다.

시는 그곳에서 태어나고 회화는 그곳에서 가꾸어졌으며 음악은
그곳에서 자라난 것이라고 생각하였다.

문화가 고도로 발전한다고 하는 것은 동시에 문명의 진전이며, 문
명이 진전한다고 하는 것은 결국 생활이 가장 복잡성을 띠게 된다는

점을 의미한다. 그리고 생활의 복잡성이란 바꿔 말하면 현실의 팽창이며, 생활권 내로부터 꿈이 벗기어 가는 일이다. 그렇기 때문에 사람들은 보다 통절하게 꿈을 머리 속에서 그리는 것이다. 이를 위해 시와 그림과 음악은 팽창하는 중요성에 따라서 점차 고도로 진전해 갈 것이다. 요즘의 잡지 따위를 읽으며, 자주 "백만 엔을 줍는다면······"이라든가 "일 천년 후의 세계를 말한다"라고 하는 마치 바보 같은 기사를 게재하고 있는데, 그것은 수많은 독자——생활에 지친 인간들의 무엇인가 멋진 꿈을 꾸고 싶다고 하는 소리에 입각한 기사일 거라고 말하면 나의 독단일 것인가!

사변이 발발한 이래, 아직 일찍이 없었던 정도로 문학 책방의 팔림새가 좋았다고 하는 이야기이며, 또한 최근 1년간 경성 시내에는 놀랄 만큼의 수많은 찻집이 늘어났다고 나는 받아들였지만, 결국 사변 후 문학 서적이 급격하게 팔리기 시작했다던가, 작년 이래 경성 시내에 찻집이 늘어났다든가 하는 것도 시대와 관련해 보지 않으면, 도저히 정체를 파악하는 관찰은 불가능하다고 생각한다.

그리고, 각각의 원인은 물론 하나나 둘로 다하지 않을 것이다. 그 중요한 원인 중 하나는 두말할 필요도 없이 앞에서 말한 현실 생활이 살아가기 힘들어졌기 때문에 여유가 있는 예술세계에 대한 동경이며, 예술로 잠시라도 좋으니까 안식과 휴게를 필요로 하는 시대적 요구로부터 탄생한 현상일 것이라고 생각하는 것이다.

나의 경우에 자주 찻집 등에 가고, 또한 음악을 매우 좋아하는 한 여자 친구가 있는데 그녀 등은 경성이 연인보다 좋으며, 가령 연인과 헤어지는 일이 있더라도 경성에서는 한발도 떠날 수 없다고 계속하여 나를 경성으로 오라고 유혹한다. 그런데 나는 대체 그다지도 경성은 ──도회는 현대인에게 매력적인 것일까, 그리고 그 매력은 과연 어디에 있는 것일까 라고 생각해 보았다.

(1939.8.25)

【3】

충분하게 준비된 소비제도가 그녀의 허영심을 채워준다. 그것도 하나의 커다란 원인임에는 틀림이 없겠지만, 그러나 소비층과는 무릇 인연이 먼 친구들도 경성을 좋아한다고 말하므로, 그 외에 어딘가에 하층인 공통적인 도회적 매력이 잠재해 있는 것이다.

내가 도회를 몹시 싫어하는 것은 도회의 소음과 야박함이 너무나 물밀 듯이 나의 신경을 건드리기 때문이다. 그러나 도회의 시민이 도회를 싫어하지 않고 잘 생활해 갈 수 있는 것은 그들이 소음과 야박함에 익숙해져 있기 때문일 것이다. 그리고 보면 인간에가 순치성(馴致性)을 부여해 준 것은 신이 만든 것 중에서 걸작의 하나라고 말하지 않을 수 없다.

환경에 순치되고 동화되기 쉬운 것은 동물의 특성이며, 동물이 동물인 까닭이며, 또한 동물사회의 질서를 유지해 가기 위해서는 반드시 빠트릴 수 없는 본능성이다. 그런데 인간도 그러한 본능을 다분히 보지(保持)하고 있었던 것인가라고, 새삼스럽게 확인하면서 과연 세상은 살아가도록 꼭 알맞게 만들어져 있는 것이구나라고, 혼자서 수긍하지 않을 수 없었다.

그리고 나서 추측하면 도회인은 시골사람보다 야성적이라고 하는 당치도 않은 결론에 도달하는 것이지만, 당치도 않다고 생각하겠지만 나는 그 결론을 그대로 인정해 보고 싶은 것이다. 즉 도회는 농촌보다 야성적이다.

문화 또는 문명 그 자체의 본질은 결코 폭압적인 성격도 아니거니와 야성적인 것도 아니지만, 일단 그것이 자연과 맞서서 자신을 주장하고 건설하기 위해서는, 아무리해도 어느 것 ——즉 자연을 파괴해 가지 않으면 안 된다. 그래서 비로소 갑자기 표변하여 야성적으로 될 수밖에 없는 것은 아닐까.

내가 도회를 두려워하는 것은 즉 도회의 야성적인 성격을 두려워한다고도 바꿔 말할 수 있을 것이다.

야성적인 현실과 일편단심으로 피투성이가 되어 싸우지 않으면 안 되는 것이 문학이며 진정한 가치가 있는 문학은 그곳에서 탄생한다고 한다면, 나와 같은 자는 결국 비겁자이며 낙오자에 지나지 않은 셈이다.

이제 현대에는 인간성의 복잡함은 도회에만 집중해 있다고 할 수 있으며, 이제부터의 문학은 도회를 이해하는 일 없이는 도저히 제작할 수 있는 것이 아닌 듯하다.

현대문화는 진정으로 야성적이며 야수적이다. 현대라고 하는 시대는 어리둥절하고 있는 자는 가차없이 홱 낚아채고 회오리바람처럼 앞으로 앞으로 질주한다.

대도회의 일각에 서서 나는 이 도회의 야성적인 성격을 규지(窺知)하고, 이제 내 앞에는 전진이냐 후퇴냐 그 어느 쪽의 길밖에 남아있지 않다. 결코 은둔은 허용되지 않는다는 점을 깨닫고 소름이 끼치지 않을 수 없다. 문학이 남아 일생의 사업일 수 있는 까닭도, 간신히 이제가 되어 이해한 듯 하다. (끝)

(1939.8.27)

초동잡기(初冬雜記)

임화(林和)

【첫 번째】작은 것에 대해

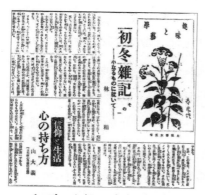

〔그림-15〕 '초동잡기' 기사면
(1939.12.5.)

커다란 것이 성취되지 않으면 안 될 때, 작은 것을 되돌아보지 않은 것은 당연하다고 하지 않으면 안 된다.

여기에서는 오히려 작은 것을 생각하는 마음 자체가 부당하다고 하지 않을 수 없다.

그러나 커다란 것이란, 무엇일까? 또는 작은 것이란 어떠한 것인가라고 하면, 어른과 아이를 비교하듯이 좀처럼 간단한 것은 아닐 것이다.

작은 것이 때때로 커다란 것과 위치를 바꿀 수도 있으며, 또한 그 반대 경우도 상상할 수 있다.

그러면 큰 것과 작은 것의 문제는 이 경우 우리들이 눈앞에 물건을 두고 생각하듯이, 형태나 무게로 되지 않는 것도 상상할 수 있다.

예를 들면, 우리들이 때때로 매우 곤란하여 책을 전당포에 가지고 갈 때를 생각해 보는 게 좋다. 그 경우 마땅히 돈은 책보다 소중한 것으로 정해져 있기 마련이다. 그러나 우리들이 책을 살 때는 명백히 돈보다 책을 원했던 셈이다. 그렇지 않았다면 돈을 지불하고 책을 사지는 않았을 것이기 때문에.

그런데 전당포에 책을 가지고 갈 때는 돈과 책의 위치는 전도하였다. 더구나 10엔의 돈을 위해서는 10엔 이상의 책을 필요로 한다. 이것은 확대된 가치의 전도이다.

그러면 문제는 현재라고 하는 장소에서 그 물건이 가지는 의미가 물건이나 사항의 대소를 정하는 척도인 셈이다. 그렇기 때문에 결국 커다란 것과 작은 것의 기준은 보다 필요한 것, 보다 필요하지 않은 것, 또는 중대한 것, 중대하지 않은 것이라는 상대적인 상호비교에 지나지 않게 된다.

이것은 비근한 예에 지나지 않지만, 비근하지 않은 중대사도 이러한 예로부터 좀처럼 벗어나는 일은 없다.

예를 들면, 문화에 관한 사안도 그렇다. 이것은 오늘날처럼 정치라든가, 또는 현실상의 모든 사안의 경중이 매우 위급할 때, 문화가 당면하고 있는 작은 제문제를 되돌아보지 않는다고 하는 것은, 당연한 일이다. 그뿐만 아니라, 문화의 사소한 사안이 정치나 또는 현실적인 여러 진행을 방해하지 않도록 일정한 범위에 자신의 요구를 한정하는 것이 하나의 도덕일지도 모른다.

이 경우, 문화보다 정치나 현실상의 제용건이 한층 중요하기 때문이다.

그렇지만 이 경우, 사람들이 만약에 정치와 문화, 또는 군사와 문화를 어른과 아이의 신장에 비교한다고 하면, 큰일이 난다. 정치와 문화는 원래 어른과 아이가 아니며 또한 키다리와 꼬마도 아니다. 그것은 같은 국민의 다른 직업에 지나지 않는다. 목수가 아무리 훌륭하더라도 구두를 만들 수 없는 것과 마찬가지로, 구두 만드는 사람은 아무리 뛰어나더라도 집은 세울 수 없다.

그것은 구두 만드는 사람은 목수보다 못하다든가 역으로 목수는 구두 만드는 사람보다 못하다든가라고 하면, 우리들은 곧바로 비웃을 것이다.

구두보다 집이나 가구를 원할 때, 우리들에게는 구두 만드는 사람보다 목수가 소중하다. 또한 때때로 집이나 가구보다 구두가 필요할 때에는 목수보다 우리들에게는 구두 만드는 사람이 소중하다.

정치에는 정치가 아니고는 가능하지 않은 것과, 문화에는 문화가 아니면 가능하지 않은 것이 자연히 정해져 있다. 그것이 성격화되어 사회의 서로 다른 영역이 만들어지고, 또한 정치가와 문화인이라는 것으로 인간의 유형까지 분화한다.

(1939.12.5)

【두 번째】"두드러지지 않은 것"의 의미

이상은 모든 것을, 가치로 보는 상대론이지만 만약에 세상을 그렇게 보지 않고 기능으로 차이를 설정하고 그것을 다양한 사항 속으로 박아 넣는다고 한다면 어떠할까?

다시 문제는 문화와 정치로 되돌아오지만 우리들은 기능에 있어서 정치가 특히 그 집중된 것으로서 권력, 또는 미순화(美純化)된 것으로서 폭력이 문화와 교양을 이겨 낼 수 있다고 하는 점은 시인하지 않으면 안 된다.

그러나 그것이 일순의 사항에 지나지 않은 경우가 있다고 하는 점도 역사상의 커다란 사건이 가르치고 있다.

칭기즈칸의 구라파 원정은 인류 역사에 무엇을 초래하였는가? 몽고인은 촌스럽지만 강하다고 하는 관념을 서구인에게 전한 데 지나지 않는다. 또한 중국에 있어서 그의 활약도 같은 결과를 남겼을 뿐이다.

하나 더, 게르만인의 로마 침입은 어떠할까? 이탈리아 반도에서 그들은 자신들의 오랜 전통에 고유한 문화를 세웠음에 지나지 않았다.

그러면 그때 저만큼 커다란 힘이었던 정치와 폭력은 어째서 길게 승리할 수 없었던 것인가? 그것은 너무나 정치와 폭력을 과대하게 믿었기 때문이다. 역으로 너무나도 문화를 무시했기 때문이기도 하다. 그리고 무력하다고 생각하였던 문화에 복수당한 것이다.

문화의 복수! 정신의 앙갚음! 이상한 일이지만 문화는 정치의 약점 위에 성립하고 있기 때문이다. 정치는 형태가 있는 것을 기초로 하여

성립하지만 문화는 항상 형태가 없는 것을 토대로 축조되어 있다.

옛날부터 정치가 거칠게 날뛰고, 시끄럽게 떠들어 대고 있을 때만큼 문화는 조용하게 산책하고 묵묵히 생각에 잠기는 것이다.

이 조용한 산책과 침묵하는 사색은 활발한 와중에 있는 정치로부터 보면 아름다운 것이며 때때로는 세상에 대한 분개해야 할 무관심이라고 생각되지만 실은 이 조용함과 침묵 속에 몽골인이나 게르만인을 타도한 힘이 숨겨져 있음을 알지 않으면 정치는 불행한 길을 걸을 거라고 할 수 있다.

왜냐하면, 이것을 이해할 수 없는 정치는, 정치라기보다 실은 폭력에 가까운 길을 걷기 때문이다.

정치는 폭력으로 타락하지 않기 위해 항상 문화에 의해 행위가 다그쳐지지 않으면 안 되며, 이를 위해 문화를 알지 않으면 안 된다.

이러한 이해란 어떠한 것일까? 여기가 가장 중요한 곳이다.

그것은 정치가 국가와 세계를 목표로 하여 행동하고 있을 때조차, 문화로는 자연이나, 사랑, 죽음이나 또는 아름다움이라는 것을 생각한다는 것에 대한 진실한 이해이다.

그것은 정치가 처리하고 해결해야 하는 것은 일단 정치에 맡겨버리는 문화의 관대한 태도부터 나오는 것이다.

그 대신 문화는 정치에 있어서 손길이 닿지 않는 것, 미치지 않는 것을 상대로 정치가 행위의 세계에서 발견하고 창조하고 있는 것과 같은 것을 성취하고 싶기 때문이다. 이른바 두드러지지 않는 것으로부터 두드러진 것을 발견해 내는 일이 문화의 일이다.

만약에 두드러지는 것에만 열중하고 두드러지지 않는 것을 버린다면 정치는 구라파에 침입한 몽골인의 운명이나 로마에 들어간 게르만인의 전철을 밟지 않으면 안 될 것이다.

이것은 두드러지지 않는 것의 복수이다. 두드러지지 않는 것 속에 두드러진 것을 향해 행위할 수 있는 혼이 살아 있기 때문이다.

이것은 정치도 문화도 똑같이 중요하다는 의미이기 보다, 인간생활의 어느 방면에서는 문화야말로 보다 많이 중요하다는 점을 의미한다.

왜냐하면, 그것은 정신이기 때문이다.

(1939.12.7)

【세 번째】 이른바 "정화되지 않은 행위"

그러나, 행위가 문화처럼 사소하고 세세한 것에 하나하나 집착하고 있으면 그 커다란 약진력을 ■■■■■하지 않으면 안 된다.

이를 위해 행위에는 언제나 과감할 필요가 있다. 과감하게 곧바로 나가야 할 방향으로 열중하지만 가능하지 않으면 행위는 힘을 낼 수 없다.

여기에 행위의 고뇌가 있다.

왜냐하면, 세계는 용감한 것으로만 성립하는 것이 아니라 용감한 것과 커다랗지 않은 것이 복합하여 구성되어 있는 것이 세계의 구조이다.

더구나 그 모두가 독일류로 말하면, 세계정신이 자기를 실현시키고 있는 공통의 장소라고 한다. 이 모두를 철저하게 되돌아 볼 수 없는 운명을 가지는 행위는 어쩔 수 없이 무엇인가를 결락하고 동시에 다소 그르친다.

그러나, 아무것도 결락하는 일 없이 조금도 그르치는 일 없이 행위하는 것은 불가능하다.

행위는 항상 전방을 향해 있기 때문이며, 현재 살아있기 때문이다. 그것은 창조적이기 때문이다. 그것은 모험이기 때문이다.

그 대신, 문화는 어떠한 경우에도 이루어진 것, 이루어져 버린 것에 대해 생각한다. 바꿔 말하면 문화는 과거를 향해 되돌아가 모험할 필요가 없다. 그만큼 문화는 역사에 속하는 것이며 또한 그것은 무언지가를 결락하는 일도 그르치는 일도 없다고 할 수 있다. 그렇기 때문에 모험적인 것은 문화적이지 않은 대신, 문화는 식별한다고 하는 커다란 기능이 주어져 있다.

행위는 열중하며, 문화는 관상하기 때문이다. 그렇기 때문에 이른바 사려가 있는 점에서 행위는 문화에 필적하지 못한다. 그렇지만 또한 창조하는 점에서는 동시에 문화는 행위에 상당하지 않는다.

그래서 이상적인 행위는 문화에 뒷받침을 받은 행위이며, 이상적인 문화는 행위에 뒷받침을 받은 문화라 할 수 있을 것이다.

그러나 앞에서도 말하였듯이, 문화와 행위는 본래 별물(別物)이며, 그 별물인 점에서 역사의 문화적 측면과 행위적 축면이 탄생한 것이다.

그것은 또한 인간의 감정적 방면과 논리적 방면이라고도 할 수 있다.

그렇다고 한다면, 이 조화와 결함은 가능할 것인가?

그래서 우리들은 정화되지 않은 행위라는 문제에 봉착한다. 정화되지 않은 행위란 즉 논리적으로 뒷받침되지 않은 행위이다.

그것은 단순한 정열이다. 단순한 정열이란 결국 범죄로까지 이르는 것이 아닌가?

그렇기 때문에 우리들은 정화되지 않은 행위를 폭력이라고 생각하게 된다. 폭력은 결코 문화에 창조적인 생동감을 주지도 않으며, 문화가 동경하는 것도 아니다.

되돌아 보면, 문화를 피하고 사람으로 하여금 범죄로까지 인도하는 것이다. 그러므로 행위는 문화에 의해 뒷받침되고 정신에 의해 정화되지 않으면 안 된다.

그렇기 때문에 또한 행위의 시대라 일컬어지는 시기에 문화에 대한 커다란 기대가 요청되는 것이다. 문화에 대한 요청은 결코 행위의 소용돌이로 인도하지 않고, 그것으로 하여금 충분히 자기의 본연의 방식으로 숙려시킬 것이다. 그것은 또한 행위를 폭력으로부터 정화하기 때문이기도 하다.

(1939.12.8)

【네 번째】 "문화하는 정신"이란 무엇인가

행위를 정화한다고 하는 것은, 문화에 있어서 얼마나 ■■■ 말인지 모른다. 그러므로 문화 속에는 역사를 창조로 개척해 가는 행위의 세계에 뒤지지 않은 기쁨이 있다. 그것은 아름다운 일이다. 그리고 그것을 단적으로 말하면 인간의 아름다움이다. 인간만이 행위를 정신을 가지고 정화할 수 있다. 그렇기 때문에 인간만이 신의 세례를 받고 신성한 포도주를 마실 수 있는 자격을 가지고 있었던 것이다.

구태여 이러한 말을 사용하면, 문화는 인간에게 있어서 신성(神性)의 발로일지도 모른다. 문화에 의해 행위의 수많은 천박한 것은 신의 세계로 구제된다. 비로소 신으로 당도한다.

그렇기 때문에 행위의 영역에서 인간이 미친 듯이 날뛸 때, 문화의 영역에서 인간은 생각하고 있다. 이 경우, 생각하는 일은 인간의 수치가 아니라 오히려 자랑이라 해도 좋다. 우리들은 이러한 의미에서 문화의 관상적인 것을 한탄하는데 이상함을 느낀다. 문화가 관상적이지 않고 대체 무엇이 관상할 것인가? 관상하지 않고 또한 사람은 어떻게 하여 미래를 예측하고 과거를 반성할 수 있겠는가? 이 길이 다름 아닌 행위를 폭행으로부터 구제하는 길이 아니었던가?

그럼에도 불구하고 문화하는 사람들이 행위하는 시대에 있어서, 여전히 관상하는 한계를 한탄하는 일은 문화의 행위에 대한 영원한 동경 때문이다. 그러한 동경 없이, 문화는 행위와 더불어 창조의 세계로 들어가는 것은 불가능하기 때문이다.

문화는 행위를 정화하는 데 있어서 자기의 관상성을 포기한다고 할 수 있다. 바꿔 말하면, 행위가 정화됨과 동시에 문화는 행위에 의해, 행위는 문화에 의해 하나의 정신세계를 만든다.

이것이 행위와 문화가 하나의 세계에서 역사를 만들어 가는 도정일지도 모른다.

더구나 서로 다른, 서로 모순하는 두 가지로서 자기를 유지하면서 추상의 형태 없는 세계에서만 일치해 간다. 이것은 또한 두 가지가 동시에 별개의 것으로서 존속해 가는 것을 의미한다.

그래서 하나의 세계임에도 불구하고 문화와 행위는 여전히 나의 것이다.

그렇다고 하면 문화가 일시라도 행위를 겸하는 것, 바꿔 말하면 행위 사이로 인도해 버린다고 하는 일은 문화에 있어서도 행위에 있어서도 이익이 되는 바가 없다고 하지 않을 수 없다.

그럼에도 불구하고 문화의 행위에 대한 동경이 또한 문화에 대한 행위의 커다란 유혹이, 왕왕 문화를 행위적으로 만드는 점을 우리들은 목격한다.

그러나 행동적인 문화라고 하는 것은, 단적으로 말하면 관상하지 않는 문화이다.

일단 관상하지 않는 문화란 무엇인가? 그것은 인간을 인간의 세계를 생각하지 않는 사람, 생각하지 않는 세계로 전화시키는 것은 아닐까? 이것은 문화의 폐기이다.

예를 들면, 서구인이 이 시대를 사실의 세기라고 부를 경우, 여러 가지로 문화의 옹호라고 하는 말이 들리는 것은, 행위가 미쳐 날뛰는 중에 문화가 폐기되려고 하는 데서 기인하는 것은 아닐까? 이것을 행위에 대한 문화의 반항이라고 생각하는 것은 상당히 유치하다. 그렇지 않으면, 그들은 행위를 완전히 폭행과 동일시하기 때문이다.

문화가 옹호되지 않으면 안 된다고 하는 말 속에는 문화가 관념하는 자유를 원하고 있음에 지나지 않는다. 이것이 또한 행동의 유혹에 대한 거부이며, 행위의 동경에 대한 자제이다.

왜냐 하면, 문화에는 이윽고 행위를 정화하지 않으면 안 되는 커다란 책무가 있기 때문이다.

이 경우, 만약 문화하는 사람이 있어서 문화를 행위의 세계로 인도해 내어 그것에 군복을 입히려고, 뛰쳐나가게 하려고 하는 것에 의해, 문화를 행위에 봉사시킨다고 생각한다면, 그 사람은 문화에 대해서보다 행위에 대해 훨씬 많이 죄를 범하고 있는 것이다.

우리들은 독일인만큼 행위적이며, 니체만큼 그것을 열애한 사람을 그다지 알지 못한다. 그들은 장대하다고 하는, 행위만이 가지는 말을 무엇보다도 사랑하였다.

그럼에도 불구하고 ■■■■■■■를 애독하였다.

나는 부드러운 바람의 산들거림, 물의 졸졸흐름, 곡물의 성장, 파도의 넘실거림, 잡초의 녹음, 하늘의 밝음, 별의 빛남 등을 위대하다고 생각하고 있다. 무시무시한 풍우(風雨), 집을 태우는 전광(電光), 파도를 거슬러 소용돌이치는 질풍, 불을 뿜는 산, 대지를 흔드는 지진 등, 나는 그다지 위대하다고는 생각하지 않는다.

"부엌의 냄비로부터 우유를 끓어 넘치게 하는 힘도, 분화구로부터 용암을 튀게 하여 산허리를 태워 문드러지게 하는 힘도 원래는 모두 같은 것이다."

이것은 독일인의 말이 아닌가? 문화하는 정신은 항상 이러한 것이다. (완)

(1939.12.10)

새로운 창조로
—조선문학의 현단계(新しき創造へ—朝鮮文學の現段階)

유진오(兪鎭午)

【1】

〔그림-16〕 '새로운 창조로' 기사면
(1940.1.1.)

최근 1,2년, 조선의 문학은 급격히 번성해졌다. 재작년 무렵까지 평자는 입을 열면 '문학 부진'을 말하였지만 작년에는 이제 아무도 그런 것을 말하지 않게 되었다. 김남천씨의 계산에 따르면 올해 1년간 발표된 장, 중, 단편의 총수는 240여 편의 다작에 이른다고 한다. 이 계산에는 문단적으로 그다지 중요시

되지 않는 특수 잡지에 발표된 것을 포함하지 않을 것이기 때문에 그것들을 합산하면 더욱 커다란 숫자에 이를 것이다. 그리고 이와 같은 현상은 조선에 '문학사가 존재한 이래의 성황'이라고 여겨지고 있다. 내지문단의 그것에는 비할 바가 없다고 하더라도 조선문단으로서는 정말 처음으로 보는 성황이라고 해도 의심할 여지가 없다.

문학에 관계하고 있는 인원의 측면에서 말하더라도, 인문사(人文社)판 1939년도 『조선문예연감(朝鮮文芸年鑑)』에 등재되어 있는 것만으로 276명의 다수에 이르고 있다. 그 중에서 '소설가'로서 마크되어 있는 자만도 70명을 헤아리고 있다. 이 숫자도 또한 여러 가지 점에서 세대가 적은 조선으로서는 커다란 숫자라고 하는 점은 두말할 필요도 없다.

출판 쪽은 주변에 자료가 없기 때문에 확실한 것은 말할 수 없지만, 사변의 영향에 의한 종이 부족과 여러 물가의 앙등으로 제한되고 있지만, 이 또한 어쨌든 이전보다는 번성해졌다. 특히 강담물(講談物)이나 구 소설류의 출판이 훨씬 줄고 반대로 신문예 서적의 출판이 활기를 띠게 된 점은 주목할 가치가 있다고 말하지 않으면 안 된다.

잡지에 대해서도 비슷하게 말할 수 있다. 순문예 잡지는 종래 '3호 잡지'라고 명명되고 있었던 것처럼 창간 3호로 끝나는 것 같은, 위태로운 경우가 많았지만 올해에 들어와 『문장(文章)』과 『인문평론(人文評論)』이라는 2대 잡지의 출현을 보았다. 이 두 잡지는 경영의 기초가 강고할 뿐만 아니라, 질, 양, 체재 모두 내지의 일류 문예잡지에 비해 굳이 손색이 없다고 할 수 있을 정도로 훌륭한 것이다.

그러고 보니 조선문학은 지금 약진의 도상에 있는 셈이지만 그것은 대체 무엇을 의미하는 것일까? 나는 그것을 음미해 보고 싶다.

　　평자들은 그 원인을 '중견작가의 활약'으로 돌리고 있다. 앞에서 말한 김남천씨는 올해 1년간의 '중견작가의 활동은 중견의 이름에 틀리지 않은 것이었다.'고 칭하고, 더욱이 중견으로 하여금 이와 같이 활약하게 만든 원인으로서 신문소설이 중견의 손으로 옮겨 온 점, 새로 쓴 장편소설의 상재가 가능해 진 점, 종래 70매를 한도로 하고 있었던 잡지의 소설란이 300매 전체를 충분히 할 수 있게 된 점 등을 들고 있다. 정말로 그 지적 대로이지만 나는 한발 더 들어간 고찰을 해 보고 싶다.

　　신문학 융운(隆運)의 근본에 걸쳐 있는 원인으로서, 나는 조선의 사회구성에 있어서 중점의 이동을 들지 않으면 안 된다고 생각한다. 조선의 신문학운동은 지금까지는 혹은 사회의 선각자의 운동이며, 혹은 소수 인텔리의 운동인 데 지나지 않았지만, 그것이 이제는 대중적 침투를 시작하였다. 이 침투는 종래 대중의 문화적 향상을 의미하는 것이라기 보다는 대중의 세대적 교체를 의미하는 것으로 생각한다. 환언하면 신교육에 의해 육성되어 신문화를 이해할 수 있는 세대가 이제 가까스로 사회의 중심 세력으로서 등장하기 시작한 것이다. 중견작가라고 일컬어지는 사람들은 대개 30 내지 40 전후의 사람들이지만 그들 자신이 이러한 세대에 속하는 것으로서, 그들을 지지하는 대중과 더불어 점차 사회의 중심층으로 올라온 것이다.

　　나는 지금 '대중'이라는 글자를 사용하였지만 조선에서 신문학의 지지자는 아직 사회의 소수자에 한정되어 있기 때문에 그것은 반드시 올바른 사용방식이 아닐지도 모른다. 그렇지만 정확하게는 대중이 아니라고 하더라도 적어도 그들은 이제 옛날과 같은 '선각자'가 아니게 되었기 때문에 만일 이들을 대중이라고 불러 본 것이다.

(1940.1.1)

【2】

이상의 사항을 뒤집어, 문단을 주체로 생각해 본다면, 그것은 조선의 신문학 그 자체가 드디어 본격적인 전개를 보이기 시작했다고 생각한다. 종종 일컬어져 왔듯이 조선의 신문학운동이 매우 짧은 세월 사이에 서구의 수세기, 내지의 70년에 걸친 발전의 자취를 걸어오지 않으면 안 되었다. 그렇기 때문에 근대적인 계몽운동이 겨우 시작되었다고 생각하면 이제 대전(大戰) 후의 혼란이 복잡하게 얽혀 세기말과 맑스주의가 동좌(同坐)하여, 신문체의 확립이 아직 이루어지지 않았는데, 벌써 그 혁신의 시도가 행해지고 있는 등, 문자 그대로 일이 연달아 생겨서 하나하나 차분하게 정리할 여유가 없는 것 같은 빠른 변천을 거쳐 왔다. 그렇기 때문에 작가들에게 있어서는 가만히 침착하게 일하며 자신의 문학의 질적 충실을 도모할 여유가 없었던 것이다. 무슨 주의 무슨 주의라고 소리를 크게 하며 외쳐는 보았지만 그 주의를 뒷받침하는 듯한 훌륭한 작품을 새벽 하늘의 별처럼 수가 극히 적었다. 문학이라는 것은 큰 소리를 외침으로써 즉시 성립하는 것이 아니라, 우선 훌륭한 전통이 없으면 안 되며, 다음으로는 작가의 뼈를 깎는 듯한 정진이 없으면 안 되는 것이다. 그러한 것인 이상, 조선의 신문학운동이 과거 30년간 오로지 그 기반 다지기에만 종사해 왔다고 하여 억지로 작가의 무능만을 비난해야 할 성질의 것이 아니다. 그렇지만 맑스주의의 수입으로 '주의'의 수입이 일단 종막을 고하자, 조선의 작가들도 가까스로 자신의 머리로 생각하고 자신의 눈으로 보고, 드디어 자신의 문학을 창조해야 할 단계에 이른 것이다.

원래 나는 조선의 신문학운동이 과거 30년간에 어떤 업적도 남기지 않았다고 하는 것은 아니다. 오히려 그 반대이다. 이 '노도(怒濤)와 광풍'의 시대에 즈음하여, 예를 들면 이광수씨과 같은 자는 30권에 가까운 저작을 저술하였고 홍명희씨 또한 『임꺽정전』8권 1만 수천 매의 대장편을 저술하고 지금도 여전히 그 완성에 심혈을 기울이고 있다. 그 외의 작가들도 또한 각각 그에 상응하는 작품을 저술하고 있다는 점은 두말할 필요도 없다. 그렇지만 지금까지의 일은 뭐라 하더라도 아직 기반 다지기이다. 게다가 연령으로부터 보더라도 조선의 작가들은 아직 젊다. 앞에서 기술한 이광수씨, 홍명희씨조차 아직 50 전후의 초로에 지나지 않고 그 외의 작가들에 이르러서는 거의 전부가 30 내지 40 전후의 젊은 나이이다. 그들 일생의 모뉴먼트가 되어야 할, 좋은 작품을 쓰는 것은 뭐라 해도 '이제부터!'에 속한다고, 말하지 않으면 안 될 것이다.

이와 같은 문단적인 형성기와, 작가적인 성숙기가 일치하여, 여기에 문학의 질적, 양적 발전이 되어 나타난 것이다.

평론계의 경향에 대해 보아도, 같은 점을 말할 수 있다. 주의의 이식에 바빴던 4,5년 전까지는 내지의 잡지에 두드러진 논문이 게재되면 다음 달에는 벌써 그것이 환골탈퇴하여 조선의 잡지에 나타난다고 하는 모습이었다. 평론가이고자 하는 자들은, 그렇게 하지 않으면 안 되었고 또한 그것으로 충분하였다. 그렇지만 현재는 그러한 것으로만 통하지 않게 되었다. 이것은 조선과 내지의 문화적 교류가 점차 긴밀해져 온 오늘날 조금 기이하게 들릴지도 모르지만, 점차 긴밀해졌기 때문에 도리어 같은 것을 받아 옮기기여서는 통하지 않게 되었는데 이는 극히 당연한 일이라고 하지 않으면 안 된다. 어쨌든 작가도 평론가도 뭔가 자신의 것을 가지지 않고서는 홀로쓰기가 불가능한 세상, 냉혹한 세상으로 어느 샌가 변한 것이다.

조선문단에서 작금의 토픽을 한두 개 골라내 본다면 이 사이의 사정은 한층 확실해질 것이다. 이전에는 내지에서 문제가 되지 않은 것이 조선에서만 문제가 되는 일은 거의 없었다. 그렇지만 최근에는 조선문단 독자의 문제가 줄줄이 도마 위에 올려지게 되었다. 예를 들면, 올해의 상당히 중요한 논제의 하나였던, '신세대론' 등도 그 하나의 예이다. 내지에서는 최근 도착한 제국대학 신문지상에서 후나야마 신이치(船山信一)씨가 「신세대의 약세(新世代の弱勢)」로서 이를 제기한 것 외에 별로 문제가 되지 않은 듯하지만 조선문단에서는 이미 연두부터 소란스럽게 논의되어 왔다. 그러나 논지는 양자가 크게 그 경향을 달리 하고 있다.

【3】

조선의 신문학은 30년에 거친 고난의 여명기를 거쳐 이제 겨우 내지나 외국의 현대문학과 보조를 맞추어 나갈 수 있을 만큼 성장하였다. 그렇지만 조선의 작가들은 이 현상에 만족하여 오로지 과거의 업적을 과시해도 좋을 것일까? 아니, 다른 수준에서 겨우 따라 붙었다고 하는 것만으로는 아직 진정으로 홀로 서기했다고 할 수 없기 때문이다. 다른 수준에서 따라붙어, 그리고 다른 곳에 벗는 자기의 것, 조금 목소리를 크게 하여 말한다면 인류의 정신적 재보 속에 아직 볼 수 없었던 새로운 무엇인가를 만들어 내고 비로소 조선문학은 진정으로 성인(成人)하였다고 할 수 있기 때문이다.

조선문학은 이제 모방의 시대를 끝마치려고 하고 있다. 그러나 아직 독자의 것을 가지는 데에는 이르지 못하였다. 독자의 것을 만들어내지 않는 한, 단지 다른 수준에서 따라 붙었다고 하는 것만으로는 슬픈 모방의 시대는 언제까지나 계속될 것이라고 하지 않으면 안 된다.

물론, 지금까지 조선은 매우 수많은 독자의 것을 가지고 있었다. 풍속, 습관, 천연의 풍토 등, 하나도 독자적이지 않은 것은 없다고 할 수 있을 것이다. 그렇지만 이들의 것을 가지고 우리들은 곧바로 문학적, 정신적으로 독자의 것, 새로운 것이라고 말할 수 있을까? 아니, 진

정한 의미에서 새로운 창조는 그것들의 풍토적 이질성을 통해 오히
려 다른 곳의 정신적 동질에까지 도달하여 더욱이 그것을 출중하게
만드는 것에 의해 다른 곳에 볼 수 없는 새로운 정신적 가치를 만들
어 내는 일이지 않으면 안 된다.

　문제를 이와 같이 전개하는 것이, 지금 가까스로 성인했을 뿐인 조
선문단에 있어서 시기상조의 감이 있음은 나도 잘 알고 있다. 그렇지
만 최근에 조선의 문학작품이 조금씩 국어로 번역되거나 또는 조선
인 자신이 국어의 창작에 붓을 드는 자가 있는 것을 보건데 나는 한
층 문제가 이와 같은 전개의 필요를 통감하는 것이다. 단지 촌사람의
손으로 만들어진 작품이라는 점만을 간판으로 하여 내지 독자에게
억지로 떠맡긴 들, 문학적으로 하등의 의미를 가질 수 없다는 점은 두
말할 필요가 없다. 내지의 문인이 조선에 와서 기생과 바가지, 금강산
만을 보고 돌아가는 것이 그다지 감탄스러운 태도가 아니다. 이러한
것과 마찬가지로, 조선의 문학작품이 언제까지나 김치의 내음만 내
고 있거나 오사카(大阪)에서 제조한 메리야스만 과시하고 있거나 하
는 것도 그다지 좋은 일은 아닌 셈이다.

　일찍이 독일은 근대문학의 발기에 영국과 프랑스 등에 뒤쳐졌
기 때문에 독일의 문학자들은 영국과 프랑스의 난만한 신문화를 매
우 학수고대하면서 스스로는 우울한 계몽운동에 종사하지 않으면
안 되었다. 바이마르의 속물들과 싸우다 지쳐 이탈리아에 둔주(遁走)
한 젊은 괴테의 우울한 얼굴을 보라! 원래 독일에는 이미 클롭슈톡

(Friedrich Gottlieb Klopstock)[28]이 있으며, 빌란트(Christoph Martin Wieland)가 있고 레싱(Gotthold Ephraim Lessing)이 있고 옛날에는 니벨룽겐(Nibelungen)의 대서사시가 있었으며 넘고 남을 만큼 자기의 것을 가지고 있었다. 그렇지만 만약 그들이 그들의 국민적 유산 위에 안면(安眠)만을 탐하거나 또는 반대로 근대정신의 lekstns한 수입 이식에만 그치고 있었다면 독일문학은 마침내 근대 세계문학사에 창조적인 한 페이지도 추가하는 일은 불가능했을 것이다. 그렇지만 괴테는 주위의 봉건적 무지와 타협하지 않고 프랑스적 근대정신에 단순한 추종에 만족하지 않고 독일적 특성의 위에 서서 프랑스적 정신에 철저하여 끝내 독자의 새로운 정신적 고점에 도달하였다고 하는 곤란한 영광을 성취하였다.

괴테를 꺼냄으로써 어쩌면 나는 과대 망상론자로서 비웃음을 받을 지도 모른다. 그렇지만 모든 사정을 달리하면서도 단 하나 새로운 무엇인가를 만들어 내지 않으면 안 되는 시기에 처해 있다고 하는 의미에서 목하의 조선문학은 정말로 독일문학의 괴테적 단계에 도달해 있는 것이다. 그렇다고 하여 나는 괴테에 필적해야 할 대문호의 출현을 외치고 있는 것은 아니다. 크던 작든 새로운 창조의 노력이 필요한 까닭을 역설하고 있는 것이다.

모방의 단계는 끝났다. 그러면 그 뒤에 창조의 단계가 이어지지 않

---

28 1724-1803. 18세기 중후반 독일의 시인. 독일 시의 개혁자로서 젊은 괴테를 비롯해 독일 문학에 다대한 영향을 미쳤다.

으면 안 된다고 하는 점은 논리적 필연이기도 하다. 망상도 아무것도
아니다.

(1940.1.4)

현단계에서 조선문학의 제문제(現段階に於ける朝鮮文學の諸問題)

김영진(金永鎭)

【1】

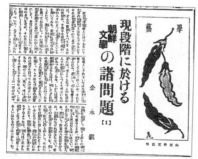

〔그림-17〕'현단계에서 조선문학의 제문제' 기사면(1940.1.25.)

이른바 문학정신이란 무엇인가? 문학의 순수성이란 무엇인가? 그것이 문학적인 다양한 주와와 사상이란 어떠한 관계를 가지고 있는가의 문제가 1939년 내내 조선문단의 일부 사람들에 의해 논의되고 있었다고 들었다. 조선에 신문학이 수입되어 이미 반세기 가까운 세월을 보내고 있으면서 그 사이에 멋대로 문학사조와 주의의 영송(迎送)에만 급급하여, 진정으로 진지하게 문학의 본의를 규명하고 그 작품의 제작에 정진하려고 하는 사람은 희박하였다. 마침내 6,7년전 까지는 경향문학이 빈번하게 논해지고 일시 이 그룹에 참여하지 않은 자는 아무리 창작 작품을 쓰더라도 그들의 이른바 문예인의 자격이 없다, 고 생각했을 정도였다. 그러나 경향문학은 바로 이것이라고 하는 작품 하나 남기지 못하고 완전히 빈 양철 깡통 식의 시대적 역할을 완수하고 끝난 것이다. 그러나 이들 경향문학론은 번성한 시대에 여전히 그들의 구호에는 귀를 기울이지 않았다. 그렇다기 보다 오히려 그들의 빈 깡통 같은 이론에 성이 차지 않은듯한 태도를 보이며 오로지 자기의 경우를 꾸준히 깊이 파고 들어간 소수의 사람들이 있었다. 여기에는 그러한 사람들의 이름을 들 필요도 없겠지만 이들 사람들에게 만약 예술파라고 부르는 것이 허용된다면 다소 조선문단에 그러한 업적을 남길 수 있었던 것은 이들 예술파 사람들이다.

시세는 변하고 경향파의 이론가라고 일컬어진 사람들이 너나없이 훌륭하게 전환하는 모습을 보이고 나서는 더욱이 그 뒤를 이으려고 하는 자도 나오지 않았다. 결국 조선문단에 남겨진 것도 예술파의 사람들이다. 그 이후 새롭게 문단에 얼굴을 내밀고 온 사람들, 이른바 신진작가들은 물론 예술파에 추수하지 않을 수 없었다. 평론가들도 또한 이러한 예술파를 지지하고 그리고 나서 조선문단은 완전히 예술파 일색으로 모두 칠해진 형태가 되었다. 이것은 조선문단을 위해 경하해야 할 일이기도 하고 또한 조선문학의 일단의 진보이지 않으면 안 된다. 왜냐 하면, 문예는 무엇보다 우선 문예이지 않으면 안 되기 때문이다. 아무리 뛰어난 사상과 주의이더라도 그것에 문예로서의 어떤 구체적 형상을 부여하지 않는 한, 그것은 문예로는 되지 않는다. 하물며 이론가 자신에 있어서 이미 충분히 소화할 수 없는 생경한 사상을 자기 생각인 것처럼 받아 옮긴 것은 아닌가? 그것을 통째로 삼켜 소화하여 더욱이 발효시키기 위해서는 무엇보다 우선 이 사회의 사람들의 체질에 원만하지 못한 것이 있었을 것이다. 그렇다면 이른바 예술파에 해당하는 사람들은 과연 어느 정도의 예술적 작품을 분출한 것인가? 이것은 재차 검토되어야 할 문제인데 여기에서는 우선 그들이 보인 태도의 진실함을 사 두면 좋을 것이다. 나의 이 말을 또한 오해하는 사람들이 있을지도 모른다. 그러나 나라고 해도 문학상의 일체의 주의와 사상을 거부하고 오로지 독선에 틀어박혀 있는 것이 문학의 순수성을 지키는 이유라고는 말하지 않는다. 오히려 한 발 더 나아가 모든 주의와 사상을 받아들여 조화하고 작가의 내적 생활을 확장하고 또한 물들이지 않으면 안 된다. 요는 그 주의이며 사상을 과연 완전히 자기의 것으로 하고, 그만큼 그 체중을 늘릴 수 있는지 없는지라고 하는 점이다. 소화불량증에 걸리거나 개성에 찰과상(擦過傷)을 입거나 하는 것보다 오히려 처음부터 거부하는 편이 현명한 태도라고 할 수 있지 않을까?

(1940.1.25)

【2】

　적어도 시대의 고민을 고민하지 않고, 인생의 포도(鋪道)를 스스로 걸은 경험을 가지지 않은 자는 시대와 인생을 말할 자격이 없다. 아무리 시대의 고민을 번뇌하고 인생의 행로를 걸어온 사람이라도 그 고민의 원인이 된 진상과 그 행로의 험난함과 평이함를 확실히 파악할 수 없는 사람은 문학인이 될 자격은 없을 것이다. 우연히 천재에 해당하는 자가 있어서 그 시대상과 인생의 의의를, 그의 체험으로가 아니라 날카로운 직관을 가지고 파악하는 경우는 있을 수 있다. 그러나 이러한 경우라 하더라도 그의 직관으로 하여금 모든 사람들에게 어필하게 만들기 위해서는 역시 그 심리적 체험 과정을 거치지 않으면 안 된다. 문학의 형상화라고 하는 것은 결코 객관적 사상을 받아들인 채로 곧바로 베껴낸다고 하는, 이렇게 간단한 행위가 아니다. 모든 객관은 일단 객관으로서 받아들여 정리하고 소화하여, 그것을 완전히 주관화해 버리고 나서 재차 객관적으로 형상을 부여하는 것이지 않으면 안 된다. 아무리 그가 천재라고 하더라도 이 심리적 과정이 없이는 그는 한 사람의 사진 기사밖에 될 수 없을 것이다.

　문학의 순수문제는 곧 문학의 가치문제이다. 문학의 가치는 그 뛰어난 형상에 있다고 하기 보다, 그 형상에 내포된 내용에 있는 것이다. 문학의 내용은 작품의 테마나 스토리에 있는 것이 아니라, 이 테마와 스토리를 취급하는 작자의 예술성에 있는 것이다. 어느 한 작품이 얼마만큼 문학적으로 순수한가라고 하는 점은 바꿔 말하면 이 작품은 문학으로서 얼마만큼의 가치를 가지고 있는가라는 점과 더불어 이 작품의 작가는 얼마만큼의 예술성의 소유자인가라는 점이기도 하다. 문학의 가치판단은 어디까지나 문학 자신의 독자성에 있으며, 그 밖의 일체는 문제의 구속 밖에 서는 것이다.

앞에서 일체의 문제를 내포한다고 하고, 여기에 또한 일체의 문제를 초탈한다고 하는 것은 무엇인가? 즉 문학은 모든 문제를 그 제재로 하고, 내용으로서 취급하면서, 그 하나하나의 문제에 따라서도 또는 그 모든 문제에 따라서도 문학의 가치를 결정하는 것도, 좌우하는 것도 불가능하다고 하는 점이다. 우리들은 문학의 선전성을 인정한다. 우리들은 문학의 공리성을 인정한다. 그러나 이것들은 문학이 남기는 결과이며, 그것이 문학을 형성하는 소질은 아니다. 사람들은 까딱하면 문학이 남기는 결과의 효용성을 가지고 바로 문학의 본질적 가치를 평가하려고 하는 자가 있다. 얼마나 어리석은 일인가! 그들은 눈물의 분량에 따라서 비극의 가치를 정하고 웃음의 다과에 따라서 희극의 우열을 판단하는 것밖에 알지 못한다. 눈물의 속에 있는 웃음, 웃음의 속에 있는 눈물을 그들을 알만한 여유를 가지지 못한다. 그러나 그러한 견해의 여부에도 불구하고, 그것이 그 비극 나름의 희극 나름의 문학적 가치를 가감하는 일은 가능하지 않다. 어쩌면 작자의 교양의 여부에 따라서 어쩌면 작자의 의도의 여부에 따라서 그 작품이 가지는 효용성이 애국적으로도 되며 사회주의적으로도 되는 일은 있다. 그러나 작자가 만약에 고의적인 듯한 의식을 가지고, 이것은 애국사상 고취를 위해라든가, 이것은 사회주의 선전을 위해서라든가, 어느 목표를 정하고 그 작품의 제작에 관계했다고 한다면 그것은 이미 문학적 작품이 아니라 일편의 격문이며 선전문밖에 되지 않을 것이다. 그에게 만약 진정한 애국문학을, 사회주의 문학을 쓰게 만들려고 한다면 작가의 개성으로 하여금, 진정으로 애국사상에 투철하게 만들고, 진정으로 사회주의에 이해와 동정을 가지게 만들면 그가 만들어 내는 작품은 스스로 그 방향(芳香)을 발하게 될 것이다. 그러나 작자의 일시적인 공리심에서 또는 무언가 강요받아서 그 효용성만 의도하여 작자의 개성에 철저하지 않은 작품을 제작한다고 한다면 그 작품에 예술적 가치를 기대하기는커녕, 오히려 실제로 적절한 한 장의 선전문에 뒤떨어지는 경우가 있더라도 뛰어난 일은 없을 것이다.

(1940.1.26)

【3】

최근 발표한 영국작가 코널리(Cyril Vernon Connolly)[29]의 「문학자

---

29 1903-74. 영국의 비평가. 옥스퍼드대학 출신. 전위적인 문예비평잡지 『호라이즌』(Horizon, 1939-50)을 창간하고 편집하였다. 1940년대 영국 문단에 T.S. 엘리엇 이후 가장 청신하고 국제적인 그리고 범유럽적인 기풍을 도입하였다. 『선데이 타임즈』의 상임 서평자로서 활약하며 기교(奇矯)적이고 섬세한 감수성과 지중해 라틴세계에 대한 애착 넘치는 미의식으로 다양한 비평집을 남겼다. 그의 자질을 가장 잘 보여주고 있는 것은 제2차 세계대전 하

는 무엇을 써야 하는가」라는 일문에서, "영국정부의 검열이 강화되어 작가들은 어쩔 수 없이 추상적 세계에 관계하고 자신들의 사상이나 감정을 파고드는, 순수하게 기술적 세계로 되돌아가지 않을 수밖에 없어졌다."고 한탄하고 "노스텔지어가 가장 건강한 창조적인 감정의 하나로서 되돌아 올 것이다. 그것이 자유에 대한 노스텔지어라고 하더라도, 또는 태양이나 눈에 대한 노스텔지어라고 하더라도 지금은 물을 바가 아니다."라고 결론을 맺었다. 이 간단한 수행의 말에서 우리들은 영국 작가들이 어떻게 그 국책적 선전작품으로 둘러싸여, 새삼스러운 말 같지만 자유로운 인간성과 자연에 동경하고 있는지를 앎과 동시에 그들이 또한 얼마나 자국의 국책에 무관심한지를 알 수 있을 것이다. 그러나 그들이 국책으로 하고 있는 바를, 비근하게 말하면 영미와 독일·이탈리아라든가 영국과 핀란드가 서로 반목하고 있는 듯한 곳 어디에 그들의 휴머니티를 볼 수 있겠는가? 무언가 인류의 생존에 대한 광명을 부여할 수 있겠는가? 거기에는 오로지 가차없는 절망과 지금 실로 영락해가는 사람들의 절규로밖에 들리지 않는다. 이것에 오로지 영국작가들의 병폐가 아니라, 실로 통틀어 예술 지식인의 병폐이기도 할 것이다. 그들에게 르네상스에 의해 이미 신을 거부하고 유일하게 인간의 이지에 의해 살아온 것이다. 인간의 지성은 하나하나의 벽돌을 쌓아 5,60층의 고층건물을 거듭할 수 있는

에 'Palinurus'라고 하는 필명으로 엮은 비평적 독백록인 『불안한 묘지』(The Unquiet Grave, 1945)이라 할 수 있다.

것이다.

  만약 한없이 이러한 상태로 가는 것이라고 한다면 아마 하늘까지 거듭할 수 있을 것이라고 그들은 믿고 있었음에 틀림없다. 그러나 마침내 찾아올 지진이 온 천지에 덥쳐 왔다. 벽돌의 건물은 토대로부터 동요하기 시작하였다. 아니 잠시 버티지도 못하고 쌓아 올린 벽돌은 무너지기 시작했다. 그들이 완전히 믿고 있었던 인간의 지성, 온전히 알고 있었던 물질문명은 이와 같이 덧없는 것이었다. 그들은 완전히 그 생활의 원리를 잃어버린 것이다. 우리들은 그들의 허둥대는 방식을 상상하는 것조차 불쌍하다. 코널리의 이른바 자유에 대한 노스텔지어는 인간성 전체에 대한 노스텔지어가 아닌가? 태양이나 눈에 대한 노스텔지어는 그들이 이미 이겨냈다고 생각하였던 대자연에 대한 노스텔지어가 아닌가? 아니 그들의 지금의 노스텔지어는 바로 동양정신에 대한 노스텔지어가 아니면 안 된다. 완전히 초라해지고 지쳐버린 나그네가 그 고향을 동경하고 그리워하는 기분에는 우리들은 그곳에 종교적 경허함마저 느끼는 것이다.

  우리들이 가져야 할 문학정신이란 무엇인가? 그것은 두말할 필요도 없이 동양정신의 발양이다. 이른바 동양정신이라 어떠한 것인가? 한마디로 이것을 말하면 동양정신은 신과 인간이 일체이며, 인간과 자연이란 두 가지가 아니다. 따라서 우리들은 신에 친숙하다던가 신에게 멀어진다든가 하는 일은 없다. 그렇기 때문에 우리들은 정신에도 물질에도 치우치는 일은 없다. 항상 전체로서 움직이고 항상 일체가 되어 작용하므로 우리들은 이성에도 감성에도 치우친다고 하는 일을 하지 않는다. 자유주의라든가 합리주의라든가를 구분할 필요도 없고, 파시즘이라든가 전체주의라든가를 특히 표방할 필요도 없다. 동양인의 사상은 실로 대우주의 정신이다. 모두는 혼연일체로서 다양한 주의를 포괄하여 다양한 주의를 초월한다. 만약에 어느 일부분을 취하여 구미의 문명을 볼 때는 동양문화보다 뛰어난 점도 있을 것이다. 그러나 전체로서 이것을 볼 때는 그것은 오히려 불구(不具)의 존재밖에 되지 않는다.

(1940.1.28)

【4】

흥아(興亞)의 성전은 이러한 동양정신의 일대 구현상이며, 세계 역사의 획기적 창조이다. 이 성전은 알렉산더라든가 나폴레옹이라고 하는 어느 한 사람의 영웅아의 야심적 파괴행위도 또는 영미와 독일·이탈리아라든가, 소련 대 핀란드와 같은 영토적 욕망에 의한 전쟁과는 전혀 그 의의를 달리하고 있다. 이 성전은 동양의 맹주 일본국민을 중심으로 하는 바의, 동양민족의 협동적 건설사업이다. 오랫동안 외인종의 유린에 맡기고 그들의 종속적 지위를 감수하고 있었던 이웃나라 중국을 그들의 손에서 되찾아, 동양은 동양인의 동양으로, 멋진 동양의 대문화를 건설하여 멋진 동양의 대이상을 구현하려고 하는 것이 이 성전의 목표이지 않으면 안 된다. 우리들 반도인은 일본국민으로서의 주요역할을 담당할 의무를 담당하고 있을 뿐만 아니라, 실로 동양민족의 일원으로서 이 대이상의 실현에 발흥하는 영광을 지는 자들이다. 전자는 민족적 의무를 다함으로써 이것을 완수할 수 있지만 후자는 무엇을 가지고 이에 기여할 수 있을 것인가? 우리들은 우리들의 전통적 문화를 가지며 또한 우리들은 우리들 외에 가능하지 않은 바의 독특한 문화창조의 힘을 가지고 있다. 대동아의 이상은 각각의 동양인으로 하여금 충분히 그 문화적 역량을 발휘하게 만들어, 그래서 현란한 일대문화의 화원을 형성하는 데 있다고 한다면, 우리들이 이에 기여하고 참여하는 길도 또한 저절로 명백한 것이 있는 것이 아닐까.

최근에 듣는 바에 의하면 어느 평론가는, 반도인은 문화창조의 역량이 없다는 의미로 말한 것을 들은 적이 있는데, 그 논문을 읽지 않은 나는 전혀 알지 못하는 일이지만 아무리 현명한 논자도 역사를 말살하는 것이 무모한 것과 마찬가지로 문화의 섭리를 거부할 수는 없다. 언젠가 구명될 날이 오겠지만 이렇게 의심받기에는 의심받을 만큼의 이유가 어디에 있는가? 사람들은 반드시 스스로 경시하고 그리고 우리들은 이것을 깔본다고 말한다. 우리들은 우리들 스스로 자기의 문화를 잊고 있는 것은 아닐까? 우리들은 우리들 스스로 자기의 문화능력을 의심하고 있는 것은 아닐까? 우리들은 스스로 잊고 있는 과거의 자아를 불러내어 이것을 재차 검토함과 동시에, 스스로 의심하고 있는 현재의 자아도 그 정체를 명확히 하고, 더욱이 인종의 재평가를 기다리지 않으면 안 된다. 아니, 사람의 평가 여부에도 불구하고, 스스로 의심하고 우리들 자신을 위해, 대동아건설에 기여하기 위해, 이 기회에 반드시 서두르지 않으면 안 되는 것은 이 명확한 자아파악이다.

이것은 조선의 문학인들의 일이며, 또한 조선문학의 ■■■■■■이지 않으면 안 된다. 인생의 탐구는 우선 자기의 탐구부터이다. 흐린 거울에는 정확한 상이 비치치 않는다. 과거로 돌아가 아무리 많은 주의와 사상이 주마등처럼 흘러갔다고 하여도 그 모습이 하나도 정면으로 찍히지 않은 것도 당연한 이치이다. 그렇게 현재 및 미래에도 이 무너지기 시작한 토대 위에는 아무리 대이상과 대포부의 자재가 있더라도 완전한 건물은 지을 수 없다. 깔끔하게 정돈된 창고에 아무리 대량의 짐이 들어간다고 한들 당황할 필요는 없다. 스스로 정해진 순서로 쌓아져 갈 것이기 때문에. 그릇되지 않은 시대성의 인식도, 완전한 외래문화의 흡수도 결국 이렇게 정돈된 개성만이 정확하게 받아들여질 것이다.

조선문학이 현재는 이제 한참 동안 모방의 영역을 벗어나서, 막 독자의 발걸음을 내딛기 시작하려고 하고 있다. 각각의 작품은 무엇보다 그 작가의 개성에 의한 것이기는 하다. 하지만, 작가의 개성은 그가 가지고 태어난 천품도 있겠지만, 많은 부분에서는 그 환경의 변화와 교양의 힘에 의해 성장하는 것이다. 지금까지의 조선문학은 마치 가난한 집에 태어난 아이와 같이 그는 항상 영양 부족과 교양의 빈곤에 괴로워하다가 겨우 이제 성인의 영역에 도달하였다. 그러나 일단 성인이 되어 그의 빈궁한 유년시대를 회상할 때, 일찍이 수많은 얻기 어려운 인생의 번민을 생각할 것이다. 그와 동시에 그는 그의 앞날에 와야 할 그의 자손들에게는 재차 이러한 빈고(貧苦)는 경험시키지 말자고 하는 결심과 노력을 아끼지 않을 것이다.

그 일신의 출세와 일가의 번영이 모두 그 일신에 있음을 생각할 것이다.

(1940.1.31)

【5】

그러나 한편 그의 조상인들 그가 생각하는 듯한 그런 빈곤한 사람들은 아니었던 것이다. 오랫동안 이 향토에서 다양한 문화의 꽃을 피워온 사실을 그는 잊고 있었다. 어쨌든 소년시대에는 어느 것이고 모두 그 조상으로부터 남겨진 가재도구는 케케묵고 싫다고 생각되었고, 그 대신 남의 소유물이라든가 시정(市井)의 신품은 모두 신기하고 훌륭하게 보였다. 그러나 나이를 먹음에 따라서 그러한 인식은 점차 변하며 별생각 없이 낡아빠진 책상도 노력을 들이기에 따라서는 어떤 신종의 책상보다 뛰어난 광택과 아치가 있으며 저쪽에 채워둔 채로 있는 벌레 먹은 당지(唐紙)의 고서(古書)도 읽어 가는 도중에 어떤 양장의 신서로도 얻을 수 없는 철리와 시상(詩想)이 포함되어 있음을 발견할 것이다. 그 날은 우리 집의 위치, 집의 구조, 연대, 우리 집의 유전, 습속, 체질, 사회적 지위 등 다양한 점에서 생각해 볼 때 그는 퍼뜩 마음에 짚이는 일이 있을 것이다. 과연 그러한 훌륭한 유산은 아니지만 우리 집에는 역시 우리 집만의 독특한 형질이 있으며 정신이 있다. 그뿐만 아니다. 조상으로부터 이어받은 우리 체질에는 이미 이러한 우리 집안의 정신이 흐르고 있는 것은 아닌가라고. 후일 그는 무너지기 시작한 우리 집을 허물고 그 부지에 당당한 현대식 호화주택으로 다시 짓는 일도 있을 것이다. 그러나 그의 몸에 흐르고 있는 그의 정신만은 그대로 남을 것이다.

우리들은 우리들 조상의 유산을 볼 ■■■■■되었다. 그 유산이 모두 ■■■■ 찬연한 ■■ 고려의 불후의 빛을 띠고 있는 도자기만은 아닐지도 모른다. 그러나 오로지 하나만이라도 좋다. 그것이 세계 어느 곳의 사람들도 일찍이 생각하지 못한 것을 생각하고 이루지 못한 것을 이루었다고 한다면 그것만은 지금의 우리들에 비해 수배나 빛나는 것이 있는 것은 아닐까? 생각을 바꾸어야 하는 것이 없지 않겠는가?

문학인이라고 하더라도 한 사회, 한 집안, 한 시대에 속하며 다양한 생활문제에 관여하는 인간인 한, 이 모든 환경의 제약을 받아야 함은 원래 당연한 일이며 우리들이 문학의 공리성을 인정하는 것도 이러한 의미에서 또한 어쩔 수 없는 것이다. 그러나 공리성이라는 것은 그 성질로서 한 사회, 한 시대 또는 어느 특정한 사람에 관련하는 것에 비하여, 예술성은 시대와 사회를 초월하여 모든 인류에 타당해야 함을 요구하는 점에서 갭이 있으며 이곳에 또한 사회인으로서의 문학인과 예술가로서의 문학인의 상극이 있다. 앞에서 말한 영국 작가

코널리의 고뇌도 여기에 있는 것이다.

그러나 어떠한 사회, 어떠한 시대에서도 반드시 그 사회나 시대의 근본악이 있음과 동시에 그 사회와 시대를 통하여 휴머니티가 있다. 예술가의 이것에 대한 태도라고 해야 하는 점은 자진하여 그 개성에 있어서 이 본질을 파악하고 이 실체를 체득하지 않으면 안 된다. 즉, 자진하여 투신하여 이 사회와 시대와 호흡을 더불어 하는 것에 의해, 특히 그 사회성과 시대성을 거역한다든가 영합한다든가 하는 문제를 잊어버림으로써 도리어 그의 예술은 그 근본악을 정화하고 그 휴머니티를 고양할 수 있는 것은 아닐까? 이에 반해 예술가가 만약에 스스로 높은 곳에 머물며 그 근본악을 악이라고 배척하고 그 휴머니티가 그의 개성에 맞지 않는다고만 주장한다면 이 갭이 채워지는 날은 영원히 오지 않을 것이다.

동양정신의 고양은 이 시대의 가장 높은 이상이며, 흥아(興亞)의 요구는 이 사회의 가장 중요한 봉화이다. 문학인은 누구보다 확실하게 이 이상을 체득함은 물론이지만 우리들 조선의 문학인은 이 대이상에 진력하기 위해 우선 자기의 지반을 굳히지 않으면 안 된다. 우리들의 독자의 힘을 강건하게 하기 위해 우선 스스로 확실한 자신감을 가지지 않으면 안 된다. 작년에는 다분히 이러한 기운의 움직임을 인식할 수 있었다. 올해는 더욱 여러 단의 정진을 기대할 수 있음을 믿는 바이다. (완)

(1940.2.1)

조선에 잊을 수 없는 사람들의 추억(朝鮮に忘られぬ人々の思ひ出)

김동환(金東煥, 조선문인협회 이사)

【1】

시마무라 호게쓰(島村抱月)[30], 나쓰메 소세키(夏目漱石), 야나기 무네

---

[30] 1871-1918. 평론가, 소설가이자 신극운동가. 도쿄전문학교(현 와세다대학) 문
과를 졸업하였으며, 이때 쓰보우치 쇼요(坪内逍遙)로부터 사사를 받았다. 영국
과 독일에 유학한 후, 쓰보우치 쇼요와 더불어 문예협회(文芸協会)를 설립하고
『와세다문학(早稻田文学)』을 주재하였으며 자연주의 문학운동의 중심역할을
수행하였다. 이후 예술좌(芸術座)를 조직하여 서양근대극을 소개하고 신극운
동에 공헌하였다.

요시(柳宗悦)[31], 와카야마 보쿠스이(若山牧水)[32], 가와다 준(川田順)[33], 나카니시 이노스케(中西伊之助)[34], 아키타 우쟈쿠(秋田雨雀) 등의 문인, 야

---

[31] 1889-1961. 사상가이자 민예(民芸)운동의 창시자. 학습원 고등과(学習院高等科) 시절에 문예지『시라카바(白樺)』창간에 참여하였다. 조선의 도자기를 알고 일본의 조선정책을 비판함과 더불어 서울에 '조선민족박물관(朝鮮民族博物館)'을 개설하였다. 그리고 일본의 생활 잡기에 무명의 공인들이 만들어낸 미를 발견하고 1926년 '민예(民芸)'라는 용어를 만들어 민예운동을 일으켰다. 조선도자기의 우수성을 널리 알리려 노력하였으며 1936년에는 도쿄에 일본민예관을 설립하였다.

[32] 1885-1928. 가인(歌人). 와세다(早稲田)를 졸업하고 오노에 사이슈(尾上柴舟)로부터 사사를 받고 낭만적 색채를 가지고 가단에 진출하였다. 여행과 술을 사랑한 가인으로서 독자들에게 사랑을 받았으며 기행문과 수필에도 뛰어난 작품을 남겼다.

[33] 1882-1966. 가인(歌人). 초기에는 낭만적인 작풍이 강하였으며 이후 사실적인 경향으로 전환하였다. 실업계에서도 활약하였으며 가집으로『기예천(伎芸天)』,『산해경(山海経)』,『독수리(鷲)』등이 있다.

[34] 1893-1958. 사회주의 운동가이자 소설가. 어릴 적부터 다양한 직업에 종사하다 조선에 건너가 신문기자로서 갱부(坑夫) 학대를 폭로하고 투옥되었다. 일본으로 돌아와 쥬오대학(中央大学)에서 수학하고 신문기자가 되었다. 1919년에 일본교통노동조합을 결성하고 서기장으로서 쟁의를 지도하고 다음 해에 투옥되었다. 이후 조선의 체험을 살리고 식민지정책을 비판하는 다수의 소설을 창작하고 1923년『씨뿌리는 사람(種蒔く人)』의 동인이 되면『문예전선(文芸戦線)』에도 참가하였다. 전후에는 공산당에 입당하여 중의원 의원이 되었다.

마모토 사네히코(山本実彦)[35], 도쿠토미 소호(德富蘇峰)[36], 시노다 지사쿠(篠田治策)[37], 시모무라 가이난(下村海南)[38], 아베 미쓰이에(阿部充家)[39],

---

35 1885-1952. 일본의 출판 경영자이자 정치가. 니혼대학(日本大学) 졸업후 『야마토신문(やまと新聞)』 런던 특파원을 거쳐 1915년 도쿄마이니치(東京每日)신문사 사주에 취임하였다. 1918년 개조사(改造社)를 창립하여 종합잡지 『개조(改造)』를 창간하였다. 당시 민주주의 운동, 사회운동의 파도를 타고 이 잡지를 『중앙공론(中央公論)』에 비견하는 유력 잡지로 성장시켰다. 또한 쇼와(昭和)초기에 대규모의 예약전집인 『현대일본문학전집(現代日本文学全集)』을 성공시키고 1책 1엔(円)이라는 엔본(円本)붐의 선구자가 되었다. 1930년 중의원 의원에 당선되었다.

36 1863-1957. 저널리스트이자 평론가. 도지샤(同志社) 중퇴 후에 자유민권운동에 참가하고 민우사(民友社)를 설립하여 『국민의 친구(国民之友)』, 『국민신문(国民新聞)』을 발간하고 평민주의를 주장하였다. 그러나 청일전쟁 후에는 정부와 결탁하여 국가주의를 적극적으로 고취하였다. 패전 이후 공직에서 추방되었다.

37 1872-1946. 1899년에 도쿄제국대학 법과대학을 졸업하고 변호사가 되었지만 1904년 러일전쟁 당시 육군성의 국제법 사무촉탁으로 임명되어 종군하였다. 1907년에 한국통감부의 촉탁이 되고 1910년에는 조선총독부로부터 평안남도에 파견되었으며 1919년에는 평안남도 지사로 임명되었다. 이러는 동안 러일전쟁의 전시국제법 등의 연구로 법학박사를 받았다. 지사 퇴직 이후에는 이왕직(李王職) 차관을 맡았으며 1932년 이왕직 장관으로 임명되었다. 1940년 7월부터 경성제국대학 총장으로 1944년까지 근무하였다.

38 1875-1957. 다이쇼(大正), 쇼와(昭和)시대의 저널리스트이자 정치가, 가인(歌人). 타이완총독부(台湾総督府) 민정장관(民政長官) 등을 거쳐서 1921년 오사카 아사히신문사(大阪朝日新聞社)에 입사하여 부사장까지 오른다. 1937년 귀족원 의원, 1943년 일본방송협회 회장, 1945년 국무상(国務相) 겸 정보국 총재가 되어 패전처리를 담당하였다.

39 1862-1936. 저널리스트. 도지샤(同志社)에서 수학하고 1878년 구마모토신문

소에지마(副島) 백작[40], 나가시마 류지(長島隆二)[41] 등의 사가(史家), 논
객, 가나자와 쇼자부로(金沢庄三郎)[42], 오쿠라 신페이(大倉進平), 야나이

(熊本新聞) 사장을 역임하였다. 1891년 민우사(民友社)에 입사하여 국민신문(国
民新聞) 기자로서 활동하며 편집국장을 담당하고 1911년 국민신문사 부사장
에 오른다. 1915년부터 3년간 경성일보 사장을 역임하고 조선통으로 데라우
치 마사타케(寺内正毅), 사이토 미노루(斎藤実) 조선총독부 총독의 조언자 역할
을 하며 조선인 유학생을 지원하기도 하였다.

40 1871-1948. 일본의 화족(華族)으로서 실업가이자 IOC위원을 역임한 소에지마
미치마사(副島道正)를 가리킨다. 귀족원 의원을 거쳐 일영수력전기(日英水力電
気), 하야카와(早川)전력, 조선수력전기(朝鮮水力電気), 일본제강소(日本製鋼所) 등
의 이사, 경성일보 사장을 역임하였다.

41 1878-1940. 도쿄제국대학(東京帝国大学)을 졸업하고 오쿠라쇼(大蔵省)에 들어
갔으며, 1908년에는 총리의 비서관을 역임하였다. 1914년 중의원(衆議院) 의
원이 되었다.

42 1872-1967. 국어학자 도쿄(東京)대학를 졸업하고 서양 언어학이 소개와 일본
어학, 나아가 다양한 동양어학에 다수의 업적을 남겼다. 특히 일본어와 조선
어의 비교연구를 통해 두 언어의 동계론(同系論) 주장은 유명하며 이러한 입장
에서 간행한 『일선동조론(日鮮同祖論)』(1929)은 일본의 조선지배를 정당화하는
논리가 되었다.

하라 다다오(矢內原忠雄)[43], 이나바 군잔(稻葉君山)[44], 마에마 교사쿠(前間恭作)[45] 등 학자, 또한 이 외에도 이 땅에 족적은 남기지 않았지만, 나의 도쿄에서 살던 시절 면접한 요시노 사쿠조(吉野作造)[46], 나가이 류

---

43 1893-1961. 경제학자이자 기독교 전도자. 1920년 도쿄대학 경제학부 조교수로 취임하고 구미 유학하고 나서 교수가 되어 식민지정책을 담당하였다. 고등학교 시절 니토베 이나조(新渡戶稻造)와 우치무라 간조(內村鑑三)에게 사숙(私淑)야여 무교회주의의 신앙을 받아들였다. 그는 식민지 정책론에서 식민지의 실태조사를 통해 피통치자의 억압이나 수탈상황을 명백히 하여 그 개선책을 주창하였으며 그곳에 성경이 말하는 정의와 공평을 반영시키고자 하였다.

44 1876-1940. 본명은 이나바 이와키치(稻葉岩吉). 그는 일본의 역사학자로 조선사와 중국사 전공이다. 1909년에 만철조사부(滿鐵調査部)에 들어가 「만주조선역사지리조사(滿州朝鮮歷史地理調査)에 관계한다. 1915년 육군대학교 교관이 되어 주로 중국 정세에 대해 강의하였다. 1922년 조선총독부 조선사편찬위원회의 간사로 임명받아 1925년부터는 수사관(修史官)으로서 『조선사(朝鮮史)』의 편찬에 임하였다. 1938년에는 막 개교한 만주건국대학(滿州国建国大学)의 교수로 부임하였다.

45 1868-1942. 조선어학자. 1891년 게이오기쥬쿠(慶應義塾)대학을 졸업하고 곧바로 조선으로 건너와서 일본영사관과 공사관, 그리고 조선통감부 등에 근무하면서 조선어 연구에 관계하였다. 저서에 『한어통(韓語通)』(1924), 『용가고어전(竜歌古語箋)』(1925), 『고선책보(古鮮冊譜)』(1944-1957) 등이 있다.

46 1878-1933. 정치학자이자 사상가. 도쿄대학을 나와 1909년부터 도쿄대학 조교수, 교수로 교편을 잡았다. 『중앙공론(中央公論)』을 중심으로 기독교적 휴머니즘에 입각하여 문필활동을 전개하였다. 데모크라시에 민본주의(民本主義)라는 번역어를 부여하고 보통선거론, 추밀원(枢密院)과 귀족원(貴族院)의 권한 축소론, 군부개혁론을 주장하며 다이쇼(大正) 데모크라시에 이론적 근거를 부여하였다. 나아가 신인회(新人会)와 여명회(黎明会) 등을 조직하여 학생들과 인텔리에게 강한 영향을 주었다. 1924년 군부를 공격하는 논문이 발단이 되어 도

타로(永井柳太郎)[47], 나카노 세이고(中野正剛)[48], 후쿠다 도쿠조(福田德三)[49] 등 제씨는 이 반도 지역에 무한한 애정을 보였으며, 이 지역의 주체가 되고 있는 원주 민족의 기분과 문화, 전통을 마음으로부터 존경해 주었던 따뜻한 우정의 소유자들이었다.

얼마나 많은 문사, 논객이 현해탄을 건너와서 하룻밤의 ■■을 이 땅에서 구하면서, 그 ■, 불순한 마음가짐으로부터 반도 민중을 ■■시하고 그 문물을 경멸시하며 천박한 논변, 시문을 쓰고 떠났는지. 그것이 단지 시세의 힘으로 제압당하고, 또는 자위와 인내에 의해 우리

쿄대학 교수직을 사임하고 일시 아사히(朝日)신문사에서 근무하였다.

47 1881-1944. 정치가. 와세다(早稲田)대학 졸업 후 영국에 유학하고 나서 와세다대학 교수를 역임하였다. 잡지 『신일본(新日本)』의 주필로서 정치, 사회비평을 썼다. 1920년 헌정회(憲政会) 의원이 되어 보통선거운동에 참가하였다. 동아신질서론(東亜新秩序論)을 주창하여 신체제 준비위원, 다이쇼익찬회(大政翼贊会) 상임총무 등을 역임하였다.

48 1886-1943. 저널리스트이자 정치가, 중의원(衆議院) 의원, 동방회(東方会) 총재. 와세다(早稲田)대학 졸업 후, 도쿄아사히(東京朝日)신문 기자를 거쳐 동방지론사(東方持論社) 주필이 된다. 1920년 중의원 의원이되었으며 1936년에는 동방회(東方会)를 결성하여 남진론(南進論)을 주창하면서 전체주의 운동을 추진하였다. 태평양 전쟁 이후에는 도죠 히데키(東条英機)와 대립하여 1943년 도죠 내각타도 공작을 기도하였으나 실패하였다.

49 1874-1930. 경제학자. 1896년 도쿄고등상업학교(年東京高等商業学校)를 졸업하고 독일 유학 후, 교편을 잡고 1920년 도쿄상과대학(東京商科大学) 교수로서 경제원론, 경제사, 경제정책 등을 강의하였다. 맑스주의의 소개자이자 비판자이기도 하였다.

들의 공분이 밖으로 드러나지 않았을 뿐이지만, 지금 생각하면 가령 천백의 불쾌한 인상이 있었다고 하더라도, 우리들은 위에서 말한 제씨를 신변에 맞이한 행복감으로 이들 나쁜 인상을 뭉개어 끄고도 또한 남음이 있음을 느낀다.

(한 마디 미리 말해 두지만, 원래 우리들의 친구는 상기 제씨뿐만 아니겠지만, 편의상 수명의 이름을 적기했을 뿐이며 이 점에 대해 오해가 없기를 양해 바란다.)

〔그림-18〕 '조선에 잊을 수 없는 사람들의 추억' 해당기사(1940.2.22.)

〇

시마무라 호게쓰가 경성에 오신 것은 확실히 1916,7년의 옛날로 이전의 일이었지만 그는 당시 와세다대학 문과를 다니는 일군의 젊은 문학자 이광수, 秦■文, 최남선, 주요한, 김■淸 등에게 새로운 조선문학의 건설에 이바지해야 할 다양한 조언과 격려를 주었다.

그는 우선 조선문화는 오랫동안, 원, 명, 청 등 중국문화의 압박을 받아 발육이 부자연하였음을 역설하고 새로운 문화를 끌어들이는 루트로서 도쿄나 더블린, 런던, 모스크바 등 구미를 새롭게 가르쳤다. 그리고 그 준비로서 조선어에 의한 새로운 스타일(문체)의 창조와 문법의 정리를 역설하였다. 그가 의도하는 바는 각각의 민족은 '향토' 독자의 각각의 문화와 예술을 가져야 하며, 메이지(明治)문학 그대로의 이식도 연장도 강요하는 일은 없었다. 즉 중국문학에 예속되지 않고 메이지문학에 제약받지 않으며 역사가 오래된 이 토지의 선주 민족의 사상과 감정을 기조로 한 독자의 조선문학을 세우지 않으면 안 된다. 이를 위해 말과 문체의 시험을 신속하게 마치고, 그것을 가지고 시와 소설, 극을 창작하고 번역도 해 보라고 말하신 것이었다.

당시의 조선에는 후쿠자와 유키치(福沢諭吉)의 저술을 음미한 양계초(梁啓超)류의 자유민권설, 부국론, 자조론 등, 루소, 애덤 스미스류의 사상이 번성하게 베이징으로부터 흘러들어왔다. 또한 구로이와 루이코(黑岩淚香)[50]를 통해 줄거리만의 『아 무정(噫無情)』[51], 『부활』 등 빅토르 위고, 톨스토이의 작품이 도쿄로부터 들어오기 시작한 무렵이어서 호게쓰의 진지한 명언은 젊은 예술가 사이에 한층의 자극과 열기와 힘을 주기에 충분한 것이었다. 그래서 얼마 지나지 않아 조선에는 마치 호적(胡適) 박사가 백화문학의 창시에 성공하여 마침내 중국의 문학혁명을 완수한 것처럼, 새로운 문체, 새로운 문법의 수립에 성공하여 후일 조선문학의 기초공사를 정비하였다. 원래 사회적으로 당시는 세계대전의 격동기를 앞두고 이 토지의 인민들도 정치상으로 다양하게 각성의 파도가 밀려 들어와 자연히 문학예술상에도 무언가 커다란 변동을 맞이하지 않을 수 없는 기운이었지만, 호게쓰씨가 보인 이때의 친절함에 대해서도 생각하건데 충분히 경의를 표할만한 일이었다고 생각한다.

(1940.2.22)

---

50 1862~1920. 저널리스트이자 번역가, 평론가. 게이오기쥬쿠(慶応義塾)를 중퇴하고 서양 탐정소설 등의 번안으로 문명을 날렸으며, 1892년 『요로즈쵸호(万朝報)』를 창간하였는데 이 신문은 정계의 스캔들을 가차 없이 폭로하는 기사와 그의 번안소설로 구독자가 급증하였다. 번안소설로는 『철가면(鉄仮面)』, 『간쿠쓰오(巌窟王)』, 『아 무정(噫無情)』 등이 있다. 러일전쟁에 즈음해서는 그때까지 비전론(非戦論)을 주창하였던 구로이와 루이코가 시국의 전개와 더불어 개전론(開戦論)으로 전향하여 사원이었던 우치무라 간조(内村鑑三), 고토쿠 슈스이(幸徳秋水), 사카이 도시히코(堺利彦) 등과 결별하였다.

51 구로이 루이코(黑岩淚香)의 번안소설. 빅토르 위고의 『레 미제라블』이 원작인데 1902년부터 1903년에 걸쳐 『요로즈쵸호』에 연재되었다.

【2】

  야나기 무네요시씨는 처음에는 동아일보가 초청하여 왔다고 생각한다. 뭐라 해도 그의 영부인 야나기 가네코(柳兼子)[52]여사의 독창회가 종로의 청년회관에서 개최되었을 때, 동양대학(東洋大学)에서 인도, 중국의 고전문학을 강의하고 있었던 그는 베이징 주변에라도 발길을 옮겨 수당 시대나 명나라의 미술공예를 보고 돌아갈 작정으로 갑자기 도쿄를 출발한 듯하다. 그런데 일단 조선에 들어와 경주의 신라 고적, 평양의 낙랑문화를 보기에 이르러서는 갑자기 조선문화에 대한 열애를 느끼고 마침내 전후하여 3번에 걸쳐 이 땅에 들어와서 그 사이에 스스로 평양, 경성, 진남포 등의 각 도시에 강연 행각를 하고, 어떤 경우에는 미술공예품 전람회를 열고 또는 수많은 시문, 논책 등을 저술하여 조선의 파묻힌 문화를 세상에 소개하건대 실로 열렬하게 마음을 썼다.

  나는 지금도 잊혀지지 않는 하나의 인상이 있다. 시기도 마침 신록의 5,6월이었다. 경복궁의 후원 향원정 주변의 유서 깊은 무슨 누각에서 그가 식사도 잊고 수집한 고구려의 고분의 벽화, 신라의 고분, ■

---

52 1892-1984. 도쿄음악학교(東京音楽学校)에서 성악을 배우고 1914년에 야나기 무네요시와 결혼하였다. 1910년대 음악계 창성기부터 활발하게 음악회를 개최하였으며, 1928년에는 독일에 유학하여 독일 가곡의 창시자로서 활약하였다. 일본 패전 이후에는 국립음악대학 교수로 근무하면서 각지에서 공연을 활발하게 수행하였다. 조선에서도 독창회 순회공연을 열였으며 그 수익금을 조선문화 진흥을 위해 기부하기도 하였다.

■■, 이조의 도자기류를 진열하여 미술전람회를 열었을 때, 그는 매우 만족스럽게 주란(朱欄)화랑 옆쪽에 예의 칠흑의 머리카락을 쓰다듬으면서 미소를 띄우고 백의를 입은 이 땅의 젊은 예술가군과 담소하고 있었던 모습. ──

피렌체를 방문한 단체의 모습도 이러했을 것이다. 애런섬처럼 보여 아무것도 창작하지 않고 어떤 것도 부가하지 않고 있는 그대로의 풍토를 순박·강직한 켈트족 기풍에 감명을 받고, ■■■ 있는 싱의 모습이야말로 이러했을 것이다.

단지, 그가 온 연대가 마침 1919년의 소용돌이를 가까스로 끝내고 모든 노쇠한 이 땅의 문화가 재차 젊은 상태로 되돌아가려고 진통하고, 쇠약해진 낡은 힘의 후임자에 대해서 너무나 빠르게 새로운 힘이 대신하려고 하는 대전환의 시대였기 때문에, 조선민중은 그 자신의 고문화를 회고하고 상미(賞味)할 마음의 여유를 가지고 있지 않았다. 그렇기 때문에 모쪼록 그의 노력도 대중적으로는 받아들여지는 것이 적었지만 지금에 와서 당시 그의 노력을 회고할 때 그 열의에 감동받는 바 매우 많음을 느낀다.

○

흰 이불처럼 펼쳐진 신라왕들 무덤 근처는 돌비석 앉혔구나 돌거북의 등 위에.

왕릉 근처를 조선의 아이들아 정신없이 놀다 이 귀한 돌거북에 장난치지 말거라.

(경주 무열왕릉에서)

밝고 청명한 이 종에서 난 소리 울렸었겠지 위대한 신라국의 아침에도 저녁도.

바로 눈앞에 끌어당긴 듯 낮은 범종의 소리 들은 것이 아니라 아름답다 보았지.

(경주 봉덕사 거종)

수련의 마음 이끌리는 그 꽃이 조선 임금의 숲과 샘의 연못에 핀 것을 오늘 봤네.

이름 상세한 부용정이로구나 붉은 난간이 어렴풋하게 물에 비쳐 보이더라니.

(창경원, 비원)

석양이 드는 이 오래된 마당에 깔린 포석이 울퉁불퉁하기에 밟기에 쓸쓸하네.

봉황 문양을 아로새긴 돌로 된 계단 층층이 저녁 빛은 밝아서 발딛고 올라갔지.

풀을 깔고서 바라보며 나 있네 여기 이대로 세워진 채 풍화될 향원
정 저 건물을.

(경복궁)

이것은 고도(古都)에 유람한 가와다 준(川田順)씨가 창작한 여러 수
의 노래이다. 얼마나 기풍이 있으며, 이 향토의 자연과 역사 속으로
진심으로 융화하여 절실히 쓴 향기 높은 가작이 아닌가. 그는 이렇게
말하였다.

> "내가 조선을 특별히 애호하고 오늘날까지 이미 여덟 번이
> 나 이 땅을 여행하고 그 풍물에 깊게 친숙해졌다. 조선의 풍토
> 는 경성을 비롯하여 어느 지역도 호감이 가며, 일본 내지와는
> 상당히 느낌이 다르다. 단조로움 속에 아름다움이 있고, 적막
> 함 속에 모두 특유의 맛이 있다. 더구나 한편으로는 오랜 예술
> 을 가지고 있다. 경이로움과 신기함이 가득차 있다. 내가 조선
> 을 애호하는 까닭이다."라고.

(1940.2.23)

【3】

　노동운동이 번성한 1924,5년 무렵, 제국(諸國)을 유랑하는 에트랑제와 같은 이상한 풍모로 작가 나카니시 이노스케는 경성의 제동에 나타났다. 당시의 제동 거리라고 하면, 조선 노동총동맹이 위치하고 있으며, 농민총동맹도 있고 북풍회(北風會)와 ■우회(■友會)가 있어서 무릇 사회운동이라고 이름을 붙인 단체의 간판 15,6매가 골목에 죽 줄지어 있어서 모스크바의 변두리 일부를 도려낸 것 같은 아주 이색 풍경의 장소였다. 봉천(奉天), 대련(大連)의 구빈(救貧)제도의 조사에 간다라며 경성에 들렀던 것인데, 그는 이미 그 이전 조선을 제재로 한 창작 2편을 저술하고 있었기 때문에 이른바 이 토지에 대해서는 고참이라고도 할 수 있는 분이었다.

　당시, 조선의 지식계급은 그의 『너희들의 등 뒤에서(汝等の背後より)』와 『붉은 흙에 싹트는 것(赭土に芽ぐむもの)』, 또한 조선일보에 연재하고 있었던 인도를 취급한 『열풍(熱風)』 등을 통해 그 풍격과 사상을 알기에 이르렀고 마음의 문을 열고 무엇이든 허용해도 좋은 품성으로서 친애와 존경의 마음을 가지고 맞아들였다. 그중에서도 『너희들의 등 뒤에서』라고 하는 히로이즘 만점의 일작은 이 땅의 청년들에게 가장 감명을 주었으며, 히로인 주영에 해당하는 여성은 흡사 투르게네프(Ivan Sergeevich Turge'nev)의 『그 전날 밤(Накануне)』에서 엘레나와 비교할 만큼 순정적이며 의지력 강한 선구적 여성으로서 모두에게 호감이 가게 비추어졌다. 특히 무대를 대원군의 천주교도 학살에서 취하여 다채롭고 현란하며 새로운 세대로 꿋꿋하게 살아갈 수 있도록 일어난 1920년대의 진보적 청년층을 남김없이 그렸다. 제2작 『붉은 흙에 싹트는 것』도 후일 장혁주군이 저술한 『쫓겨가는사람들(追われる人々)』, 『갈보(ガルボウ)』나 고리키의 『밑바닥에서(На дне)』와 비견할 수 있는 음참(陰慘)하고 음침한 사회적 음영을 그려 이 또한 성공한 작품이었다.

아마 조선에서는 언문에 없는 용어를 가지고 조선인이지 않은 작가의 손을 통해 얻은 최초의 작품으로서 더구나 그들의 사회와 문화를 정당하게 취급해 준, 적당한 예술품으로서 나카니시의 작품은 높게 평가를 받고 또한 우리들에 대한 기쁨을 나누는 바가 매우 컸다.

들은 바에 따르면, 그는 이전 서선(西鮮)의 시골구석에서 낮은 관리로서 수년 거주하였던 것 같다. 그 시절 이 향토에 친숙해지고 백의의 순박무구한 근린의 주민들과 교제하였던 듯하다. 조금 더 조선의 도심지에 정착하여 격렬한 폭풍 속의 그 시대를 우리들과 더불어 경험해 주었다면, 그의 손은 우리들에게 더더욱 커다란 선물을, 예술적 유산을 남겨주었음에 틀림이 없다.

몇 해 전, 대륙을 제재로 한 뭐라고 하는 작품을 낸 이후 소식은 없지만, 이 땅에 석별을 아쉬워 한 작가를 생각할 때, 그의 모습이 우선 먼저 뇌리에 그립게 왕래함을 어찌 할 수 없다.

거장 나쓰메 소세키는 만철 총재를 방문해 가는 도중, 반도를 방문하여 후일에 『만한 여기저기(満韓ところどころ)』라는 일문을 저술하였다. 그의 태도는 경건한 청교도가 마음에 한 조각의 사심 없이 명경

지수(明鏡止水)의 심경으로 담담하게 아취가 있는 필치와 인간미를 이 익숙하지 않은 산하와 풍물 위에 뿌려주었다. 가인(歌人) 와카야마 보쿠스이도 정치상의 다양한 사상(事象)에는 눈을 감고, 시로우마가타케(白馬ヶ嶽)[53]를 보는 것처럼 금강산을 답사하고 이누보사키(犬吠岬)[54]를 읊듯이 낙동강 부근에 서서 부드러운 반도의 창공과 ■, 포플러를 읊어 주었다. 청징(淸澄)함 비길 데 없는 그 심경으로 실로 계림 8도의 한 포기의 풀과 한 그루의 나무를 기분 좋게 읊고, 또한 계속하여 사랑해 주었다. 그만큼 솔직하며, 그만큼 인품 위에서도 밝고 친숙할 수 있는 사람이었다.

이들 시마무라 호게쓰, 야나기 무네요시, 가와다 준, 나쓰메 소세키, 와카야마 보쿠스이를 말하는 계제에, 아키타 우쟈쿠에 대해 한 마디 언급하고 싶다. 『김옥균의 죽음(金玉均の死)』과 같은, 이 땅의 불우한 선구자의 반생을 취급한 이야기를 쓴 아키타 우쟈쿠는, 이전부터 조선에 애정을 품고 있었던 듯하다. 그러던 차에 재작년 가을 무라야

---

53 시로우마가타케는 히다(飛驒)산맥의 후면에 있는 표고 2903m에 이르는 산인 야리가타케(鑓ヶ岳)를 가리킨다. 나가노현(長野縣)과 도미야마현(富山縣)의 경계 지역에 위치하는데 북알프스 남부의 야리가타케(槍ヶ岳)와 구별하기 위해 일반적으로는 시로우마야리가타케(白馬鑓ヶ岳) 또는 이를 간략하게 시로우마야리(白馬鑓)라고 부른다.

54 이누보사키는 간토(關東)평야 최동단에 위치하는 지바현(千葉縣) 조시시(銚子市)의 태평양에 돌출해 있는 곳이다. 스이고쓰쿠바(水鄕筑波) 국정공원에 포함되어 있는 절경지이다.

마 도모요시(村山知義) 등이 이끄는 도쿄 신협극단과 더불어『춘향전』
을 가지고 조선 땅을 방문해 주었다. 나는 조선호텔 무대에서 수차 회
담하였는데, 이쪽의 문화와 예술을 높게 평가하고 또한 그것을 이해
할 수 있도록 비상한 열의를 가지고 계셨다.

　그는 춘향전을 헤아려 보건대 조선민족에게는 시적인 공상적인
점이 많다. 신비로운 전설, 민요의 종류도 많이 가지고 있음에 틀림이
없다. 누군가 상상력이 있는 작가가 나타나, 이들을 모아 완결짓는다
면 동양문학 상에 커다란 성과를 가져올 것이라고 말하셨다.

　예술을 말하는 그의 태도에는 스스로를 뛰어난 자로 처신하는 교
만한 바는 조금도 없으며, 경회루나 고궁에 보이는 청동, 석주(石柱)의
건축 공예에 이르러서는 진심으로 탄복하셨다. 그의 입장은 더더욱
높은 곳에 있는 듯이 느껴졌다.

　그는 평양, 진남포 등 각지의 상연을 끝내고, 부산 부두를 떠날 때,
실망스런 투로 "춘향전이라고 하면 내지의 추신구라(忠臣藏)[55]와 같
이, 조선문예 중 가장 풍운(風韻)이 있는 대표작인데, 조선 내 재주(在
住)하는 내지인측이 이것을 감상하고 싶어 하지 않는 점은 매우 한탄
스러운 일이다."라고 입 밖에 내셨던 까닭이었다. 실제 모 지역에서

---

55 1702년에 있었던 아코번(赤穗藩)의 무사 46인이 주군의 복수를 갚은 사건을
　소재로 한 조루리(浄瑠璃)와 가부키(歌舞伎)의『가나데혼주신구라(仮名手本忠臣
　藏)』를 가리키는데 최근에는 이러한 아코번의 복수를 제재로 한 희곡과 소설
　류의 총칭하여 사용하고 있다. 영화나 텔레비전 드라마로도 여러번 각색되어
　일본의 국민극이라 할 수 있다.

는 수천의 관중 중에서 내지인은 겨우 2,30인에 지나지 않았고, 또한 공연 후 파티 등에 나타난 내지의 인텔리층은 헤아릴 정도밖에 오지 않았다고 한다.

혼과 혼의 융합에 예술보다 효과적인 것이 또 있을까? 민족과 민족 사이의 친화력은 예술을 제외하고 어느 것으로부터 구할 수 있을 것인가? 아키타 우쟈쿠씨는 이러한 진리를 깨닫고, 조선 땅에 여러 해 살면서도 그곳 향토의 문화와 예술을 이해하려고도 하지 않는 일부 인사에 대해 심각한 분개를 느낀 것 같았다.

(1940.2.25)

【4】

기쿠치 간씨는 간신히 이번의 '문예상'을 통해 조선과의 연계를 가진 것에 이르렀을 따름이다. 한 두 번의 내유(來遊)가 있었던 것 같으나 그 발자취라고 하는 것은 삭막하며, 여방 도피 행각으로 기생과 이별을 아쉬워하는 수 십행 미치지 않는 일문을 남겼을 정도가 아닐까. 스턴버그(Josef von Sternberg)조차도 이왕직박물관에 방문이 늦었음을 탁식하면서……

실로 왕궁의 아악이라든가, 미술공예라든가, 민요, 전설류의 우리 문화가 갖는 내용적인 것과, 또한 이 반도의 정치제도나 교육, 종교 등 외부적인 것에 대한 그의 이해 정도는 이들 한 두 사람의 외인에도 미치지 못하는 것은 아닌가? 실로 쓸쓸할 따름이다. 가장 빠르게 가장 깊게 이해해 주어야 할 그조차도 이와 같다. 이 밖에 근년의 제 씨(諸氏)에 이르러서는 말할 게 무엇이 많이 있겠는가. 남대문에 실로 짜듯이 도래하는 내지의 모모 문인 논객 등은 로마의 대관(代官)이 영 지에 나타나 그 토지의 미인을 구함으로써 정복자의 쾌감을 맛보듯, 곧바로 '기생의 꽃'을 상찬하는 악취미의 소유자가 거의 대부분이며, 그렇지 않으면 벌거숭이 산이 검은 산으로, 종로 상가의 작은 집들이 대하고루(大廈高樓)로 변한 것을 자랑스럽게 말할 뿐이다. 조금 지혜가 있는 자는 탁무성(拓務省)[56]의 낮은 관리나 촉탁처럼, 곧바로 이쪽 정 청(政廳)의 문을 두들겨 통계 숫자를 가르쳐 받고는 그들에게 '교시'를 주는 것이 고작이다. 선주민족의 정신생활 모습이나 그 고유의 언어, 혈통, 종교 세계에 접근해 주기 때문에 우리들의 친구이며 동지가 아 닐까. 적어도 문화인의 의례인 것은 아닐까. 이들의 '마음의 ■■'를 결여한 근년의 제씨에 대해서는 솔직하게 말해 더 이상 경의를 표하 지 않게 되었다. 시마무라 호게쓰, 야나기 무네요시, 가와다 준, 나카

---

56 일본의 식민지 행정에 관한 구(舊) 중앙관청, 1896년에 서양제국을 모방하여 식민지에 관한 독립 관청으로서 척식무성(拓殖務省)이 설치되었지만 다음 해 에 폐지되었다 1929년 하나의 독립된 성으로 척무성(拓務省)이 설치되었다. 이 척무성은 식민지 행정, 개발, 이민 등을 통괄하였으며, 조선총독부, 타이완 총독부, 관동청(関東庁), 가라후토청(樺太庁), 남양청(南洋庁)에 관한 사무를 통괄 하고 남만주철도 및 동양척식(東洋拓殖) 업무를 감독하였다. 1942년 대동아성 (大東亜省)의 개설로 폐지되었다.

니시 이노스케, 아키타 우쟈쿠 등 이들의 인격이 그리워지는 마음이 점점 간절하다고 말하고 싶다.

이야기가 옆길로 벗어났지만 기쿠치씨가 이번에 갑자기 '조선문예상'을 설립하여 우리들에게 찬동을 구하였다. 그 순수성을 의심하는 우리들이 도리어 예의를 벗어나게 되는 것일까. 그러나 모처럼 그의 호의를 우리들은 이렇게 이해하고 솔직히 받아들이고 싶다.

그렇게 말씀드리는 것은 '아쿠타가와상(芥川賞)', '치바상(千葉賞)' 그 외 여러 신진작가를 찾아낸 것처럼, 보다 높은 자가 낮은 자를 향해 보다 진보한 자가 뒤쳐진 자를 향해(지금의 우리들에게는 이 정도의 말밖에 사용할 수 없다.) 접촉해 가는 것과 같은 태도가 아니고, 지금의 일본문학을 완성시키기 위해서는 ——물론 동아 신질서건설의 선을 따라서 아시아 제민족의 혼을 장악할 수 있을 정도로 강력한 것으로 발전시키기 위해서는 ——지금의 일본문학에는 아무래도 결여된 중요한 한 요소가 있다. 그 요소는 다행히 조선문학이 가지고 있다. 조선적인 그 요소, 그 특질을 받아들여 새로운 일본문학을 완성시키고 싶다. 그러한 의미에서 '문예상'을 만들어 때마침 나타난 중재인 역할을 완수시키는 것이라고 이해하고 싶다. 하나 더 현재는 동일한 일국의 문학진흥에 급히 달려가면서, 도쿄의 국어문단과 경성의 조선어문단 사이에 어떤 유기적 연계가 없다. 두 개 이상으로 언어가 분속(分屬)된 결과라고는 하지만, 그다지 기분이 좋은 이야기는 아니다. 그래서 '문예상' 수증(授贈)의 미거(美擧)를 통해 미일 소녀 사이에 매년 크리스마스 때 인형의 교환을 하는 것처럼, 내선(內鮮) 문인 상호간의 우정을 새로이 하고 싶은 것이 진의일 것이라고.

(1940.2.27)

【5】

따라서, 후일 우리들로부터 또한 '내지문학상'이라도 만들어 이번 기쿠치씨가 이광수씨에게 권하였던 것처럼, 우리들도 또한 기쿠치씨며, 시마자키 도손(島崎藤村)[57], 마사무네 하쿠쵸(正宗白鳥)[58]씨, 오오카

---

57 1872-1943. 낭만파 시인이자 자연주의 소설가. 메이지학원(明治学院) 재학 중에 기독교 세례를 받고 이후 문학에 대한 관심이 높아져 기타무라 도코쿠(北村透谷) 등과 더불어 『문학계(文学界)』를 창간하였다. 또한 시집 『와카나슈(若菜集)』로 낭만파 시인으로서 커다란 업적을 남겼다. 이후 소설로 방향을 바꾸어 『파계(破戒)』로 자연주의의 대표적 소설가가 되었다. 1939년 『중앙공론(中央公論)』에 연재된 『동트기 전(夜明け前)』은 자전적인 문학의 집대성이라 할 수 있다. 일본 예술원 회원 역임.

58 1879-1962. 소설가이자 평론가. 우에무라 마사히사(植村正久)·우치무라 간조(内村鑑三)의 영향을 받고 기독교 세례를 받았지만 점차 교회로부터 거리를 두었다. 시마무라 호게쓰(島村抱月)의 지도로 평론을 쓰기 시작하였으며 요미우리신문(読売新聞) 기자생활을 하면서 소설도 창작하였다. 예술원 회원을 역임하였으며 문화훈장도 받았다.

쇼헤이(大岡昇平)[59], 시마키 겐사쿠(島木健作)[60], 이시카와 다쓰조(石川達三)[61]씨 등에게 권하여 상을 줄 수 있음은 물론, 그 때 제씨는 또한 천진함과 기쁨과 긍지를 가지고 이것을 받아들여 줄 것이라고.

이렇게 해서 비로소 예술상 수증(受贈)의 순수함이 살아올 것이라고 믿는다. 덧붙여 말하면, 문예상은 위에서 내리는 훈장도 아니다. 또한 밑에서 바치는 공물도 아니다. 받는 자의 자비(自費)가 있어도 안 되는 것처럼, 주는 자가 정복자적인 교만이 있어서는 결코 안 된다. 이것은 말씀드릴 필요도 없는 일이지만, 이때의 시비는 확실히 해 두고 싶다. 그러면 조선적 요소란 어떠한 것인가? 조선문학만이 가지는 특성이란 어떠한 것인가? 그것은 북방적인 것, 대륙적, 야성적인

---

59 1909-1988. 소설가. 교토제국대학 졸업 후 스탕달 연구에 전념하다 1944년 필리핀 전장에서 미군의 포로가 되어 1945년 복귀하였다. 1948년에 이 체험에 바탕하여 「포로기(俘虜記)」을 창작하여 요코미치 리이치상(橫光利一賞)을 수상하였다. 「들불(野火)」 등 다양한 작품을 창작하였으며, 1969년 전기(戰記)문학의 대작인 『레이테전기(レイテ戰記)』를 완성하였다.

60 1903-1945. 어려서 아버지를 여의고 어려운 환경에서 자라나 야학에 다니면서 창작활동을 시작하였다. 가가와현(香川縣)에서 농민운동에 참여하여 1928년에 전국 일본공산당원 일제검거를 감행한 3.15사건으로 검거되어 이후 전향하였다. 「재건(再建)」 등의 작품으로 전향문학의 대표적 작가가 되었으며 1937년에 간행한 「생활의 탐구(生活の探求)」는 베스트셀러가 되었다.

61 1905-1985. 소설가. 브라질 이민을 체험하여 1935년 「창맹(蒼氓)」으로 제1회 아쿠타가와상(芥川賞)을 수상하였으며, 1938년도에 간행한 「살아있는 병대(生きてゐる兵隊)」는 발행금지 처분을 받았다. 일본 패전 이후에는 시대감각이 날카로운 작가로서 활약하였으며 일본 펜클럽회장을 역임하였다.

것이라고 답하고 싶다. 문화사는 조선문화의 유래를 두 가지로 나뉘어 인도, 중국으로부터 흘러들어온 불교적인 것과 코카서스, 흥안주(興安洲)를 따라서 내려온 북방적, 야성적인 것이라고 가르쳐 주고 있다. 전자는 백제, 신라시대에 지리적 관계로부터 그 많은 요소는 내지에 건너갔으며, 그래서 신대(神代)부터 내려온 야마토민족 고유의 문화와 교호(交互) 결정(結晶)하여 일본문화를 건설한 것이라고 보아야 한다. 그러나, 후자의 북방적인 것은 그대로 북방에 남아 씩씩함과 거친 미완성인 채로 문학을 만들어 오늘날에 이르렀다고 보아도 좋다. 조선문학의 본래의 모습은, 그러한 특성은 내용에 있어서 지성을 결여하고 형태에 있어서 조잡함을 면하지 못하는 푸시킨, 바이런, 두보류가 아닐까? 그래서 흡사 보수적이고 완미한 영국문단에 주정주의적이고 자유분방한 켈트족의 고취며, 아일랜드의 신비사상적 호흡이 흘러들어와 오늘날의 영문학을 만든 것처럼, 오늘날 대륙을 도모하여 아시아의 대륙문학을 만들려고 하는 일본문단은 우리들을 보다 많이 필요로 할 것이다.

기쿠치씨의 '문예상'에 의해 이러한 의도가 실현하게 되면 축하할 만한 일이라고 말씀드리고 싶다.

(1940.2.28)

【6】

이상 5회에 걸쳐서 문사 제씨에 대해 가볍게 술술 말하였지만, 이제부터는 예를 들면 조선어의 언어정책에 대해 중요 의견을 말하신 분별 있는 내지 인사의 추억 이야기라든가 역사며, 사상, 정치상의 제문제에 대해 조선민중으로 하여금 경청하게 만든 다양한 연설을 말한 학자, 사상가의 모습을 언급할 예정이다. 그렇지만, 이것은 사회의 분위기가 좀 더 온화해지고 나서 하기로 하겠다. 여기서는 간단하게 2,3 분만을 언급하고 싶다.

미나미 총독은 작년 봄 도쿄로부터 되돌아와 조선민중의 행복으로 향한 길에 대해 중대한 고려를 담은 취지를 분명히 하셨다. 이미 창씨개명(創氏改名)의 문호는 열리고, 우리들의 황민화를 향해 장애가 되고 있는 장벽은 이를 계기로 하여 하나하나 제거되고 있다고 믿으며, 마음 든든하게 생각하는 바이지만 가능한 가까운 장래에 더더욱 내선일체의 정책을 강화하시고 정치상, 사회상으로 '최후의 불균형'까지 적극적으로 제거하시도록 바라는 바 절실하다. 그런데 여기에서 생각나는 바는 다음과 같다. 1919년 9월 당시의 문화 총독 사이토(齋藤)씨는 부임 후 성명으로 '장래문화의 발달과 민력(民力)의 충실에 응하여 정치상, 사회상의 대우에 있어서 조선인으로 하여금 내지인과 동일하게 취급해야 함'을 강조하였다. 이러한 언명 이래, 조선문제는 '차가운 법률'의 손에만 맡기지 말고 '따뜻한 인정과 정의와 진리'의 위에서 결정할 수 있도록 온정 있는 민간의 분들이 상당히 일어났지만 지금 잊혀지지 않는 사람들로 소에지마(副島) 백작, 야나이하라 다다오(矢內原忠雄) 교수가 있다.

당시, 소에지마 백작은 경성일보 사장으로 있으면서 총독부의 대변인으로서 일을 하고 있었는데, 그 소에지마 백작이 구미유람에서 돌아와 곧바로 붓을 들고 '조선통치의 근본책'이라고 제목 붙인 장문의 사설을 56일간 게재한 일이 있었다. 총독 직접의 의견이라고 보았지만, 매우 주목되어 당시의 동아, 조선, 중앙의 3대 민간신문은 같은 사설로 수차 응수하고 각 단체는 단체대로 논의하였으며 반도 언론 사상 드물게 보는 활황을 보였다.

지금은 시세도 상당히 변하고 당시의 총독도 떠났으며, 백작도 귀족원으로 옮겼기 때문에 어쩌면 심경의 변화가 없었다고는 보장하기 어렵지만 어쨌든 백작은 원기 충만하며 자신의 주장을 지상(紙上)에 모조리 털어놓았다. 누누이 수백의 말 중에서 중요한 말을 골라 보면,

"나는 조선인이 훌륭한 문명적 발달, 문화적 향상을 이룰 수 있는 소질을 믿기 때문에 교육에서도 모든 조선인으로 하여금 내지인과 동일한 영역으로 도달하게 하지 않으면 안 된다고 믿는다. 이러한 의미의 동화주의야말로 조선통치의 기조이지 않으면 안 된다. 더구나, 그 동화주의는 어디까지나 조선인의 본질적이며 고유한 것을 무시해서는 안 된다."

"내가 보는 바에 따르면, 참정권 문제는 이제 속류를 배제하고 합리적인 해결로 나아가지 않으면 안 되는 시기이다. 나

는 내지연장주의의 참정권을 조선인에게 부여하는 것에 반대한다. 이는 약 100명의 조선인 대의사(代議士)를 제국의회에 보내게 된다. 이들 대의사는 반드시 민족적 정당을 형성하려고……"

"조선 자치는 조선인이 바랄 수 있는 최고의 정치 형식이다…… 나는 조선인에게 자치를 부여하는 것이 오로지 그들을 건전한 진보발달로 이끄는 것이라고 믿는다."

"조선인으로 하여금, 하루도 빠르게 자치의 영역으로 이르게 함은 그 문화적 특질, 민족적 고유성을 발달시키기 위해서이다. 이것이 모두 메이지대제가 조선을 병합하신 정신에 부합하는 까닭임을 믿는다."

"더구나 나는 조선의 현상으로부터 보아, 아직 자치라고 운운할 경우가 아님을 유감스럽게도 인정하지 않으면 안 된다. 아무리 보아도 현재의 조선인은 자치에 의해 행복해질 것이라고 믿을 수 없다."

즉, 논의의 까닭은 여러 가지가 있었지만, 그 마지막의 시기상조 운운의 결론에 가장 바람이 강하였던 것 같다. 나는 어느 석상에서 백작의 풍모를 접하였지만, 늑골, 여유가 있는 눈빛, ■■■ 같았지만, 강직하고 신념에 찬 사람이라는 느낌을 받았다. 그는 그 외에도 자주 "조선인에 대해 인종학적으로, 역사적으로 또한 다양한 견지에서 보아도 그 언어, 풍속, 습관, 문화 등에 대해 특수한 의의를 경시해서는 안 된다."라고 결론 내리는 것을 잊지 않았다.

(1940.2.29)

신체제하의 문학(新体制下の文学)

최재서(崔載瑞)

(1)

신체제와 문예비평

신체제하에서 문학은 어떠한 것인가? 종종 받고 있는 질문이기도 하고, 또한 스스로도 깊이 생각하고 있는 문제이다. 세상이 모두 하고 있으므로, 자신도 ──라고 하는 기분이 아니라, 국민의 한 사람으로서 자기의 직능을 익찬(翼贊)

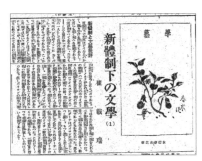

운동 내의 어느 포인트에 둘 것인지, 또한 자신의 노작을 금후 어느 방향으로 향해야 할 것인지, 이러한 점에서 출발하는 것이다. 신체제에 따라서 종래의 다원적인 단체를 통합하여 일

〔그림-19〕 '신체제하의 문학' 기사면
(1940.11.9.)

원적으로 만드는 것은 그렇게 곤란한 사안은 아니다. 예를 들면 상업단체로서 아무리 동업단체의 통합을 행하여 보더라도 진정한 공익우선 원칙이 실행되지 않는 한, 그것은 혼이 빠진 껍데기에 지나지 않을 것이다. 이와 마찬가지로 문예방면에서도 대정익찬회(大政翼贊會)[62]가 각자의 직장과 책임에 있어서 적극적, 자주적으로 행해지지 않는 한 단순한 형식적 통합만으로는 무의미에 가깝다. 그렇지만 문예방면에 있어서 신체제의 구체적인 강령은 실업계나 교화사업 방면의 그것과 마찬가지로 간명하다고는 할 수 없다. 적어도 문예에 관한 한, 신체제의 구체적인 목표는 이미 주어진 것은 아니며 이제부터 발견해야 하는 것이다.

비평의 세계에서 근래의 획기적인 사건이라고 하면, 1932년 나치스 정부에 의해 실시된 '비평통제법'일 것이다. 보통으로 비평금지령으로서 알려져 있는 이 법령에 따르면 종래의 '비평가'라고 하는 명칭은 폐지되고 새롭게 '예술기자'라고 하는 명칭이 설정되어 더욱 이 명칭을 사용할 수 있는 사람은 연령 만 30세 이상으로 하여 정부의 인가를 받은 자로 제한한다고 규정되어 있다. 이것은 두말할 필요도

---

62 1940년 10월 12일부터 1945년 6월 13일까지 존재한 일본의 정치결사. 1940년 10월 제2차 고노에 후미마로(近衛文麿) 내각에 의해 신체제운동을 추진하기 위해 창립된 조직인데 고노에가 중심이 되어 추진하였던 신체제수립 운동의 결실이다. 총력전쟁을 수행하기 위해 일국일당제를 실현시키려고 하였던 군에 대해 국민각층의 유력한 분자를 결집하여 군에 대항할 수 있는 강력한 국민조직을 만들려고 하였다.

없이 독일이 그 국가철학인 바의 국민주의적 사회주의의 작가를 옹호하기 위해 파울 괴벨스(Paul Joseph Goebbels) 선전장관이 말하는 문학 불평분자(그것은 주로 유태인 계통의 비평가를 가르키는 것 같다.)를 일소할 수 있도록 채택한 법령이며 진정으로 혁명적인 법령이라고 해야 할 것이다.

매튜 아놀드(Matthew Arnold)[63]가 저 유명한 『비평의 직능』(1865) 중에서 영국인의 편협한 실리주의와 그가 말하는 속문근성을 극히 비난하였을 때, 그의 눈시울에 떠오른 것은 괴테 시대의 독일문단에 기라성처럼 늘어선 비평가들의 모습이었다. 그는 물으며 말하기를, 일세를 풍비한 바이런의 작품이 이 정도로 영속성이 없으며 괴테의 작품이 이 정도로 영속성이 있는 것은 무엇 때문인가? 두 사람은 모두 뒤떨어지지 않은 창작적 정신력이 왕성한 천재이다. 그러나 바이런의 창작적 정력은 그곳에 내용을 부여하고 줄기를 넣어야 할 비평적 노력을 수반하지 않았다. 따라서 그의 작품은 공허하며, 위약하지 않을 수 없었다. 그런데 괴테는 바이런에 비하면, 더욱 넓고 더욱 깊

---

63 1822-1888. 영국의 시인이자 비평가, 교육자. 옥스퍼드대학 출신. 평생을 장학관과 옥스퍼드대학의 시학 교수로 지니며 『비평론집』(Essays in Criticism, 1865, 1888) 등을 간행하였다. 그의 문예비평은 유럽 문학의 전통적인 기준을 역설하고 비평의 사회적 기능을 분명히 하면서 이 당시 영국의 속물근성과 지방성을 비판하였다. 문예비평은 곧 문명비평이나 사회비평으로 까지 확장하여 『교양과 무질서』(Culture and Anarchy, 1869)에서는 사회의 무질서와 혼란을 구할 수 대상으로 '교양'이라는 개념을 제시했다.

게 인생과 세계를 이해하고 자기의 필요로 하는 주제를 죄다 알고 있었다. 이것은 괴테 한 사람의 노력은 아니지만 어쨌든 괴테는 당시의 독일 일반의 비평적 활동에 의해 창작가로서 보다 행복한 분위기 속에 있었다. 이것이 아놀드의 근거이다. 대체 작가에게 있어서 행복한 분위기라고 하는 것은 어떠한 상태일까?

(1940.11.9)

(2)

작가가 하나의 작품을 창조하기 위해서는 다양한 재료가 필요하다. 자연의 배경이라든가, 다양한 인물이라든가, 사건이라든가 다양한 감정이라든가, 이러한 다양한 재료 중에서도 가장 중요한 것은 사상이다. 이러한 것만이 작품으로 하여금 실질적이게 만들고, 또한 영속적이게 만들기 때문이다. 그런데 창작가는 원래 사상을 분석하거나 조립하거나 또는 그렇게 하여 새로운 진리를 발견하거나 하는 자는 아니다. 그는 오로지 사회에서 이루어지고 있는 사상을 종합하여 그것에 구체적인 그리고 완미(完美)한 표현을 부여하는 것을 가지고 자기의 본령으로 하는 자이다. 국력이 충실하고 사회의 질서화가 이루어져, 더욱이 문화가 발달하여 국민전반에 교양이 두루두루 넘친다면, 그곳으로부터는 기약하지 않아도 위대한 작품이 탄생할 것이다. 사실 과거의 위대한 작가 ——예를 들면 소포클레스나 단테 또는 셰익스피어의 시대를 생각해 보면, 모두 이러한 조건을 구비하고 있었음을 알 수 있다.

그렇지만 구질서와 신질서의 교체가 빠른 현대와 같은 전환기에 있어서는 어떠할까? 위에서 말한 듯한 이유로부터 현대가 창조적 예술의 시대가 아닌 것은 명료할 것이다. 현재 구라파의 문학이 병적으로 흐르고, 아메리카의 소설이 많이 단편적이라고 하는 점은 적어도 이 사실을 웅변하는 것이라 할 수 있다.

여기에서 아놀드가 말한 창작 준비의 시대가 한 번 더 다가온 것은 아닐까라고 생각한다. 위대한 창작의 시대를 출현시키기 위해서는 그 상당의 준비기를 기다리지 않으면 안 된다. 그 시대에 있어서 사유되고 쓰인 가장 좋은 사상을 사회 전반에 확충시키고 이렇게 하여 창작가로 하여금 강렬한 창작적 자극을 느끼게 만들기 까지 왕성 활발한 지적 분위기를 만들어 주지 않으면 안 된다. 그것은 비평가의 임무이다.

원래 비평의 직능은 일정불변의 것이 아니라, 그 시대의 사회적 정세에 따라 다양하게 변화해 온 점은 역대 비평가가 남긴 『비평의 직능』(그들은 대개 쓰고 있다.)을 보면 알 수 있다. 모어(母語) 문학의 옹호자로서 나타난 유럽의 문예비평이 19세기에 이르러 자주적 비평관을 확립하였음은 사상계 일반의 풍조와 궤를 같이 하는 것이었다. 작품을 있는 그대로 보기 위해서는 일체의 입장을 떠나서 작품 자체의 법칙에 의해 작품을 논한다고 하는 점이 19세기 비평의 모토였다. 그러나 이러한 인상주의적인 비평이 작품의 분석에 있어서 미묘 정치함을 다하는 반면에 모럴의 상실이라고 하는 되돌이킬 수 없는 약체성을 드러낸 점은 우리들이 이미 배운 바이다. 비평은 한 번 더 모럴을 획득할 수 있도록 적극적인 임무를 스스로 부과하지 않으면 안 된다.

독일의 '비평통제법'이 우리들에게 제시하고 있는 바는 국가는 자기의 국가주의적 입장 이외에 일체의 입장을 거부한다고 하는 점이다. 비평가가 고립의 악몽으로부터 벗어나기 위해서는 국가와 더불어 걸어가면서 그 과정에서 자기의 적극적인 역할을 가다리지 않으면 안 된다. 커다란 건설을 앞둔 이 대전환기에 나는 아놀드가 말한 지적 분위기의 양성(釀成)이라는 것을 통절히 생각하는 자이다. 오늘날 신동아 건설로 향해 일류(一流)의 지능이 총동원되고 있다. 아쉽게도 그들 전문적 노작의 성과가 문학의 재료로 되기까지 확충화되고 생활화되며 감정화되지는 않았다. 비평가는 일찍이 기계문명을 시(詩)의 영토로서 개척한 것과 같은 용기와 정세를 가지고 이 일에 임하지 않으면 안 된다. 신체제와 비평의 연관은 이러한 점에 색다른 것이 있지 않다고 생각한다.

(1940.11.10)

(3)

질서의 개념

오늘날 일본, 독일, 이탈리아 3국을 중심으로 신질서가 활발하게 논의되고 있는데, 비평계에서 이 말이 중심적인 제목으로서 번성하게 논해진 것은 제1차 세계대전의 직후 1920년대이지 않은가라고 생각한다. 전승국 측에서도 마찬가지로 유럽 전통의 완전한 붕괴를 인정하지 않을 수 없었다. 단지 그것이 주로 영국과 프랑스 쪽의 비평가들인 만큼, 오늘날 나치스 이론가가 품고 있는 듯한 대담한 혁명적인 신질서론이 아니라 이른바 수정(修正)적 질서론이었음은 어쩔 도리가 없지만 어쨌든 질서의 필요를 역설하여 세인들의 사색을 자극한 점은 빠트릴 수 없는 공적이라고 할 수 있을 것이다.

질서의 개념을 가지고 문학의 가치를 논하려고 한 최초의 비평가는 아마 리차드이다. 심리의 세계에 질서를 세우고 욕망을 조직화하는 곳에 문학의 가치가 있다고 하는 것이 리차드의 근본적 이론이다. 욕망의 조직화라고 하는 것 중에는 이러한 조직화에 의해 모든 충동을 위해 최대한도의 활동을 확보한다고 하는 적극적인 면과 충동의 좌절을 없앰으로써 정력의 낭비를 방지한다는 소극적인 면이 있다. 이러한 사고방식의 근저에는 정신분석학으로부터 배운 충동보상의 원리 ──즉 한쪽에서 억압받은 충동은 반드시 다른 쪽에서(즉 무의식계에서) 반란을 일으켜 전체의 질서를 혼란스럽게 하는 관념이 가로 놓여 있다고 하는 점은 간과해서는 안 된다. 요컨대 모든 충동을 하여 적극적으로 하나의 활동 속으로 참여하게 만듦과 동시에 그 이면에서 충동의 무의미한 희생을 내지 않은 것이 인간 생활에서 가장 가치가 있는 상태이며, 이러한 상태를 기술하는 일을 문학의 임무로 본다.

그렇다면 충동 좌절의 방지는 어떻게 하여 이루어지는가? 앞에서도 말한 대로, 힘을 가지고 하나의 충동을 억압하는 것은 합당한 계략이 아니다. 왜냐 하면, 그것은 무의식계 중에서 변장 아래 음모를 획책하여 그래서 인격의 분열을 초래하기 때문이다. 하나의 충동은 보다 가치가 있는 충동 속으로 발전시키는 이외에 처치의 방도가 없다. 따라서 욕망의 조직화 중에는 당연 가치 질서(이른바 히에라르키)가 수립되어 있지 않으면 안 된다. 그러면 대체 리차드의 비평성 중에서 이 히에라르키의 권위는 어디에 놓여 있는가?

이것을 명백히 하는 일은 너무나도 전문적으로 걸쳐 있기 때문에 여기에서는 생략하지만, 나는 이 비평성 중에 오늘날의 세계정세에 대한 암시를 발견하고 무한한 흥미를 느끼는 바이다. 리차드가 이러한 심리적 질서를 국제연맹에 비교하여 은연 중에 국제연맹을 가지고 구라파 질서의 권위라고 여긴 점은 영국의 현상 유지주의를 반영한 것이다. 그렇지만 어쨌든 리차드가 위기를 의식하여 일찍이부터 질서의 논구에 몰두한 점은 오늘날의 정세와 결부하여 생각할 때 흥미가 깊은 바이다. 그들이 심리와 문학의 세계를 논하고 있었을 때, 오늘날의 구라파와 독일을 예견하지 않았다고는 할 수 없는 일이다.

(1940.11.12)

(4)

리차드는 충동 사이의 가치우열을 어디까지나 합리적으로 결정하

려고 하여, 결국 질서의 권위를 확립할 수 없었던 점에 그 파탄을 초
래하였던 것이다. 이러한 심리주의를 초극하여 히에라르키를 고전
에서 구하여 비평 속에 역사주의를 삽입한 비평가는 엘리엇(Thomas
Stearns Eliot)[64]이다. 엘리엇이 그 비평론에서 가장 많이 고뇌한 문제
는 오늘날의 문화혼란기에서 낡은 유럽적 전통과 새로운 사실 사이
를 어떻게 조화시킬 것인가였다.

유럽에 전통이 있다고 하는 점은 그곳에 하나의 정신적 질서가 구
성되어 있음을 나타내는 것이다. 그런데 여기에 하나의 새로운 사실
(문학에서 말하면 새로운 작품)이 나타났다고 하자. 그러면 기성질서와 새
로운 사실 사이에는 반드시 충돌과 마찰이 생겨난다. 어쨌든 기성질
서가 새로운 사실의 출현에 의해 무언가의 쇼크를 받는 일은 틀림이
없다. 그때, 기성질서가 어디까지나 현상을 유지하려고 하여 움직이
지 않으면 기성질서는 와해할 수 밖에 없다. 반대로 기성질서가 받은
쇼크만 자기 수정하여(이것은 각 작품의 상호관계와, 균형, 나아가서는 전체에
대한 각 작품의 가치의 변경을 의미한다.) 새로운 사실을 옹호하면 질서는 더
욱 확고한 지반을 얻어 전통의 추진력으로 되는 것이다. 여기에 우리
들은 가공해야 할 앵글로색슨적인 실제주의를 엿볼 수 있다. 이와 동
시에 그는 현대의 상대주의적인 역사주의 위에 입각하고 있음을 알
수 있다. 왜냐 하면 유물사관과 같이 단지 역사를 한줄기의 흐름으로

---

64 1888~1965. 영국의 시인이자 평론가, 극작가. 주요 시집에는 『황무지(荒蕪
地)』The Waste Land(1922)등이 있으며 1948년에는 노벨문학상을 받았다.

서 일방적으로만 생각하고 모든 사회현상은 역사적 필연성에 의해 절대적으로 지배된다고 하는 역사관에 의하면 전통적 질서의 재수정이라는 점을 생각할 수 없기 때문이다. 그가 모든 작가에게 요구하고 있는 역사적 의식── "과거의 과거성뿐만 아니라 그 현재성에 대한 지각"── 이라고 하는 것은 현재의 요구와 미래의 가능성에 의해 과거의 역사도 그 의미를 바꾼다고 하는 상대주의를 가지고 하지 않으면 이해할 수 없다. 따라서 그는 과거에 대한 맹종을 가지고 올바른 전통의 길이라고 생각하지 않는다. 이와 동시에 기성질서는 새로운 사실을 옹호함으로써 끊임없이 증대하고 발전한다는 진보주의를 견지하는 것이다.

이렇게 하여 역사주의적 전통관의 위에 서는 엘리엇이 구라파적 질서를 생각하기에 이른 것은 자연스러우며 또한 오늘날의 구라파 정세를 생각할 때, 그가 더욱 종교적 입장으로 비약하여 유럽연맹을 생각하기에 이른 것도 당연할 것이다. 이렇게 하여 그는 고전적인 휴머니즘에서 가톨릭으로 돌아가, 저 유명한 『기독교와 세계질서』를 쓴 것이다. 그러나 이것은 지금의 우리들에게는 너무 흥미가 없다.

이제 우리들은 동양신질서의 건설에 몰두하고 있다. 그것은 구미 제국주의에 의해 반식민지화된 동양 제민족의 해방에서 시작하지 않으면 안 된다. 그리고 이 대사업은 일본의 실력에 따라서 훌륭하게 완수될 것이다. 그러고 보면 동양에서 질서의 권위는 서양만큼 곤란함을 수반하지 않고 확립될 것이라고 보아도 좋다. 질서의 권위가 선다면 그 이후에는 조직화의 문제이다. 동양을 재조직하는 데 있어서 우리들은 역사주의적 질서관념과 심리주의적 질서론을 크게 참고하고 싶다. 왜냐 하면, 동양의 역사와 현재에 동양 제민족의 심리를 고려에 넣지 않고 완전한 질서는 도저히 기약할 수 없기 때문이다.

(1940.11.13)

(5)

그 서론에서 리차드의 심리주의가 어떻게 정돈(停頓)상태를 초래했는지, 또한 엘리엇이 고전주의로부터 어째서 종교적 비약을 하게 되었는지, 이것은 우리들로서도 크게 생각해야 할 점이다. 그것은 가치의 주체와 근원에 관해 근본적인 문제를 제출하기 때문이다.

과학은 계량의 세계임에 대해 예술은 가치의 세계라고 하는 점은 종래 누누이 이야기되어 온 바이다. 시인이나 창작가는 가치의 창조자로서 비평가는 그 평가자로서 정신적 질서에 있어서 그 높은 지위는 오늘이라 하더라도 부정될 수 없다. 가치를 실현하고, 또는 판단하는 주체가 개인에 있다고 하는 진리가 변하지 않는 이상, 그것은 부정할 수도 없다. 단지 현재 문제가 되는 것은 개인으로서의 예술가로 하여금 가치 있게 만드는 것은 과연 무언인가, 또한 비평가에게 가치판단의 근거를 부여하는 것은 무엇인가? 라고 하는 가치근원에 대한 의문이다.

개인이 가치의 주체라고 하는 점은 모든 가치론의 출발점이다.

그것은 인간의 개성을 통하지 않으면 가치는 실현되지도 판단될 수도 없다는 단순한 사실에 토대하는 것이다. 가치란 요컨대 초실재적 이념이 실재적인 인간을 통해 구체적인 질서 속으로 실현된 것에 다름 아니다. 예술가는 개인으로서는 시간적, 공간적으로 제약된 일개의 생물적 실재임에도 불구하고, 훌륭하게 초실재적인 이념을 실현함으로써 즉 가치능인자로서 자기의 제한을 뛰어넘음으로써 자기와 타인의 의미 있는 존재가 되며, 가치 있는 존재가 되는 것이다.

만약에 이를 가치판단, 즉 비평의 측면에서 말한다면 종래 가치판단의 표준으로서 미학의 근저를 이루어 온 쾌(快), 불쾌의 감정은 가치체험에 수반하는 의식 ——즉 가치의 존재를 나타내는 증좌이며 그 실체는 아니다. 예를 들면, 사격수가 마크를 맞추었을 때, 붉은 깃발이 흔들렸다고 하자. 그 경우 붉은 깃발은 목적을 달성하였다고 하는 신호이며, 사격수의 목적 그 자체는 아니다. 이와 마찬가지로 노력 뒤의 만족감은 그것이 얼마나 바람직스러운 것이라고는 하더라도, 결코 목적이 이니라 목적에 도달한 등식이다. 그래서 개인의 쾌, 불쾌는 도저히 가치의 표준으로서 이를 인정할 수는 없다. 객관적으로 보아 그 사람이 가치 있는 존재인가 아닌가는 그 사람의 존재가 공간으로 치환할 수 있는지 아닌지, 또한 시간적으로 반복할 수 있는지 아닌지에 의해 결정되는 것이다. 이것을 가치론에서는 개체의 불가 치환성과 불가 반복성이라고 하는 것이다.

그렇지만 개인의 불가 치환성이나 불가 반복성을 역설하는 것이 종래의 자유주의 철학이 그런 것처럼 개인의 고립화를 변호하는 것이어서는 안 된다. 종래의 개인주의는 개인의 가치 능인적 일면을 강조한 나머지, 개인을 절대시하고 기차의 근원까지 개인의 내부에 있는 것처럼 생각하였다. 이러한 개인주의적 사상 중에서 문화의 자율성이라는 관념이 생겨나 더욱이 비평에서도 일체의 외부적인 입장을 배척하고 작품을 있는 그대로 본다고 하는 심미적 비평론이 탄생하였다. 이것은 오늘날 당연히 반성하지 않으면 안 되는 생각방식이다.

(1940.11.14)

(6)

개인이 가치 능인자로서 불가 치환적, 불가 반복적 존재가 되기 위해서는, 아니 그러기 위해서 개인은 다른 개인과 협동하지 않으면 안 되는 것이다. 개체가 완전히 고립하는 것에 의해 오히려 다른 개체에 의해 용이하게 치환되고 또는 반복되는 것은 전자의 경우에 볼 수 있는 것이다. 한 개의 전자를 취해 본다면 그것은 끊임없이 움직이고 있지만 그 운동은 그 지신에 의해 의식되지 않고 또한 다른 전자에 의해서도 체험되지 않는다. 그것은 오로지 맹목적인 반발과 충돌의 반복이며, 또한 그 의미에서 다른 무수한 전자의 그것과 변함없는 것이다. 따라서 그 자신의 존재에는 의미도 없고 가치도 없다. 그렇지만 전자가 서로 결합하여 양자(陽子)가 되고, 더욱이 원자(原子)가 되며 그리고 분자(分子)로 되어 단세포가 되고 유기체가 되며 사회가 된다는 식으로 진화해 가면 개체는 점차 고차(高次)의 협동체 안으로 들어가는 것에 의해, 그 존재수준을 고양하고 가치를 획득하는 것이다. 역으로 개체는 협동체로부터 분리되는 것에 의해 그 가치를 저감(低減)시키는 것이다. 이러한 존재가 공간적, 시간적으로 치환과 반복의 가능이라고 하는 점은 물론이다.

이것은 가치론적으로 요약한다면 가치를 낳기 위해서는 그 근원이 되어야 할 창조적 원리와, 그것을 공간적으로 실현하는 개인이 없어서는 안 되지만, 더욱이 하나 더 양자(兩者)가 상관관계를 맺어야 할 조직체가 없어서는 안 된다. 이것이 이른바 '가치의 장(場)'이라고 일컬어지는 것이다. 가치의 장을 어디에서 구할 것인지는 그 때와 장소에 따르며, 일정불변의 것은 아니다. 개체는 보다 복잡한 협동체 속으로 들어감으로써 그 가치를 더하는 것이다. 그렇게 보면 가치의 장은 하나의 히에라르키를 구성한다고 보는 것이 지당할 것이다. 그리고 오늘날 최고의 질서가 국가에 따라서 부여된다고 하는 점은 논의의 여지가 없다. 새로운 문단 이론에서 국가가 지대한 중요성을 가짐은 실로 이 점에 있어서이다.

앞에서 든 리차드의 심리주의가 정돈상태에 빠진 것은 가치의 협동성을 무시했기 때문이며, 엘리엇의 고전주의가 더욱 비약하지 않을 수 없었던 것은 가치의 장에서 역사적 현실성을 결여했기 때문이다. 오늘날 모든 예술가, 모든 비평가는 가치를 체득하여 창조하는 최고의 장으로서 국가를 인식하고 그것으로 적극적 참여를 통해 자기의 문화적 직책을 완수하지 않으면 안 된다.

다른 한편으로 국가는 모든 국민으로 하여금 가치 있게 만드는 조직을 가지지 않으면 안 된다. 이는 전체주의적 국가관에 있어서도 누누이 논해지는 사항이며, "국가는 정신적 창조를 가능하게 만드는 조건을 준비하는 행정의 세계에 속한다."라고 오트만 스판(Othmar Spann)[65]은 말하고 있다. 더욱 필요한 것은 국가가 모든 가치의 근원이 되어야 할 창조적 원리를 가지는 일일 것이다. (종료)

(1940.11.15)

---

65 1878~1950.오스트리아의 사회학자이자 경제학자, 철학자. 1909년 브르노 공업대학교수, 1919년 이후 빈대학 교수로서 사회학, 경제학을 강의하였다. 1938년 나치스에 추방되어 이후 교단을 떠났다. 전체주의이론인 보편주의의 입장을 견지하여 전체는 부분에 선행하고 부분은 전체에 의해 생명을 부여받는다고 주장하며 진정한 국가는 신분국가라고 본다. 그의 주장은 개인주의, 맑스주의, 나아가 나치즘과도 양립하지 않았지만 이후 나치즘에 이용되었다.

【부록】

조선문화의 장래 朝鮮文化の將來(좌담회)

출 석 자	
아키타 우쟈쿠(秋田雨雀) 하야시 후사오(林房雄) 무라야마 도모요시(村山知義) 장혁주(張赫宙) 가라시마 다케시[66](辛島驍, 경성제대 교수) 후루카와 가네히데(古川兼秀, 총독부 도서과장)	정지용(鄭芝鎔, 시인) 임화(林和, 평론가) 유진오(兪鎭午, 보성전문학교 교수) 김문집(金文輯, 평론가) 이태준(李泰俊, 소설가) 유치진(柳致眞, 극작가)

조선의 잡지

하야시   오늘의 좌담회는 「조선문화의 장래와 현재」또는 「문화에
있어서 내선(內鮮)일체의 길은 어디에 있는가?」라는 제목

---

[66] 1903-1967. 중국문학 연구자. 1928년 도쿄(東京)제국대학 지나(支那)문학과를
졸업하고 경성제국대학 강사 역임, 1939년 도쿄대에 박사논문을 제출하였다.
전후에는 쇼와(昭和)여자대학 교수 등을 역임하였다.

으로 이야기를 진행해 가고 싶습니다. 본래 나는 이번에 만주와 북지(北支)를 볼 목적이지 조선은 그냥 지나칠 작정으로 내지(內地)를 출발했습니다. 그런데 관부연락선(關釜聯絡船) 속에서 우연히 같은 방을 사용한 노인으로부터 "당신도 조선은 보시지 않는 겁니까? 내지에서 만주나 북지를 시찰하러 오시는 분은 대부분 조선을 그냥 지나치고 만주와 북지만을 기억에 두시고 있는 듯 한데 이것은 매우 잘못 생각하신 거예요."라고 하는 이야기를 들었습니다. 그때는 "그래요."라고 건성으로 듣고 있었지만 부산에서 경성으로 오는 열차 안에서 전총독 우가키(宇垣)[67]씨의 조선에 관한 연설집을 읽으면서 문득 창밖의 경치를 바라보았습니다. 그러자 저 우가키씨의 강연집 속에 조선을 보려고 하는 자는 이 경부선의 풍경만을 보아서는 아무런 도움도 되지 않는다, 이 철도는 군사적인 목적 아래에 또는 군사의 필요에 가장 편리한 곳에 가설된, 그렇기 때문에 이 연선은 조선에서 가장 빈곤하고 생산이 적은, 또한 정치적으로 말하더라도 이조시대의 주구(誅求)에 고통을 받고 보수

---

67 1868-1956. 조선총독부 제4대·7대 총독인 우가키 가즈시게(宇垣一成)를 가리킨다. 일본육군대학 졸업 후 4차례나 육군대신을 지냈으며, 제7대 조선총독부 총독을 마치고는 1938년에 외무대신 겸 척식대신에 임명되었다. 일본 패전 후에 정계에서 추방되었으나 곧 해금되어 1953년 참의원선거에서 당선되었다.

〔그림-20〕 '일본-조선인 작가들의
반도문화 좌담회 개최'를 알리는
경성일보 기사(1938.10.25.)

적으로 변하여 생산력도 생각할 힘도 모두 잃어버린 곳에 있기 때문에, 이 연선만을 바라보고 그곳으로부터 조선을 판단해서는 곤란하다는 연설이 실려 있는 대목이 몹시도 마음을 끌었습니다. 지금 바라보는 연선의 풍경은 당시와는 완전히 달리 산은 푸르고, 가는 곳마다 경작이 이루지지고 있습니다. 게다가 마침 수확기였기 때문이겠죠, 들에는 남자도 여자도 모두 나와 일하고 있습니다.

이것을 보고 조선에는 뭔가 우리들이 생각하는 것이 이미 움직이기 시작하고 있는 건 아닐까라고 하는 느낌이 들었습니다. 그리고 나서 경성에 와서 총독부의 사람들도 만나고 조선의 청년들도 만나고 더욱이 오늘밤 여기에 모여 있는 제군을 만나도 내지와 가장 가까운 건 조선이다, 그러한 가장 가까운 곳을 알지 못한 채 갑자기 먼 만주나 북지를 알려고 해도 어쩔 도리가 없지 않을까라는 느낌이 들기 시작했습니다. 이런 것을 말씀드려서는 어떨까라고 생각합니다만, 이번의 우리들의 여비는 실제 만주로부터 받앉기 때문에 경성에서 사용해서는 안 되는 셈입니다. 그런데 오늘로 5일이나 체재하고 있는 것도 그러한 기분 때문입니다. 다행히 오늘 기회를 잘 만나서 이런 모임이 가능했던 것입니다. 부디 여러분들도 기탄없이 서로 이야기해 주셨으면 합니다. 나는 주로 질문 쪽으로 돌아가겠습니다. 질문이 있으면 부디 질문 부탁드립니다. 조선의 작가는 모두 질문을 가지고 있다고 생각합니다만 정말로 기탄없이 질문해 주십시오. 오늘밤은 여기에 바쁘신 시간을 쪼개서 후루카와(古川) 도서과장도 와 있습니다. 과장도 상당히 의견이 있는 듯하지만 나중에 그 의견을 토로해 주시기로 했습니다. (박수) 이것은 조선에서 이런 종류의 모임에서는 최초의 일이지 않을까라고 생각합니다.

우선 처음으로 질문하고 싶은 것은 조선에는 어떤 작가가 있는가라는 점입니다. 내지에서는 조선에 대해서 아무것도 알지 못합니다. 조선반도를 지나간 것만으로 이미 끝났다고 생각하는 자가 많습니다. 조선에는 어떠한 잡지가 있는지, 어떠한 사람들이 무엇을 쓰고 있는가라는 점을 정말로 알지 못하기 때문에 우선 잡지와 사람이라는 것부터 시작하는 편이 좋지 않을까 생각합니다.

김 이전에는 다양한 잡지들이 있었지만 요즘은 적어졌습니다. 일간신문도 예의 마라톤으로 유명한 손기정의 일장기 문제로 정간이

되어, 가까스로 작년 6,7월 무렵 허용된 동아일보는 있지만 중앙일보는 없어졌습니다. 잡지도 이전은 상당히 있었지만 종이가 비싸지고 또한 총독부에서 조선의 잡지를 그다지 장려하지 않는 듯한 경향이 있어서 수도 적어지고 우리들의 생계 수단이 적어졌습니다. 그러나 조선일보에는 출판부가 있고 그곳에서 세 종류, 즉 하나는 일반적인 것, 거기에 부인물, 다른 하나는 소년의 읽을거리가 간행되고 있습니다. 그 다음에 『사해공론(四海公論)』이라는 것이 있습니다. 이것은 임화군이 주간하고 있었지만 사장과 싸움을 하고 그만두었습니다. 다음으로는 여기에 『삼천리』라는 잡지가 있습니다만 이것은 역사도 오래되고 7천 8백이나 팔리고 있습니다. 그 외 작은 잡지는 많이 있지만 대단한 것은 없습니다. 잡지에는 다양한 비평도 있지만 대단한 잡지는 아닙니다.

하야시　비평이군요.

김　그렇습니다만……비평이라기보다 일종의 사이비 잡지가 많습니다, 조선에는.

하야시　작가는 그 잡지에 투고하고 있습니까? 또한 그것으로 충분할까요?

임화　그것만으로는 먹고 살 수 없습니다.

하야시 그러면 어떻게 하고 있습니까?

임화 작가로서 먹고 살고 있는 자는 한 명도 없기 때문에 모두 뭔가를 하고 있습니다. 그 외에 일이 없는 자는 어쩔 수가 없기 때문에 겨우 연명하고 있습니다.(웃음소리)

하야시 그렇게 밥도 제대로 못 먹는 사람들을 세상은 인정하고 있습니까, 작가로서……

임화 인정받지 못하더라도 어쩔 수 없어요. 그렇기 때문에 모두 곤란해 하고 있습니다.

하야시 어느 정도 있습니까, 그러한 작가의 수는……

임화 글세요. 80명 정도 있습니다. 그러나 작가로서 하고 있는 사람은 50명 정도일까.

하야시 내지에서 문학자라고 일컬어지는 사람은 2천명 있지만 그 중에서 그것으로 생활하고 있는 사람은, 글세요 200명 정도겠죠.

임화 오래된 작가라고 할까요, 인기가 있는 작가는 곧 못쓰게 되므로 신문기자라도 하지 않으면 먹고 살 수 없습니다. 인기는 5,6

년입니다. 10년은 가지 않죠.

무라야마(출석)

조선의 연극

무라야마　연극 이야기가 되겠지만 조선에는 내지의 구극(舊劇)에 해
　　　　　당하는 것이 없고 신파(新派)와 신극이 있는 셈이지만 그 현
　　　　　상을 조금 이야기해 주지 않겠습니까?

유　　그러한 것은 시골에도 있습니다만, 주로 경성에 있습니다. 조선의
　　　신극으로는 극연좌(劇硏座), 중앙무대(中央舞臺) 등 네 개 정도 있습
　　　니다. 신파로는 경성에 동양(東洋)극장이라는 상설흥행장이 있어
　　　서 그곳에 호화선(豪華船), 청춘좌(靑春座)라는 두 극단이 반달씩 교
　　　체로 출연하고, 한쪽이 거기에 나오고 있을 때는 다른 한쪽이 지
　　　방순회를 하고 있습니다. 항상 만원입니다.

무라야마　신파극도 신극과 마찬가지로 내지 연극의 영향을 받고 생
　　　　　긴 것입니까?

유　　그래요. 신파도 내지의 영향을 받고 생긴 겁니다.

무라야마　그 신파 이외에 어떠한 것이 있습니까?

유　흥행장과 같은 것과 오랜 창극(唱劇)과 무용과 가면극이 있습니다.

무라야마　연극을 위한 독립된 극장은 없었던 것입니까?

유　가설(假設) 흥행장은 있었지만 그 이외에는 없었습니다. 그러한 곳에서 하고 있었던 것은 연극이라고 해도 정해진 각본 없이 즉흥적으로 대사나 줄거리를 꾸며 나가는 연극이며 이것은 지금도 있습니다.

무라야마　그 각본이 문자로 되어 남아 있는 것이 있습니까?

유　일부는 있지만 대체로 그러한 오랜 조선의 문화, 특히 연극은 지나의 영향을 받은 것입니다. 최근은 내지의 영향을 받고 있습니다만.

하야시　내지는 옛날 조선의 영향을 받았어요.

아키타 덴가쿠(田楽)[68] 등도 주로 조선의 영향을 받은 것 같아요. 당지 (當地)에서 이러한 것이나 내지의 가부키(歌舞伎)와 같은 종류 가 있습니까?

임화 시골엔 덴가쿠와 같은 것이 있습니다. 작은 북을 두들기면서 춤 추는 것입니다. 여기에서 약 12리 정도 벗어난 곳에도 있습니다.

아키타 그것을 보고 싶군요.

임화 그것은 재미있는 춤인데 그 모양새며 손을 휘두르는 방식, 다 리의 내딛는 방식이 흡사 보리 수확하는 모습 쏙 빼닮았어요.

무라야마 나의 가장 큰 의문은 조선의 춤 소리라든가 그러한 것 모두 다가 거의 다른 데에 유례가 없는 애조(哀調)로 일관되어 있다 는 점입니다. 군악(軍樂) 등도 장례식의 음악 같지 않습니까.

임화 춤에 인형과 가면을 사용하고 있는 것도 있습니다. 그것은 막을 치고 하는 것입니다.

---

68 일본의 헤이안(平安)시대부터 유행한 예능인데 농경생활과 결부되어 있는 노 래와 춤으로부터 발생하여 나중에는 전업의 예능인이 나타났다.

유　그것은 가면극에서 춤과 노래에 대사가 들어가 있습니다.

무라야마　가면은 나도 가지고 있는데 독특하군요.

아키타　나무 탈도 있습니까?

임화　변변치 않은 것이 있습니다.

무라야마　바가지(일종의 박. 구 껍질을 말려서 물을 넣는 그릇 따위로 사용한다.) 도 종이도 있습니다.

하야시　그러한 것은 다른 도회에 있습니까?

유　평양에도 있습니다.
　　내 생각으로는 이 가면극은 신라시대의 기록에 남아 있는데, 가면을 사용하여 춤추기 때문에 내지의 사자춤입니다. 봉산에는 유명한 가면극이 있고 이것을 최승희가 모조해 취하더라도 멋진 것으로 만들고 있습니다. 저 유장(悠長)한 몸짓은 봉산 가면극의 특장입니다. 그것이 고고학자의 이야기로는 대체로 고려시대까지 있었다고 하는데 이조시대가 되어 중단되어 버렸습니다. 이조시대에는 유교가 번성해졌기 때문에 이러한 것은 금지하는 방침을 취했어요. 연극이라는 것을 아주 상스러운 것으로 보고 있었기 때문에 이러한 예술적으로 뛰어난 것에 대해서도 같은 태도를 취한 것입니다. 지금도 그러한 습관은 남아 있습니다. 그래서 이 민족적인 것을 하려고 하면 조정으로부터 처벌받기 때문에 숨어서 했던 겁니다. 즉 가정 내에서 춤추었던 것입니다. 공적으로 모두들 앞에서 할 수 없었던 셈입니다. 이러한 상태로 중단되어 버린 것이라고 생각됩니다.

무라야마 아악(雅樂) 이외에 그러한 음악, 민요적인 것은 하나도 보호하지 않았던 건가요.

임화 관기가 있을 뿐입니다.

정 조선은 이조가 되어 압박을 받았기 때문에 조선의 문화, 극, 무용, 음악 등이 시들어 버렸습니다. 즉 유교정치가 이러한 것을 매우 경멸했기 때문에 봉산의 가면극 등도 중단되어 버린 셈인데, 조선에는 음악이라든가, 극문학이라든가, 지금 자랑스러운 어떤 것도 없습니다. 무용 쪽에는 최근 다소 극적 요소가 들어가 있지만.

무라야마 시간이 별로 없으므로 연극을 자세하게 여쭐 수 없지만, 현재에 이르러서도 조선에서 연극이 어떤 이유로 발달하지 않았는지 알고 싶습니다. 이 문제는 알 수 없는 것이지만……

유　극문(劇文)이 왜 발달하여 충실하지 못했는가 라는 문제는 조선의
　　정치에 비해 문화가 발달하지 않았다, 그곳에 원인을 찾아야 합
　　니다.

무라야마　이것은 매우 중대한 문제입니다. 조선 문화의 장래는 현재,
　　왜 이러한 상태인지, 그곳을 확실히 하지 않으면 발달할 수
　　없다, 문학에 관해서는 나중에 상세하게 하기로 하고, 지금
　　당장 이 점을 어떻게 하면 좋은가라는 처치를 우리들이 강
　　구해야 한다고 생각합니다.

『춘향전(春香傳)』의 번역

〔그림-21〕 '좌담회의 계기가 된
일본 신협극단의 춘향전을 본 소감을 밝히는
유치진의 극평(1938.10.27.)

장혁주 『춘향전』 등을 문제로 하면 이야기가 구체적으로 될 거라고 생각하는데——

임화 저 번역은 좋은가요? 『춘향전』은 적당하게 번역되어 있습니까? 저 말이 가지는 맛을 번역하는 일은 매우 어렵다고 생각해요.

장혁주 임화군, 과거의 조선, 현재의 조선을 제재로 한 희곡을 내지의 극계(劇界)에서 상연하는 것과 다른 한편으로 조선어 작품을 내지어로 번역하거나 각색하거나 하여 내지인에게 소개하는, 이 두 가지 일은 우리들이 꼭 해야 할 일이라고 생각합니다. 조선어의 극단이 조선어의 연극을 내지에서 하는 것도 좋지만 그 영향은 매우 제한되어 있습니다. 그러한 의미에서 내지어로 쓴 『춘향전』을 한 것입니다. 그리고 그 결과도 성공했다고 생각합니다.

유 그것이 어려워요.

하야시 번역문이기 때문입니까?

임화 그렇습니다.

김 번역으로 하면 세 푼의 가치도 없습니다.

임화　저 독특한 맛이 사라집니다.

김　내지역(內地譯)으로서는 『춘향전』이 다른 것입니다.

하야시　그러면 번역 불가능론이 아닌가요? 번역에는 번역의 사명이
　　　　있어요.

가라지마　경제적인 점에서 말하더라도 조선문의 작품은 많이 팔릴
　　　　　수 없으니까 많이 팔기 위해서는 역시 내지어가 아니면 안
　　　　　됩니다. 그러한 생활의 문제가 관계하고 있으므로 내지어,
　　　　　즉 번역하는 것도 하나의 방법이라 생각합니다.

하야시　생계에 곤란하지 않은 사람은 조선문으로 해 주었으면 합니다.

임화　그러나 『춘향전』의 성격은 내지어로서는 도저히…….

장혁주　그것은 내지어로 표현하는 것은 매우 곤란합니다.

정　『춘향전』을 소개하는 데 번역으로는 의미가 달성되지 않습니다.

무라야마　그것은 조선쪽이 그렇게 생각하는 것은 당연하겠죠. 『만요

슈(万葉集)』[69]가 영어로 번역되어도 그것이 『만요슈』라고는 우리들이라도 수긍할 기분이 들지 않습니다. 그러나 그래도 쉴 새 없이 번역되는 것을 환영합니다. 저 『춘향전』은 내지에서 했을 때, 내지인들에게도 받아들여졌고, 또한 내지에 와 있었던 조선 분들도 울거나 웃거나, 매우 기뻐했습니다. 내지인이 모두, 조선어를 배우는 것이 가능하지 않은 이상 번역의 『춘향전』도 필요하다고 생각합니다.

김 내지에서 받아들여지더라도 경성에서는 어떨까요? 무라야마 선생님, 『춘향전』은 결코 느낌은 드러나지 않을 거라고 생각합니다.

정 『춘향전』그 자체의 느낌은 말이죠…….

유 도쿄에서는 어떤 식으로 『춘향전』이 받아들여졌습니까? 그것을 듣고 싶습니다.

무라야마 말이 가지는 재미는 알 수 없어도 『춘향전』의 에스프리는 전할 수 있었다고 생각합니다.

---

69 20권으로 이루어진 일본 고대의 와카집(和歌集). 총 4500여수로 구성되었는데 대략 나라(奈良)시대 말엽이라 추측된다.

김 그것은 시국의 관계라고 생각해요.

하야시 그렇지 않아요. 저 춘향이 몽룡을 생각하고 정절을 다하고 있
　　　는 바가 훌륭하며, 나도 도쿄에서 보았지만 저것은 만인에게
　　　감동 주는 훌륭한 정신에 의해 사람들을 감동시키는 것이에
　　　요.

정 『춘향전』이 좋은 바는 예를 들면 유교정치의 시대에 저런 것이
　　　나왔기 때문입니다.

하야시 저것에 조선이라는 모습이 있고 이것을 예술화한 점이 매우
　　　좋은 것입니다.

정 조선의 작품은 조선어이지 않으면 안 된다고 생각하고 있지만,
　　　무라야마선생님이 그것을 도쿄에서 조선인이 보고 좋다고 말했
　　　다고 들었는데 그러한 것이라면 감사하고 있습니다. 그렇지만 물
　　　론 여기에서는 그렇게 받아들여질지 어떨지…….

장혁주 신극방면에서는 내지와 조선의 장래는 어떤 식으로 하면 좋
　　　은지 더욱 말해 주지 않겠습니까?

무라야마 세 가지 구체적 방법을 생각할 수 있습니다. 내지에서 조선

인의 조선어 연극을 번성하게 할 것. 내지 극단이 조선을 취급한 희곡, 조선의 고전 번역, 각색 등을 더욱 상연할 것, 내지의 극단이 조선에 자주 여행 공연하고, 또 그 반대가 행해질 것.

임화　우리들도 가능하면 그렇게 도쿄(東京), 오사카(大阪)에서 하는 것 같은 극단을 만들고 싶다고 생각하고 있습니다. 그렇게 되면 이쪽의 신극도 열심히 하겠지만 조선에는 좋은 후원자가 없습니다. 우리들은 조선의 좋은 극을 북지(北支)나 도쿄, 오사카에서 하고 싶다고 생각하고 있습니다. 그건 단지 조선을 소개한다는 의미뿐만 아니라, 다른 하나로는 새로운 예술을 소개한다는 것이기도 하므로 꼭 그러한 기회를 만들어 주었으면 생각합니다.

김　그 점에는 나도 찬성합니다. 그렇지만 저 『춘향전』이 도쿄에서 받아들여진 것은 시국 때문이라고 생각해요. 경성일보가 「애국 조선박람회(愛國朝鮮博覽會)」를 다카지마야(高島屋)[70]에서 했을 때 모인 사람들이 조선은 이런 곳인가라고, 이렇게 생각하고 본 사람이 많았던 것과 마찬가지로……

70　1830년대 오복점(吳服店)으로 출발하여 오사카에 본점을 두고 있는 전국 규모의 백화점인데, 1932년에 백화점으로 개장하였다.

하야시　이제 『춘향전』 이야기는 이 정도로 마쳐도 좋겠죠.

아키타　조선의 『춘향전』은 실제 보러갔던 조선인뿐만 아니라, 내 옆에 있었던 60살 정도의 사람도 울고 있었어요. 저 연극의 매력은 시공(時空)을 넘어 통하는 휴머니즘에 있어요. 가령 말이라는 측면에서 결점이 있어도 이 휴먼의 요소에 충분히 관계가 있으면 그것만으로도 볼 거라고 생각해요……이 조선문화 중에는 많은 예술이 있고 그것을 확산하기 위해서는 내지어로 번역하는 것도 좋겠지요. 또한 그와 동시에 내지의 것을 조선문으로 번역한다, 즉 조선문이라도 내지문이라도 괜찮으므로 창작을 계속해서 내면 좋은 것입니다.

무라야마　지금까지 조선에는 있지만 내지에 없었던 것을 무대 예술화할 수 있을 터이며 그것을 신극이 하고 있다고 하는 점을 인식해 주었으면 생각합니다.

하야시　이것은 마치 『춘향전』의 선전을 말씀드리고 있는 듯 하군요. 다음으로…….

김　이 『춘향전』이 만약에 10년 전에 사회에 보내졌다고 한다면…….

장혁주　조선이라고 하면 내지에서는 상당히 관심을 가지고 있습니다.

조선어 문학

이 잠시 아키타선생님께 여쭙겠습니다만, 아까 조선어로 쓰더라도 내지어로 쓰더라도 좋다라고 들었지만 우리들 처지로서는 중대한 일이기 때문에 본론과 다르지만 질문 드립니다. 내지의 선배 분들은 우리들 조선의 작가가 조선어로 쓰는 것을 마음으로부터 희망하고 있습니까, 아니면 내지문으로 쓰는 것을 보다 이상으로 희망하고 있습니까?

아키타 우리들 작가의 요망, 그리고 대중의 요망으로서, 즉 대조를 대중에게 두는 작가로서는 내지어가 좋다고 생각합니다.

무라야마 조선의 문학은 조금이라도 많은 사람들이 읽고 반향을 얻기 위해서는 조선어로 쓴 것으로는 독자가 적기 때문에 반향이 적다고 생각합니다. 역시 조선쪽에서도 실제로 국어가 보급되었기 때문에 많은 사람들이 알기를 원한다면 내지어로 쓰는 편이 널리 읽혀지게 될 거라고 생각하므로 내지어 쪽이 좋겠군요.

아키타 내지어로 써서 널리 읽히고, 일부를 조선어로 번역한다면 좋겠죠.

정　쌍방을 써도 좋다고 생각해요.

하야시　국어의 문제가 나왔지만 이것은 매우 중대한 것이라고 생각
　　　합니다. 우리들로서 조선의 제군에게 말씀드리지만 작품은
　　　모두 내지어로 했으면 합니다.

아키타　내지어가 자유롭지 않으면 조선어로 쓴 것을 번역하면 좋겠
　　　지요.

임화　이것은 우리들 작가로서 커다란 문제입니다.

무라야마　조선어로 쓰면 표현 가능하지만 내지어로 써서는 표현할
　　　수 없다고 하는 조선어 독특한 점이 있으면 그것을 잃어버
　　　리는 것은 매우 유감이라고 생각하지만 그렇지 않은 한, 여
　　　기까지 오면 목하의 문제로서는 내지어로 쓰더라도 거의
　　　지장이 없을 것 같으므로 조선어로 쓰지 않으면 안 된다고
　　　하는 점은 정치적 문제로서 이 외에 아무것도 얻을 바가 없
　　　다고 생각한다.

이　사물을 표현할 경우에 내지어로 그 내용을 적확하게 설명할 수
　　　없을 것처럼 생각되기 때문이라고 보입니다. 그것은 우리들 독자

의 문화를 표현할 경우의 맛은 조선어가 아니면 불가능한 점이 있습니다. 그것을 내지어로 표현하면 그 내용이 내지화해 버릴 것 같은 느낌이 듭니다. 완전히 그렇게 되는 것이에요. 그러면 조선독자의 문화가 없어진다고 생각합니다.

하야시 그것은 번역을 하면 괜찮을 겁니다.

무라야마 우리들은 일본 독자의 가부키(歌舞伎)든 인형극이든 이를 보존하는 데에 찬성하고 있습니다. 과거의 것이라도 세계적으로 독특성을 가지고 있는 것은 존재해야 합니다. 그와 같이 조선의 고전적인 예술은 어디까지나 존재하지 않으면 안 됩니다. 이러한 것은 정부로서도 보호를 해야 한다고 생각합니다.

임화 그러한 박물관적인 것이 아니라…….

유 문제가 크지만 내지어로 지장이 없는 것은 써도 좋지만 쓸 수 없는 것이 있습니다. 번역적으로 더구나 내지의 사람들이 기뻐하는 매우 의미가 있는 것은 자신들도 가능한 한 그렇게는 하지만 조선 문학은 조선의 문자에 의존하지 않으면 문학의 의미가 없다고 생각됩니다.

무라야마 그것은 물론 그러한 경우도 있겠지만 좀 더 크게 보는 쪽이
좋아요. 조선어로 쓰는 편이 좋다고 특별히 머리에서 정하
지 않고 보다 많은 사람들이 읽는다는 점에 주목하는 편이
좋다고 생각하는데요.

임화 시를 쓸 경우, 그 말에 담긴 감정, 즉 문자가 번역된 것으로는
의미를 이루지 않습니다. 번역시는 아무래도 단박에 감이 오지
않습니다. 이것은 정치적 입장을 떠나 순예술적으로 바라보고
문화적으로 양해해야 한다고 생각합니다.

하야시 영국이 아일랜드에 취한 정책은 어떠했는가. 더구나 아일랜
드문학은 있습니다. 이제 우리들은 이렇게 하여 제군과 좌담
회를 하더라도 의미가 통하게 되고 우리들과 똑같이 앉아 있
을 수 있는 오늘날, 조선어가 아니면 안 된다든가, 내지어에
저항해 간다든가 하는 것은——오늘날의 내지의 영향에서
벗어난 예술은 사라지고 있는 건가요.

김 자연적인 경향은 그런 식으로 될 겁니다.

임화 말의 예술이 아무래도…….

하야시 아일랜드어를 사용한 문학이 있듯이 결코 조선문학도 없어

지는 것은 아니므로, 그렇게 고집하지 않더라도 좋을 거예요. 단지 많은 사람들이 읽기 위해서 내지어가 좋다는 겁니다.

정 그러한 점에서 말하면 유망합니다.

김 아키타선생님은 더욱 커다란 정치적인 의미를 가지고 계신지요?

무라야마 제군이 작품을 내어 무엇을 구하는가, 넓은 반향을 바라기 때문입니다. 또한 작가로서의 개인적인 문제부터 말하더라도 작가는 문학에 의해 수입을 얻어 생계를 이어가야 합니다. 그런데 현재로는 조선어로 써서는 거의 생활할 수 없는 상태입니다. 그러한 점에서도 작가는 내지어로 쓸 수 있도록 하는 쪽이 행복하다고 생각합니다.

(무라야마 퇴장―무라야마 말하기를 당일은 마침 신협극단(新協劇團)의 조선공연 전날인데 부민관(府民館)에서 연극 강연회가 있어서, 나와 아키타씨, 장혁주씨는 강연 사이의 시간을 이용하여 출석했던 것이다. 그로 인해 이 언어의 문제에 대해서도 그 외에 대해서도 모두 이해하지 못해 유감이다. 다른 날 상론할 때가 있을 것이다.)

유 연극 등에서 아무래도 조선의 옷을 입고 내지어로 말하고 있는 것은 좀……

하야시 내지의 연극도 그래요. 양복을 입고 내지어로 하는 것이 20

년, 30년 지난 오늘날은 그것이 조금도 이상하지 않아요. 더구나 하는 것은 모두 번역물뿐…….

유 그것은 번역극이군요.

하야시 내지는 주로 번역극입니다. 처음 연극은 모두 그것이었습니다. 그렇기 때문에 제군은 계속하여 내지문으로 작품을 만들어 보내주었으면 합니다.

후루카와 나는 문학이라는 것을 전혀 알 수 없으므로 물론 맞지 않은 경우도 많다고 생각하지만 옆에서 보고 있으면서 항상 느꼈던 점은, 예술 쪽에서 보아 조선 문예 방면의 일부분은 매우 좋아졌지만 그러나 이것을 내지와 비교하면 매우 낮다고 생각합니다. 이에 대해 관민 모두 부흥이라는 착의(着意)가 없습니다. 어쨌든 옛날 중절(中絶)되어 버려서 지금은 내지와 비교가 되지 않는데 부흥운동이 일어나지 않습니다. 나는 왜 그런 식으로 되었는가라고 생각하는 것입니다. 아까 김선생님이 정치적 특수사정 운운 아라는 점을 말씀하셨지만 이 방면의 말의 문제, 또는 교육정도가 낮다, 구매력이 없다, 민도가 낮다고 하는 셈인데, 아무래도 사람들이 그런 힘을 가지고 있지 않기 때문에 사회적으로 독립하여 훌륭한 사회를 만들어 갈 수 없는 것입니다. 신문 잡지는 오늘날 가정에서 빠뜨릴 수 없는 것인데 일반 문예가가 업신여겨지는 결과이기도 합니다만 그것에 대해 현재의 조선에서 돈을 가지고 있는 사람은 이러한 예술적인 방면에 대해 적극적으로 손을 쓰지 않는다, 결국 다양한 점에서 일어나고 있다고 생각합니다. 그렇기 때문에 유식자는 자각하여 적극적으로 이러한 목적을 위해 상당한 기관을 만든다는 방식이 필요하다고 생각합니다. 이러한 기운이 점점 고양되어 하나의 일을 일반적으로 일으킨다는 점을 기대해야 한다고 생각합니다. 대체로 문장, 예술은 지나의 영향이 남아 있습니다. 즉, 인정풍속에 지나색이 있습니다. 게다가 내지와의 관계는 작금의 일이므로 일본적인 바는 매우 적고 빈약한 것입니다. 그래서 비교적 일본적으로 진척된 방면을 여러분이 재료로 취한 경우라도 또한 사물을 도입하는 때라도 이러한 점을 잘 알고 하지 않으면 우리들로서는 정말로 어딘가 부족한 생각이 듭니다. 또한 영화나 레코드의 경우에도 최근 갑자기 진척된 내지의 영향을 받음으로써 특수한 것이 적지 않은 조선의 문화를 살릴 수 있다고 생각하고 있습니다. 영화에서도 전체적으로 통제가 있는 발달을 생각하고 있습니다. 예를 들면 커다란 협회와 같은 것을 만들어 가능한 한 그곳에서 원조할 수 있도록 하고 싶다고 생각하여 이것의 촉진운동도 고려하고 있는데, 빨리 이러한 기관이 생겨났으면 하고 생각하고 있습니다. 레코드의 제작의 경우도 내지의 문예전체, 신문잡지, 레코드, 영화 등에 비하면 전혀 문제가 되지 않을 만큼 허전합니다. 이것들에 대한 좋은 방법이 있으면 장래를 위해 참고로 삼고 싶으니 생각나는 점을 말씀해 주시기를 부탁하고 싶습니다.

김 조선의 부예부흥에는 어떤 기관도 없습니다. 돈이 있는 자는 학교 등에는 돈을 내고 있지만 문예 방면에는 내주는 자가 없습니다.

하야시 그 점입니다. 이제부터 제군이 작품을 내지어로 계속 써 주었으면 하는 것은. 그 반향은 반드시 있습니다.

이 그것이 일본문화를 위해서, 조선문화를 위해서 입니까?

하야시 세계문화를 위해서입니다.

유 그것은 좋다고 생각하지만, 조선어로 하지 않으면 안 된다고 생각합니다. 그곳에 의견의 차이가 있습니다.

하야시 이제 조선어는 소학교에서도 없어졌죠.

유 그렇지만 조선어는 결코 없어지지는 않습니다. 단지 점점 엷어져 가겠지만…….

하야시 그건 그것으로 좋습니다. 그렇기 때문에 조선의 작가는 자꾸
　　　　내지어로 쓰면 됩니다. 그렇지 않으면 아무리 써도 독자가 없
　　　　어진다. 없으면 밥을 먹을 수 없습니다.……

문학의 단속

하야시 이제 이런 이야기는 그만하고 제군들 이번 사변에 조선인 문
　　　　사가 종군(從軍)하도록 총독부에 청원해 보는 건 어떻습니까?

유 그것은 매우 좋다고 생각합니다. 대찬성입니다.

하야시 그러면 이것을 총독부에 이야기해 보기로 하죠.(박수)
　　　　그리고 여기에 후루카와 도서과장이 와 계시므로 무엇인가
　　　　여쭈어보는 거는 어떨지요. 평소의 불평이라도…….

임화 사무적인 이야기이지만 검열을 더욱 원활하게 어떻게든 빨리
　　　　해 줄 수 없는지요?

후루카와 가능한 한 빨리 처리하도록 하고 있습니다만, 요즘은 빠르

지 않나요.

임화 도청(道廳)을 통해 낸 검열은 1개월이나 걸립니다. 예를 들면, 제가 황해도에서 낸 것 등은.

후루카와 총독부에 오면 빨리 하겠습니다.

유 어떤 것이 억제되는 건가요? 우리들이 생각으로는 그렇게 나쁘다고 생각되지 않는 것이……

후루카와 반사회적인 것, 반일적인 것은 단연 단속합니다. 그 이외의 순문학적 입장에서 본 것은 대체로 관대하게 하고 있습니다.

유 결론까지 보지 않고 억압받아서는 곤란합니다만……

후루카와 공산주의의 방식을 쭉 쓰고 마지막 대여섯 줄에서 "이렇기 때문에 안 된다"라는 식으로는 가령 일견 결론이 좋은 듯이 보여도 막습니다.

유 도중의 단계가 나빠도 결론이 좋다면 괜찮다고 생각하는데요.

후루카와 그렇지 않습니다. 도중이 나쁘다면 지금 말했듯이……

하야시　이제 이 정도로 마치죠. 나머지는 한잔 하면서 이야기하죠. 이 좌담회는 내지의 『문학계』에 싣고 싶습니다. 그리고 내지의 사람들이 읽었으면 하고 생각합니다.(박수) 그러면 이것으로 마치도록 하겠습니다. 매우 감사했습니다.……

(완)

(주) 이 좌담회는 10월 하순 하야시 후사오씨가 만주에 가는 길에 경성에서 계획된 것이다. 입수한 원고는 출석자의 교검(校檢)을 거치지 않았고 더구나 시간상의 관계로 재차 조선에 보낼 여유가 없었기 때문에 재경(在京)의 무라야마씨를 제외하고는 가필을 부탁할 수 없었고, 그로 인해 다소 생각한 바를 모두 다 표현할 수 없었던 점이 있음을 출석자 및 독자 제씨에게 양해를 청한다.

『문학계(文学界)』(제6권1호, 1939.1)

(1)

이 번역서『조선인 작가와 조선문단론』은 조선총독부 기관지로 일제강점기 한반도에서 최장기간 간행된 일본어 신문『경성일보(京城日報)』'학예란'에 실린 조선인 문학자들의 문학평론과 에세이 등을 모아 번역한 것이다.

『경성일보』는 총독부의 기관지라는 성격에 맞게 문예란도 주로 일본인 작가나 평론가들의 글이 주류였으며, 다양한 범주의 일본인 작가나 평론가들이 문학평론과 문학 에세이를 게재하고 있었다. 예를 들면, 무샤노코지 사네아쓰(武者小路實篤), 난파 젠타로(難波專太郎), 나카노 시게하루(中野重治), 요시카와 에이지(吉川英治), 사토 하루오(佐藤春生), 도쿠나가 도쿠나가 스나오(德永直), 고바야시 히데오(小林秀雄), 가노 사쿠지로(加能作次郎), 에미 스이인(江見水蔭), 가라시마 다케시(辛

島驍) 등 일본 내 주류문단의 쟁쟁한 작가와 평론가들이 쓴 일본어 평론이 이에 해당한다. 한편, 일제강점기 한반도에서 간행된 미디어인 『조선급만주(朝鮮及滿州)』나 『조선공론(朝鮮公論)』, 나아가 『녹기(綠旗)』나 『국민문학(國民文学)』 등 일본어 잡지를 보면 1930년대 중후반에 들어가서 특히 중일전쟁 발발 이후에 조선인 작가의 일본어 글이 증가하듯이 『경성일보』의 경우도 비슷한 경향을 보이고 있었다.

본 번역집 『조선인 작가와 조선문단론』에는 이 중에서 당시 왕성한 작품 활동과 더불어 조선문학을 둘러싼 다양한 의견을 개진한 정순정(鄭順貞), 유도순(劉道順), 장혁주(張赫宙), 임화(林和), 김문집(金文輯), 한효(韓曉), 김용제(金龍濟), 정비석(鄭飛石), 이광수(李光洙), 유진오(柳鎭午), 김영진(金永鎭), 한설야(韓雪野), 최재서(崔載端), 김동환(金東煥) 등의 평론을 모아 번역한 것이다. 이들이 경성일보에 발표한 글들은 조선 신문학의 수준과 발전양상, 조선문단과 작가들의 다양한 지향성, 조선문단의 일본어 창작문제, 신체제 하의 조선문학과 문학보국의 문제, 조선에 애착을 보인 일본인 작가의 회고, 조선문단의 장르별 주요 작가와 통시적 흐름 소개 등, 이 당시 조선문단이 내포하고 있었던 다양한 문제들을 논점화하면서 경우에 따라서는 문학 논쟁의 성격을 띠면서 각자의 논리를 주장한 평론들이다. 이 번역집에서 번역되어 있는 조선문인들의 일본어 평론을 좀 더 구체적으로 소개하면 다음과 같다.

(2)

먼저 정순정이 1933년 2월과 3월에 4회에 걸쳐 쓴 '조선문단을 말한다(朝鮮文壇を語る)'라는 평론과 1933년 3월 8회에 걸쳐서 이 글에 대해 반박한 유도순의 '잘못된 문단론(誤つた文壇論) = 정군의 망론(妄論)을 경계한다'라는 평론은 조선의 신문학과 조선문단을 바라보는 일종의 논쟁적 문장이라 할 수 있다. 이들 글은 다시 정순정이 1933년 3월과 4월에 12회에 걸쳐 '재차 「조선문단」을 말하다(再び「朝鮮文壇」を語る) ― 조선문학은 이제부터이다'라는 글로 재반박이 이루어지고, 마지막으로 유도순은 이글에 대해 1933년 4월에 4회에 걸쳐 '재문단론을 비웃는다 ―불필요한 치기의 대담함이여―(再文壇論を笑ふ ―不必要な稚気の大胆さよ)'라는 문장으로 다시 비판을 가하고 있다.

이들 문장은 조선의 신문학의 수준이 낮다고 하는 정순정의 글에서 발단되어 이를 부정하고 조선문단의 존립 자체를 인정하고 조선의 신문학이 이룩한 성과를 설명하려는 유도순의 반박으로 논쟁이 일어났다고 할 수 있다. 이러한 과정에서 조선문단의 수준이 일본의 '내지'문단과 비교가 가능한지, 조선문단의 침체현상의 원인이 무엇인지, 나아가 작품 원고료 문제, 검열문제, 조선문학의 파쟁문제, 조선문단의 발달과정, 과거의 문학운동과 고전문학의 가치에 이르기까지 광범위한 논쟁을 주고받았다. 일본어 신문인 『경성일보』에서 위와 같은 다양한 문제를 둘러싸고 수십 회에 걸쳐 상호의 주장을 피력하고 상호 반박을 거듭하는 문장을 통해 조선문단의 성격을 분명히 하고자 한 점에 그 의의가 있다고 할 수 있다.

한편 1933년 4월 5일 '사설'로 게재되었던 '문예운동을 지도하라 (文芸運動を指導せよ) ―그 기관설치의 제창'이라는 글은 조선의 문예운 동이 일본적 표현 형태, 즉 일본어로 창작되는 경우가 늘고 있음을 지 적하며 미술계의 '조선미술전람회(朝鮮美術展覽會)'와 같이 '내선융화 와 동화'를 추진하기 위해 관민 협력의 지도 기관이 만들어져야 함을 역설한 문장이다. 1933년 5월에 5회에 걸쳐 게재된 정순정의 '조선 문인 온 퍼레이드―소설계, 시단, 평론계(朝鮮文人オンパレード―小説界 詩壇評論界)'라는 글은 상기의 사설에서 제시한 주장을 받아들여 이를 보다 구체화한 문장이다. 조선 내 일본인 작가들은 일본인과 조선인 의 제휴와 문학에 의한 사상 전도를 위해 조선 작가의 작품과 사상적 인 위치를 알아 두어야 한다는 취지에서, 소설계 및 평론계의 주요 조 선인 문학인들의 작품과 그 사상적 경향을 비교적 상세하게 소개한 글이다.

1936년 7월 14일에 게재된 장혁주의 '허무를 느끼다(虛無を感ずる) ―도쿄에 이주하여'라는 글은 작가가 도쿄로 이주하여 얼마 지나지 않은 시점에서 2.26 사건 이후 도쿄 시민들의 변화상에 대해 기술한 에세이이다. 더구나 이글에서 장혁주는 도쿄에 거주하는 일본인들의 변화된 인생관이나 사회관을 보다 심도 있게 연구하여 이를 문학에 투영하고자 하는 결의를 보여주고 있다.

장혁주가 직접 춘향전 각본을 일본어로 창작하여 무라야마 도모 요시(村山知義)가 이끄는 신협극단(新協劇団)에 의해 1938년에 일본과

조선에서 순회공연을 하였는데, 1938년 10월 4일에 실린 장혁주의 '조선과 춘향전(朝鮮と春香伝)'이라는 글은 조선의 순회공연을 마치고 장혁주가 그 감상을 쓴 에세이이다. 그는 춘향전이 조선에서 차지하는 음악적, 예술적, 문학적 의의에 대해 기술하고 자신이 각본을 쓴 이 연극이 주로 일본인을 대상으로 하였으며 다음으로 외국인과 중국인, 나아가 젊은 조선인을 대상으로 하였음을 밝히고 있다.

한편 1939년 2월에 3회에 걸쳐 게재된 임화의 '조선의 현대문학(朝鮮の現代文學)'은 '조선문학이 걸어온 길', '새로운 작가의 대두와 환경', '내적 분열에 의한 새로운 생면(生面)' 등 세 가지 섹션을 통해서 조선의 신문학이 서양과 일본 문학에 비해 비록 짧은 역사를 가지고 있지만 대작가와 대시인을 낳아서 독자의 문학을 구비하고 있었음을 대표적인 주요 작가를 들어 논증하고 앞으로도 그 발전 가능성이 결코 낮지 않음을 강조하고 있다.

1939년 3월과 4월에 5회에 걸쳐 게재된 김문집의 '조선문단인에게(朝鮮文壇人へ) ―현실과 조선민족의 문제'라는 글은 당시 미나미 지로(南次郎) 조선총독부 총독이 표방한 '내선일체' 정책에 대해 적극적으로 긍정적 해석을 내리고 있는 평론이다. 김문집은 이 평론에서 자신이 어느 잡지에 발표한 이러한 견해로 인해 조선문단으로부터 조직적인 배격을 받고 있음을 부당하다고 생각하고 이러한 자신의 입장을 보다 논리적으로 밝히기 위해 이 평론을 게재하였다고 소개하고 있다. 김문집은 조선인들이 일본인과 같은 위치가 되어 동일한 행복을 향유하기 위해서는 내선일체라는 정책을 보다 적극적으로 받아

들여야 한다는 입장과 더불어 이러한 제안에 대해 증오보다는 호의를 가지고 받아들여야 함을 '일선동조론'의 입장에서 논리화하고자 하였다. 특히 일본인과 더불어 조선인이 동등한 권리를 향유하기 위해서는 3대의무인 납세의 의무는 물론, 교육의 의무와 국방의 의무를 가져야 하며 이를 실현하기 위한 방책이 바로 내선일체라는 정책이라고 주장하고 있다. 이러한 논리는 조선문학이 일본어로 창작되어야 한다는 그의 주장과 더불어 당시 조선총독부의 정책을 적극적으로 옹호하는 체제 협력적인 문인의 단면을 잘 보여주고 있다.

1939년 7월에 6회에 걸쳐 실린 한효의 '국문문학 문제(國文文學問題)—이른바 용어관의 고루성에 관해(所謂用語觀の固陋性に就て)'라는 평론은 이 책의 부록으로 번역하여 실은 조선인과 일본인 작가들의 참여한 '조선문화의 장래(朝鮮文化の將來)'를 둘러싼 좌담회 이후 이를 계기로 조선문단에서 일본어 문학 창작의 목소리가 높아지고 있는 현상을 비판적으로 고찰하고 있다. 특히 조선인 작가의 일본어 창작이 원고료 수입을 증대시킬 것이라는 일각의 주장을 거부하며 김용제, 김문집, 장혁주의 일본어 문학 창작을 올바른 예술론에 입각하지 않은 것으로 비판하고 있다. 나아가 작가로서 예술가로서 예술의 본연적인 모습은 현실을 충실히 형상화하는 것이고 따라서 조선작가의 예술적 임무는 조선의 현실을 충실히 그리는 데 있으며 이를 실현하기 위해서는 조선인 현실 속의 일상적인 언어인 조선어로 창작되어야 한다는 논리를 제기하고 있다. 한편 1939년 7월과 8월에 5회에 걸쳐 게재된 김용제의 '문학의 진실과 보편성 —국어창작 진흥을 위해

(文學の眞實と普遍性 —國語創作振興のために)'라는 글은 당시 왕성한 일본어 시작(詩作)을 하고 있었던 김용제가 위에서 한효가 제기하였던 조선의 일상어인 조선어에 의한 조선현실의 충실한 반영이라는 문학적 주장을 강하게 비판한 문장이다. 그는 당시 국책이었던 신동아건설이나 내선일체의 이념을 강조하면서 조선 문학자들도 이러한 국책에 바탕하여 일본어라는 '국어'의 보편성에 입각한 문학 활동을 적극적으로 추진해야 한다고 주장하고 있다.

1939년 8월 4회에 걸쳐 게재된 임화의 '말을 의식하다(言葉を意識する)'라는 평론은 조선인 작가가 일본어로 창작해야 하는지 조선어로 창작해야 하는지를 둘러싸고 이 당시 『경성일보』지상에서 자주 논의되고 있었던 작가들의 논쟁에 대해 비판적으로 검토하고 있다. 임화의 입장은 작가들이 가지고 있는 '말'에 대한 의식에 대해 정치적으로 해석하고자 하는 경향을 경계하고, 말의 속성은 풍토와 더불어 자연스런 것이어야 하며 독자가 읽기에 적절하고 작가가 표현하는 데에 충분하고 아름답다면 좋은 말이라는 인식을 제시하고 있다. 즉, 임화는 문학에서 좋은 말이란 생각을 적절하고 아름답게 표현하고, 그것을 많은 사람들이 즐겁게 읽을 수 있는 말인데, 이러한 말이란 항상 그 풍토 속에서 사람들이 일상적으로 말하고 읽고 듣는 말이라고 정의를 내리고 있다. 그리고 이러한 작가들이 제시하는 말에 대한 의견을 정치적으로나 이론적으로 재단하려고 하는 경향을 비판하고 있다.

1939년 8월에 3회에 걸쳐 게재된 정비석의 '도회의 성격(都会の性

格)'이라는 글은 지방에 살고 있는 작가가 도회의 삶과 시골 생활을 비교하면서 도회에 적응하지 못하는 감상을 적은 에세이 풍의 글이다. 특히 도회와 시골생활을 비교하면서 이를 문학적인, 나가서는 문화나 문명적인 비유를 통해 작가의 사유를 있는 그대로 드러내고 있다.

1939년 12월에 4회에 걸쳐 게재된 임화의 '초동잡기(初冬雜記)'라는 에세이는 '작은 것에 대해', '"두드러지지 않은 것"의 의미', '이른바 "정화되지 않은 행위"', '"문화하는 정신"이라 무엇인가'라는 네 개의 주제로 구성하여 정치나 행위의 반대개념으로 '문화'의 중요성을 강조한 글이다. 먼저, '작은 것에 대해'에서는 정치나 군사적 문제에 대해 문화가 종속되는 것에 대해 경계를 표현하며 정치와 문화는 각각 다른 영역임을 강조한다. '"두드러지지 않은 것"의 의미'에서는 정치가 폭력으로 타락하지 않기 위해서 항상 문화에 의해 행위가 통제되어야 하며 이를 위해 문화를 이해해야 함을 지적하고 있다. '이른바 "정화되지 않은 행위"'에서는 행위는 항상 문화에 의해 뒷받침을 받아야 하며 정신에 의해 정화되어야 하는데, 그렇지 않을 경우 행위는 폭력이 됨을 경고하고 있다. 마지막으로 '"문화하는 정신"이란 무엇인가'에서는 문화는 인간에게 있어서 신성(神性)의 발로이며 문화에 의해 행위가 수반하는 수많은 천박한 성질을 신의 세계로 구제할 수 있다는 사실을 강조하며 문화의 위상과 그 중요성에 대해 작가의 논점을 강조하고 있다.

1940년 1월에 3회에 걸쳐 실린 유진오의 '새로운 창조로—조선문학의 현단계(新しき創造ヘ—朝鮮文學の現段階)'라는 글은 최근 1,2년간 조선문학이 급격히 번성해지고 약진의 도상에 들어선 이유를 신교육에 의해 육성되어 신문화를 이해할 수 있는 세대가 이제 사회의 중심 세력으로서 등장한 데서 찾고 있다. 이러한 인식 속에서 조선의 신문학이 드디어 본격적인 전개를 보이고 있다고 진단하며 조선인 작가들의 다양한 노력으로 고난의 여명기 또는 모방의 시대를 거쳐 이제 일본이나 외국의 현대문학과 보조를 맞추어 나갈 수 있을 만큼 성장하였음을 역설하고 있다. 1940년 1월과 2월에 5회에 걸쳐 게재된 김영진의 '현단계에서 조선문학의 제문제(現段階に於ける朝鮮文學の諸問題)'라는 평론은 1939년 조선문단에서 문학정신과 문학의 순수성이란 무엇인지, 문학적 주의와 사상이 어떠한 관계를 가지고 있는지를 둘러싸고 활발한 논의가 일어나고 있었던 점을 상기하면서 조선문학의 다양한 문제들을 논하고 있다. 그는 경향파보다 예술파를 옹호하고 이곳에 문학의 본질을 발견하려는 입장을 취하고 있으나, 그가 말하는 문학정신이라 곧 동양정신의 발양이며, '흥아(興亞)의 성전'이나 '대동아건설'을 이러한 동양정신을 통해 옹호하고자 하였다. 나아가 사상적 역할을 수행하는 데, 조선 문학인들의 역할을 찾으려고 하였다.

1940년 2월에 6회에 걸쳐 게재된 김동환의 '조선에 잊을 수 없는 사람들의 추억(朝鮮に忘られぬ人々の思ひ出)'이라는 글은 이 당시 조선문인협회 이사를 맡고 있었던 작가가 조선과 조선인, 나아가 조선문화에 애정을 가지고 있었던 일본인 문인들, 정치가들, 언론인, 학자들을 회고하는 에세이이다. 그는 수많은 일본인들을 열거하고 있었지만 주로 시마무라 호게쓰(島村抱月)나 나쓰메 소세키(夏目漱石), 야나기 무네요시

(柳宗悦), 와카야마 보쿠스이(若山牧水), 가와다 준(川田順), 나카니시 이노스케(中西伊之助), 아키타 우쟈쿠(秋田雨雀)와 같은 문학자들을 회상하는 데에 대부분의 지면을 할애하고 있으며, 그 외에 경성일보 사장을 역임하였던 소에지마 미치마사(副島道正), 도쿄대학 경제학부 교수였던 야나이하라 다다오(矢内原忠雄), 1936년에서 42년까지 제7대 조선총독부 총독을 역임한 미나미 지로(南次郎)를 언급하고 있다.

김동환은 많은 일본인 학자나 문인들이 실제 한반도에 건너와 조선인과 조선문화를 경멸하거나 불순한 의도를 가지고 조선인들에게 접근하였고, 한반도에 거주하는 일본인들도 실제 그들이 조선에서 살아가고 있음에도 조선문화, 종교, 교육, 정치제도에 충분한 이해와 애정을 가지고 있지 않음을 비판하고 있다. 김동환은 이러한 일본인 인텔리들과 대비하면서 조선을 방문하였거나 조선에서 거주하였던 일본인 지식인을 대상으로 하여 조선에서 기억해야 할 사람들의 행보를 기억하고자 하고 있다.

1940년 11월에 6회에 걸쳐 게재된 최재서의 '신체제하의 문학(新体制下の文学)'은 '신체제와 문예비평', '질서의 개념'이라는 섹션으로 나뉘어 신체제 하에서의 문학은 어떤 방향이어야 하는지를 역설한 문장이다. 당시 일본, 독일, 이탈리아 3국을 중심으로 활발하게 이루어지는 신질서에 대한 논의에 토대하여 이러한 신체제하의 질서 속에서 어떠한 문학의 가치를 논할 수 있는지를 구체적으로 기술한 문장이다.

한편 1939년 1월 일본의 『문학계(文学界)』에 게재된 '조선문화의 장래(朝鮮文化の將來)'라는 좌담회는 춘향전 공연을 계기로 경성을 방문한 일본작가와 조선인 작가의 좌담을 정리한 글이다. 일본 쪽을 대표해서는 아키타 우쟈쿠(秋田雨雀), 하야시 후사오(林房雄), 무라야마 도모요시(村山知義), 장혁주(張赫宙), 경성제대 교수인 가라시마 다케시(辛島驍), 총독부 도서과장인 후루카와 가네히데(古川兼秀)가 참여하였고 조선인 작가로는 정지용(鄭芝鎔), 임화(林和), 유진오(兪鎭午), 김문집(金文輯), 이태준(李泰俊), 유치진(柳致眞)이 참여하였다. 이 좌담회의 초점은 조선작가들도 일본어로 창작해야 하는가를 둘러싸고 치열한 논의가 이루어졌으며, 이후 한반도의 조선인작가들에게 상당한 영향력을 끼쳤다.

(3)

이 번역집 『조선인 작가와 조선문단론』에 실은 조선인 작가의 조선문단론은 『경성일보』에 실린 모든 조선인 작가의 글을 망라한 것은 아니다. 『경성일보』에는 이들 작가 외에도 수많은 조선인 작가의 글들이 다양한 형태로 게재되어 있다.

예를 들면 서인식(徐寅植)의 「문학과 순수성(文學と純粹性)」(1939.12), 한설야(韓雪野)의 「대륙문학 등(大陸文學など)」(1940.8), 이무영(李無影)의 「문학의 진실성(文學の眞實性)」(1942.3), 김문집(金文輯)의 「애국을 향한 진통—조선문단의 자기비판(愛國への陣痛—朝鮮文壇に於ける自己批判)」

(1939.6), 김소운(金素雲)의 「거짓 없는 글(欺かざるの記)」(1939.7), 김동환(金東煥)의 「조선의 신체제와 문화정책에 대한 진언(朝鮮の新體制と文化政策への進言)」(1940.11), 김종환(金鍾漢)의 「본연의 훈계(ありかた談義)」(1942.4), 이효석(李孝石)의 「대륙의 표면(大陸の皮)」(1939.9), 이무영(李無影)의 「간도를 여행하고(間島に旅して)」(1943.2), 박영희(朴英熙)의 「수필 감격(隨筆 感激)」(1940.1), 최남선(崔南善)의 「북중국의 역사적 특수성(北支那の歷史的特殊性)」(1937.10/11), 최정희(崔貞熙)의 「초가을의 편지(初秋の手紙)」(1941.9), 정인택(鄭人澤)의 「여름을 탐 그 외(夏瘦その他)」(1939.8), 정인섭(鄭寅燮)의 「까까머리 교수(丸刈りの教授)」(1940.1), 유치진(柳致眞)의 「반도의 징병제와 문화인(半島の徵兵制と文化人)」(1942.5) 등 수많은 글들이 평론이나 에세이의 형태로 게재되어 있다. 이들 조선인 작가의 문장들은 다음 기회에 번역과 더불어 번역집 간행을 기약하기로 한다.

『경성일보』의 '학예란'이나 '취미와 학예란'에 실려 있는 조선인 작가들의 조선문단에 관한 평론과 에세이는 한국어 번역을 통한 소개는커녕, 위에서 보듯이 오랫동안 그 목록이 만들어지거나 자료발굴이 이루어지지 않았다.

이렇게 이러한 자료들이 오랫동안 방치되었던 이유는 일간지였던 『경성일보』자료가 워낙 방대한데다가, 남아 있는 신문자료의 활자가 선명하지 않은 경우가 많으며 나아가 조선총독부 기관지라는 이 미디어에 대한 부정적 인식도 한몫하였다고 할 수 있다. 앞으로 데이터베이스 형태로 공개될 『경성일보』의 목록집과 더불어 본 번역집이 일제강점기 특히 조선인 작가의 글이 다수 실리기 시작한 1930년대

이후 조선문단에 대한 논의가 어떻게 이루어지고 있었는지를 알 수 있는 보충적 자료가 되기를 기대해 본다.

이 번역집은 2014년 9월부터 2019년 8월까지 5년에 걸쳐 고려대학교 글로벌일본연구원에서 수행된 '경성일보 수록 문학자료 DB구축'이라는 한국연구재단 연구과제 수행의 일환으로 간행되었다. 위에서 언급하였듯이 학계에서 최초로 『경성일보』라는 방대한 신문자료에 대한 기사목록 추출과 목록화 및 DB화가 이루어져 『경성일보』 내 기사내용의 일단을 알 수 있는 좋은 자료를 제공할 수 있을 것으로 기대가 된다.

실제 이 연구과제에는 다양한 분야의 많은 연구자들이 참여하였지만, 다양한 성과를 낳을 수 있었던 데에는 5년간 연구책임자로서 혼신의 노력으로 연구과제팀을 이끌어주신 김효순 교수님의 덕분이라 생각하는 바이다. 김효순 교수님은 물론 연구팀을 든든하게 뒷받침 해준 강원주, 이현진, 임다함 연구교수님들의 노력에 감사의 말씀을 전한다.

나아가 이 『경성일보』 번역집 시리즈를 기꺼이 간행해준 도서출판 역락과 편집부 문선희 선생님께도 감사의 인사를 전하고 싶다.

지은이

정순정(鄭順貞)

생몰년도 미상. 1929년 5월 사회주의적 지향성을 가진 문학자들이 편집에 관여한 『조선문예(朝鮮文藝)』에도 필자로서 참여하고 『현대평론』(1927.10)에 「실직남편(失職男便)」이라는 소설을 발표는 등 1920, 30년대 활발한 활동을 하였다. 1930년대 카프에서 제명을 당하였다.

유도순(劉道順)

1904-1938. 일본의 니혼대학(日本大學) 영문과 졸업 후 1925년 1월 「갈잎 밑에 숨은 노래」라는 시로 『조선문단(朝鮮文壇)』을 통해 등단하였다. 한편 『어린이』에 「닭알」(1928.2), 「개똥벌레」(1928.7) 등의 동요를 발표하였다. 전체적으로 전통적이고 향토적인 서정을 시와 동요에 담아내려고 하였다.

장혁주(張赫宙)

1905-1998. 대구에서 보통학교 교원을 하다, 1932년에 일본의 『개조(改造)』에 식민지 농민들의 참상을 사실적으로 그려낸 「아귀도(餓鬼道)」가 당선되어 일본문단에 등단하였다. 일본문단에서 일본어 작품 활동을 하다가 1933년 조선문단에 장편 『무지개』를 연재하였다. 1930년대 후반부터 일본의 국책을 적극적으로 옹호하였으며 해방 이후 일본에 귀화하여 수많은

일본어 작품을 발표하였다.

임화(林和)

1908-1953. 초기에는 다다이즘에 경도되어 있었지만 1927년 카프(KAPF)에 들어가면서 계급문학으로 전향했다. 1929년 「네 거리의 순이」 등으로 이 당시 대표적 프롤레타리아 시인이 되었다. 일본 유학을 다녀오고 1932년부터 1935년까지 카프의 서기장을 수행하였다. 카프 해산이후에는 다양한 문학이론을 제창하였고 거의 이론은 평론집 『문학의 논리』(1940)에 집대성되었다. 해방 이후에는 민족문학론을 제기하다 월북하여 1953년에 숙청당하였다.

김문집(金文輯)

1907-미상. 도쿄제국대학을 중퇴하고 1939년에는 조선문인협회 간사, 국민정신총동원조선연맹 촉탁을 역임하였다. 비평활동은 1936년 『동아일보』에 「전통(傳統)과 기교문제(技巧問題)」, 1937년에 「비평예술론」 등을 통해 활발한 활동을 전개하였다. 그의 비평집으로 1938년 『비평문학(批評文學)』(1938), 같은 해 『아리랑고개』(1938)를 남겼다. 이후 적극적인 국책협력 행위와 친일 관련 글을 남기고 1942년 일본으로 들어가 귀화하였다.

한효(韓曉)

1912-미상. 1934년 카프 중앙위원을 역임했으며 프로문예 비평을 중심으로 활동하였다. 해방 이후에는 프로문학건설을 문학이념으로 앞세운 조선프롤레타리아문학동맹의 조직에 앞장서서 좌익문단을 이끌었다, 1946년에 월북하였다. 1960년대 초에 숙청될 때까지 북한의 문학이론을 대표하는 평론가로 활동하였다.

김용제(金龍濟)

1909-1994. 일본 추오대학(中央大學)을 중퇴하고 일본 프롤레타리아 시운동에 투신하여 1931년 일본어시인 「사랑하는 대륙」을 『나프』지에 발표하여 등단하였다. 그는 1939년 귀국하여 다양한 평론활동을 하며 적극적으로 국책에 동조하는 활동을 펼쳤으며 일본어 시집인 『아세아시집』으로 제1회 총독문학상을 수상하기도 하였다. 해방 이후 한때 집필활동을 중단하였으나 1950년부터 다시 소설과 시를 창작하였다.

정비석(鄭飛石)

1911-1991. 일본 니혼대학(日本大學)을 중퇴하고 귀국하여 문필활동을 시작하여 1937년 『조선일보』에 「성황당」이 1등으로 당선되어 활발하게 소설을 창작하였다. 1940년 조선총독부 기관지인 『매일신보』기자로 입사하여 당시 일제의 국책을 적극적으로 수행하였다. 해방 후에도 『자유부인』을 비롯하여 대량의 작품을 남기고 대중의 인기를 얻었다.

유진오(俞鎭午)

1906-1987. 1924년 경성제국대학 예과(豫科)에 입학하여 조선인 학생을 대상으로 '문우회(文友會)'를 만들어 『문우(文友)』를 간행하였다. 그는 1927년부터 활발한 창작활동을 시작하여 프롤레타리아 문학관에 동조하는 이른바 동반작가(同伴作家)로서 활동하며 다수의 소설을 창작하였다. 해방 이후에는 문단을 벗어나 대한민국 헌법을 기초하고, 고려대 총장, 신민당 당수 등을 역임하였다.

김영진(金永鎭)

1899-. 학생시절부터 시조에 관심을 가졌으며 1925년 도요대학(東洋大學)을 졸업하고 귀국하여 본격적으로 시조를 창작하여 다수의 작품의 남겼다.

김동환(金東煥)

1901-미상. 일본 도요대학(東洋大學)에 유학하였으나 관동대지진으로 귀국한 후, 『동아일보』와 『조선일보』에서 기자를 하면서 1924년 『금성』에 시를 발표하면서 본적적인 시작(詩作)활동을 전개하였다. 1925년 장편서사시인 「국경의 밤」을 통해 문단의 큰 주목을 받았으며 이후 장편 서사시의 흐름을 만들었다. 그러나 일제강점기 말에는 당시 국책에 적극적으로 협력하여 해방 후 반민특위에 회부되기도 하였으며 한국전쟁 당시 납북되었다.

최재서(崔載瑞)

1908-1964. 경성제국대학 영문과 졸업 후, 영국 런던대학에 유학했으며, 경성제국대학 강사와 보성전문학교 교수를 역임하였다. 문예지 『인문평론』(1939)의 발행을 담당하면서 진보적인 독자의 문학론을 펼치다가 친일문학지 『국민문학』(1941)을 주재하며 신체제론이라는 국책을 내걸고 일제의 국책문학 논리를 주도하였다. 해방 이후 그는 연세대와 한양대 교수로 재직하면서 셰익스피어를 중심으로 영문학 교육과 연구에 전념하였다.

편역

정병호(鄭炳浩)

고려대학교 일어일문학과 교수. 일본근현대문학과 한일비교문화론 전공. 쓰보우치 쇼요(坪内逍遙), 후타바테이 시메이(二葉亭四迷) 등을 중심으로 하여 일본 근대문예론의 형성과정으로 박사학위를 받고 이후 일본 국문학사의 형성과정, 한반도의 식민지 일본어 문학 연구, 재난 문학 등의 연구를 수행하였다. 주요 저서로 『실용주의 문화사조와 일본 근대문예론의 탄생』(2003), 『제국일본의 이동과 동아시아 식민지문학』(공저, 2011), 『일본의 재난문학과 문화』(공저, 2018), 『일본문학으로 보는 3.1운동』(2020) 등이 있으며, 역서로는 『소설신수』(2007), 『강 동쪽의 기담』(2014), 『근대일본과 조선문학』(2016) 등이 있다.

『경성일보』 문학 · 문화 총서 ⑫

조선인 작가와 조선문단론

초판 1쇄 인쇄 2021년 1월 20일
초판 1쇄 발행 2021년 1월 29일

편 역	정병호
펴낸이	이대현
편 집	이태곤 권분옥 문선희 임애정 강윤경 김선예
디자인	안혜진 최선주
마케팅	박태훈 안현진
펴낸곳	도서출판 역락
주 소	서울시 서초구 동광로 46길 6-6 문창빌딩 2층
전 화	02-3409-2060(편집), 2058(마케팅)
팩 스	02-3409-2059
등 록	1999년 4월 19일 제303-2002-000014호
전자우편	youkrack@hanmail.net
홈페이지	www.youkrackbooks.com

ISBN   979-11-6244-517-4 04800
        979-11-6244-505-1 04800(세트)